Reina
de
Fuego

‣ **Título original:** *Rise of Fire*
‣ **Edición:** Leonel Teti con Cecilia Biagioli
‣ **Coordinadora de arte:** Marianela Acuña
‣ **Armado:** Leda Rensin
‣ **Fotografías de portada:** Christine Blackburn

un sello de
V&R Editoras

Publicado en virtud de un acuerdo con HarperCollins Chrildren's Books, una división de HarperCollins Publishers.

ARGENTINA:
San Martín 969 piso 10 (C1004AAS)
Buenos Aires
Tel./Fax: (54-11) 5352-9444
y rotativas
e-mail: editorial@vreditoras.com

MÉXICO:
Dakota 274, Colonia Nápoles CP 03810,
Del. Benito Juárez, Ciudad de México
Tel./Fax: (5255) 5220–6620/6621
01800-543-4995
e-mail: editoras@vergararriba.com.mx

ISBN: 978-987-747-294-3

Impreso en México, julio de 2017
Litográfica Ingramex, S.A. de C.V.

Jordan, Sophie
    Reina de fuego / Sophie Jordan. - 1a ed. - Ciudad Autónoma de
Buenos Aires: V&R, 2017.
    360 p.; 21 x 15 cm.
    Traducción de: Silvina Poch.
    ISBN 978-987-747-294-3
    1. Literatura Juvenil. 2. Novelas Fantásticas. I. Poch, Silvina, trad.
II. Título.
    CDD 813.9283

SOPHIE JORDAN

Traducción: Silvina Poch

Para todas las chicas que
encuentran esperanza en
las páginas de los libros.
Sigan leyendo y sigan
soñando. Ya les llegará
su turno.

UNO

Luna

Me encontraba en medio de la oscuridad.

Claro que, como yo no podía ver, la oscuridad era lo único que había conocido toda mi vida. Vivía en mí, *encima* de mí, como cicatrices escritas sobre mi piel. Pero esta oscuridad era más profunda. Más densa, más espesa. Me sofocaba. Espesa como el alquitrán, yo estaba ahogándome en su interior, sacudiéndome, buscando aire para llenar mis sedientos pulmones.

Al zambullirme debajo de la tierra detrás de Fowler, sabía perfectamente lo que hacía. Aun cuando fuera muy probable que una tumba de barro se convirtiera en mi cripta, eso era lo que tenía que hacer. Fowler se había ido, los moradores se lo habían llevado. Estaba perdido dentro de este alquitrán. Muerto, tal vez. Probablemente. Exhalé mi respiración cargada de dolor. No. *Tengo que encontrarlo. Tengo que encontrar a Fowler.*

Me desplomé y caí en un charco de lodo. Nadé a través de la ciénaga, respiré con fuerza y sentí como si hubiera navajas raspando el interior de mi garganta. Las palmas de las manos azotaron la superficie de tierra emulsionada impidiendo que me hundiera. Ya estaba debajo del suelo. ¿Cómo saber qué me esperaba todavía más abajo? Las entrañas mismas de la tierra, tal vez.

Levanté los dedos para que dejaran de aferrar el suelo, que pareció quebrarse y desmenuzarse bajo mis manos.

Por un instante, me tambaleé sobre las rodillas y perdí el equilibrio. Alcé el pecho, tomé otra bocanada de aire y avancé lentamente, dando palmadas en la tierra húmeda. El terreno comenzó a hundirse, de modo que giré y me deslicé por la pendiente.

La tierra mojada se deslizaba raudamente a mi lado pegándose a cada centímetro de mi cuerpo. El barro se adhería a mi cabello y se amontonaba sobre mis pestañas. Parpadeé para tratar de quitármelo y un olor acre y penetrante a arcilla inundó mis fosas nasales. Respiré hondo y tragué tierra. Tosiendo, escupí desechos y sellé los labios, decidida a no respirar muy profundamente mientras estuviera allí abajo.

Me detuve y aterricé en el suelo propiamente dicho. El suelo de *ellos*. Había seguido a Fowler hasta sus dominios. Por primera vez, la invasora era *yo*.

Permanecí inmóvil durante un rato largo, en medio del lluvioso silencio escuchando y tomando aire lentamente mientras intentaba detener mi acelerado corazón. Estaba segura de que los moradores podían oírme. Me *aterrorizaba* la idea de que pudieran escuchar el frenético latido dentro de mi pecho, ese órgano al que había creído muerto. Fowler lo había matado, lo había pulverizado con la horrenda verdad, pero el muy estúpido sabía cómo continuar latiendo y luchando, aunque estuviera muerto. Fowler era el hijo de Cullan. Cullan, el hombre que mató a mis padres y me perseguía. El hombre que mató a todas las muchachas del reino por el delito de ser *tal vez* yo. Ese monstruo era el padre de Fowler. El pasado de Fowler, su legado, estaba rodeado de toda esa maldad.

Me estremecí y aparté el pensamiento para más tarde. Por el momento, no podía pensar en eso. No quería. Solo podía pensar en salvar a Fowler y lograr que ambos saliéramos de ahí con vida. En ese instante, eso era lo único que importaba.

Flexioné los dedos y recordé que todavía aferraba el cuchillo. Me sentí reconfortada de tenerlo en la mano. El agua caía desde arriba y reverberaba a mi alrededor con débiles repiqueteos. Temblé en medio del frío que calaba los huesos y atravesaba mi ropa mojada. Me moví incómoda y jalé de mi túnica y de mi chaleco. Era inútil. No existía alivio, no había manera de sentirse caliente, seca o segura.

No me sentía cómoda como usualmente me ocurría en la oscuridad. No había nada tranquilizador, nada familiar. Quería arrastrarme hacia afuera y escapar a través de la ciénaga. Pero Fowler se encontraba aquí, en algún lugar.

Mi respiración se aceleró. Sentí que el corazón me explotaría dentro del pecho excesivamente rígido. *Fowler*, atrapado en este mundo, debajo de nuestro mundo. No parecía posible que el fuerte, competente e inquebrantable Fowler pudiera estar aquí, que este fuera su destino, que lo hubiera aceptado al sacrificarse a los moradores para salvarme.

Meneé la cabeza ante la terrorífica posibilidad de que hubiera llegado demasiado tarde. Aún estaba vivo. Yo lo sabría si no fuera así. Algo como eso... yo tendría que saberlo.

Aparté deliberadamente el recuerdo de las palabras que me había dicho, esa confesión que siempre había estado presente entre nosotros como una serpiente en la hierba esperando para atacar, esperando para clavar su veneno con inmensos colmillos.

Continué la marcha. Sentía las piernas flojas. Apoyando las manos a lo largo de la húmeda pared de tierra a mi izquierda, seguí avanzando lentamente esperando encontrarme cara a cara con un morador. Pero no, siempre fui buena para percibirlos, para saber dónde estaban antes de que ellos supieran dónde estaba yo.

La mayoría de los moradores estaban cazando en la superficie, con la excepción de los que habían atrapado a Fowler. Con un poco de suerte, lo arrojarían en algún lado y regresarían arriba de la tierra para cazar. Después de todo, su hambre no parecía tener límites.

Avancé con rapidez arrastrando la mano por la pared de tierra, bajo el olor sofocante de los matorrales y la podredumbre. Arrastraba un pie detrás del otro, tanteando el camino en vez de lanzarme apresuradamente por otra pendiente. Con suerte, el terreno se mantendría nivelado. Tenía que conservar el rumbo. Un grito lejano de un morador resonó débil a través del laberinto de túneles subterráneos. Me detuve y, conteniendo la respiración, ladeé la cabeza para escuchar. No se oyeron más gritos. El agua continuó goteando sobre el manto de calma.

Proseguí la marcha y doblé hacia la izquierda cuando mi mano se topó con el aire libre de un túnel. Me concentré con mucha atención, utilizando mi exacerbada sensibilidad para marcar la distancia que recorrían mis pies, notar cada giro que daba para poder encontrar el camino de regreso al lugar por el cual había ingresado.

Se oyó otro aullido y, esta vez, no pertenecía a un morador. Era completamente humano. Seguí la dirección del grito; mis pies se apresuraron mientras la esperanza comenzaba a latir dentro de mí. *Ojalá sea Fowler.*

DOS

Fowler

Siempre viví en la oscuridad. Con moradores de la oscuridad y muerte, muerte y moradores de la oscuridad. Ambos eran intercambiables pero lo mismo y, por algún milagro, yo todavía estaba vivo.

En un momento, perdí la conciencia, pero no me desmayé. No todavía. Recordaba el flujo de adrenalina al arrojarme del árbol a los brazos de los expectantes moradores.

Lo hice por Luna.

Me pareció bien. No me arrepentía de nada. Mientras ella viviera, yo estaba bien.

Perdido en esta absoluta ausencia de luz, me arrastré con lentitud a través del aire negro como la tinta.

Agucé los oídos. Alguien lloró no muy lejos. El pánico me rasgó el pecho. ¿Era Luna? ¿A ella también se la habían llevado? No podía estar ahí. El destino no era tan cruel. Intenté mover el cuerpo, pero mis brazos estaban aprisionados.

Tal vez era un castigo por todas mis equivocaciones. Le había ocultado a Luna quién era –qué era–, mucho más allá del momento en que debería habérselo dicho. El miedo me contuvo y ahora el precio era este. Quizás era una lógica errónea, pero era lo único que se me ocurría.

La cabeza y los hombros libres, eché una mirada frenética a mi alrededor mientras me apartaba el pelo de la cara y entrecerraba los ojos en la oscuridad, en dirección hacia la persona que lloraba.

–Hola –exclamé en medio de la lúgubre negrura. Las lágrimas se acallaron abruptamente cuando mi saludo resonó por arriba del aire helado–. ¿Quién anda ahí? ¿Luna?

–¿Quién eres? –inquirió una voz. No era Luna.

El alivio me embargó.

–Fowler –respondí y luego casi me reí. ¿Qué importancia tenía mi nombre? Estaba encerrado en ese lugar con otra desventurada persona y ambos estábamos a punto de morir.

Por un momento, su respiración agitada fue la única respuesta.

–Soy Mina. Ellos me atraparon a mí… y a mi grupo. Hace algunos días, creo. No lo sé. Éramos siete. Soy la única que quedó –su voz se quebró en sollozos húmedos–. Hay más personas aquí dentro, pero no las conozco.

¿Algunos días? ¿La habían mantenido con vida tanto tiempo? Y había otros. Tal vez eso quería decir que me quedaba más tiempo. El tiempo necesario para intentar sobrevivir.

Resuelto a no darme por vencido, intenté mover los brazos nuevamente con la esperanza de poder liberarme. Se me hinchó un poco el pecho al ejercer presión. Si lograba liberarme, tal vez podría encontrar una forma de salir de allí. Había una entrada, de modo que tenía que existir una salida.

Tenía que ser así.

TRES

Luna

Perseguí el eco de ese llanto hasta mucho después de que se desvaneciera. Aun cuando el aire que me rodeaba se había vuelto más suave y no caían más que unas pocas gotas de agua, no me detuve. Deambulé por túneles y pasadizos durante tanto tiempo que pensé que no debía faltar mucho para que me topara cara a cara con un morador de la noche. Perdí por completo la noción del tiempo en un mundo donde cada segundo contaba.

El espacio a mi alrededor estaba vacío. Me movía atenta al más mínimo sonido. Mis fosas nasales se ensancharon, el olor de los moradores era intenso: a arcilla y a cobre. Tenía un gusto metálico en la boca.

Aunque el olor fuera tan fuerte en todos lados, ellos no se hallaban cerca. Este era su territorio: su hedor estaba incrustado en las entrañas de esa tumba subterránea.

Finalmente, el silencio se quebró otra vez por otro grito… humano.

Seguí el sonido mientras mis labios se movían en un silencioso mantra. *Ojalá sea Fowler, ojalá sea Fowler.*

No podía estar segura del tiempo que llevaba ahí abajo, pero sentí que el día se movía apresuradamente hacia la media luz: ese breve lapso de tiempo en que se evaporaba esa negrura de tinta y surgía una neblina de luz tenue, que ahuyentaba a los moradores y los hacía regresar bajo tierra. En un extraño giro de los acontecimientos, la media luz era algo que yo no quería que sucediera. La idea de que los moradores regresaran y rondaran por el mismo espacio que yo ocupaba apuraba mis pasos más allá de cualquier otra consideración.

De repente, el techo comenzó a sacudirse y lanzar espuma. Caía lodo y llovía sobre mi cabeza. ¿Acaso se trataba de un derrumbe? Manteniendo la mano en la pared a mi izquierda, eché a correr tratando de escapar de la tierra que se desplomaba sobre mí. Jadeando, me agaché dentro del túnel.

Apretada contra la pared, alcé la cabeza y estiré la mano. Ya no caía nada. El techo de tierra estaba firme. Me mantuve lo más quieta posible y agucé el oído.

La respiración húmeda y cenagosa de un morador llenó mis oídos. Sus pasos lentos y pesados parecían el roce de una hoja filosa sobre mi piel. Con cada movimiento, el peso tremendo de su cuerpo golpeaba y se hundía en el piso mojado. Mi corazón latía con tanta fuerza que me dolía el pecho. Oí el rumor de los receptores en el centro de su rostro y olí el goteo de la toxina.

El monstruo no estaba solo. Una víctima humana luchaba contra las garras filosas del morador, sollozando y escupiendo súplicas sofocadas e incoherentes, palabras desesperadas. No se podía razonar con estas criaturas ni provocar su lástima. No existía ayuda ni rescate.

Se aproximaron al túnel más pequeño donde yo me ocultaba y me cuestioné cuál sería mi próximo movimiento. ¿Quedarme quieta o comenzar a correr? Cerré los pulmones y contuve el aliento esperando que pasaran de largo. *Deseando* que lo hicieran. Si tomaban este túnel, sería el final. Estaba perdida.

El morador pasó delante de mí arrastrando detrás a su desventurada víctima y tragué saliva en mi boca reseca. Afortunadamente, la criatura estaba tan concentrada en su presa que no detectó mi olor. O tal vez, estar cubierta de lodo de la cabeza a los pies ayudaba a ocultar mi olor.

Esperé varios minutos antes de continuar. Una parte de mí quería buscar un refugio y esconderse, pero cuanto más tiempo permaneciera oculta, más cerca estaría de la media luz. Y una vez que llegara la media luz… Me estremecí. Los moradores regresarían a su hogar. Tenía que marcharme. Fowler y yo teníamos que salir de allí antes de que eso ocurriera. Respiré profundamente varias veces, tomé aire y lo expulsé para calmar mi corazón mientras avanzaba por el angosto pasillo. Ya no volví a escuchar al morador ni a su pobre víctima.

Gemidos débiles y muy humanos se escurrían a través del aire vaporoso. Aquí abajo, hacía más frío que arriba. Los dientes me castañetearon con levedad al ir acercándome a los sonidos humanos, mi mano rozaba la pared irregular que tenía a mi lado. El túnel se abrió en un espacio amplio, donde el aire circulaba más ligero, la corriente era similar a aquellas veces en que me paraba a campo abierto donde el viento soplaba y me levantaba el cabello de los hombros.

Me quedé rondando la entrada y temblando ante el umbral de algo… un gran espacio semejante a las fauces de un animal, que contenía a muchos humanos. Estaban atrapados. Sus gemidos llegaban a mis oídos, quejidos débiles y angustiados, teñidos de derrota. Sus manos golpeaban y arañaban el suelo, tratando de liberarse. Algunos estaban heridos. Percibí el aroma dulzón de la sangre. Alcé el rostro, olfateando, escuchando, evaluando.

Se trataba de un nido, una cueva: una vasta extensión de tierra con orificios donde aprisionaban humanos.

–¿Fowler? –proferí entre un susurro y un grito por encima de los lastimeros sollozos y pedidos de auxilio. Tragué y elevé el volumen–. ¡Fowler! ¿Estás aquí dentro?

Su respuesta fue casi inmediata junto con los gritos de los demás, contestándome y rogándome que los liberara.

–¡Luna! ¿Qué estás haciendo aquí?

El júbilo explotó dentro de mí y me arrasó, me dejó casi sin fuerzas.

–¡Fowler! –comencé a andar hacia él, pero su brusca advertencia me detuvo.

–Cuidado, Luna, vas a caerte. Ponte de rodillas y arrástrate.

Me arrodillé y avancé tanteando el terreno que tenía adelante. No me tomó mucho tiempo darme cuenta de por qué debía arrastrarme.

En el suelo, había una serie de orificios. Me deslicé entre ellos. Había desechos pegajosos por todos lados, prácticamente tenía que despegar las palmas de las manos de los angostos tramos de tierra entre los agujeros.

Otras personas me suplicaban, pedían mi ayuda, pero yo mantuve una línea directa hacia donde Fowler estaba alojado. Su voz era un viento constante de aliento, que seguí hasta que llegué hasta él y posé mi mano sobre su hombro.

—Fowler… ¿estás herido? —rocé la curva de su hombro y comprendí de inmediato que estaba encajado profundamente dentro del agujero, con los brazos aprisionados. Ese debía ser el motivo por el cual ninguno de ellos se movía.

—Luna, tienes que marcharte —el pánico elevó su voz—. No tienes mucho tiempo. Vete de aquí antes de que regresen…

—No te dejaré. Ya estoy aquí. Ahora ayúdame a sacarte de ahí —mis manos exploraron el terreno en busca de algo que me ayudara a jalar de él.

—Estoy atorado y todos estos desechos pegajosos no ayudan. Es como una tela de araña gigante.

—Entonces la cortaré y te sacaré de ahí —declaré.

—¿Qué piensas…? —sus palabras se interrumpieron de un modo abrupto al ver que yo sacaba el cuchillo y comenzaba a hachar el borde del orificio donde estaba atrapado. Trabajé arduamente en medio de jadeos mientras cortaba y desgarraba la tierra deshecha y la apartaba de él con los dedos.

—Luna, no hay tiempo.

Sacudí la cabeza y los mechones de cabello enlodados me azotaron las mejillas. Había llegado muy lejos y no me marcharía sin él.

Emitió un gruñido de frustración y luego empezó a forcejear al comprender, aparentemente, que yo no iba a darme por vencida y que era preferible que intentara liberarse.

Los brazos me ardían al propinarle hachazos a la tierra. Se sacudió dentro del agujero contoneando la parte superior del cuerpo mientras yo agrandaba lentamente la abertura.

–No está… –lo que estaba por decir se perdió cuando uno de sus brazos quedó libre. Lanzó el cuerpo hacia el costado y sacó el otro. Aferré su camisa y jalé de él para ayudarlo a salir, aunque ahora que tenía los dos brazos libres, hizo casi todo el esfuerzo él solo.

Los demás advirtieron lo que había ocurrido y empezaron a gritar, sus voces sonaron a nuestro alrededor pidiendo ayuda.

Fowler tomó mi mano y jaló de mí para que me arrastrara detrás de él y los ignorara.

–Fowler –comencé a decir al escuchar a una mujer que lloraba y nos suplicaba que la ayudáramos–. Tenemos que ayudar…

–No hay tiempo, Luna –sus dedos se tensaron sobre mi mano como si temiera que fuera a soltarme.

Volteé la cabeza hacia las súplicas sollozantes de la mujer.

–Por favor, por favor, ayúdame también a mí. No me dejes aquí. ¡No me dejes morir aquí!

Le pegué un tirón a la mano de Fowler.

–¡Luna! –rugió al tiempo que giraba el cuerpo para aferrarme de los hombros–. ¡Tenemos que irnos! Ya están perdidos.

¡La mayoría de ellos están cubiertos de toxina y ya es casi media luz!

Por primera vez en mi vida, la media luz significaba el fin y no el principio de la seguridad. No se me pasó por alto lo irónico de la situación.

Sacudí la cabeza, pero luego todo comenzó a sacudirse. El suelo mismo por donde nos arrastrábamos vibraba. La caverna subterránea temblaba y se estremecía, grandes masas de tierra caían del techo.

—Moradores —gruñó por encima del alboroto, como si yo no lo supiera. Como si el hedor putrefacto no fuera asfixiante—. Vienen hacia acá.

Esta vez no me resistí cuando me empujó detrás de él.

Una mujer aulló, el grito de desesperación reverberó dentro de mi cabeza mientras nos arrastrábamos por arriba del nido y echábamos a correr. Se me oprimió el pecho del dolor que me producían los gritos de los que dejábamos atrás, sabiendo que me atormentarían toda la vida.

Nos agachamos para entrar al túnel que yo había tomado para llegar al nido. La tierra todavía temblaba mientras corríamos por el pasadizo y grandes trozos de tierra llovían a nuestro alrededor. Sentí la corriente de aire que indicaba que habíamos arribado al cruce de caminos. Fowler comenzó a jalar hacia la derecha, pero yo lo detuve y le di un fuerte tirón hacia la izquierda.

—¡Por aquí!

Esta vez, yo llevé la delantera, aferrando su mano con fuerza y confiando en mi memoria.

—¡Falta poco! —grité por encima del hombro mientras desandaba el camino por el que había venido—. Ya casi llegamos

—podía oler el agua salobre que corría ligera por el conducto, que me había escupido hacía poco tiempo.

El estruendo se intensificó. Cayó lodo en grandes cantidades y nos empapó. Pero esta vez no se trataba solamente de lodo. Eran *moradores*. Cuerpos completos emergían como bebés abriéndose camino hacia el mundo. *Su* mundo. Nosotros éramos los intrusos. Nunca lo sentí de manera tan intensa.

—Son demasiados —murmuré a través de mis labios entumecidos mientras la calma se instalaba sobre mí e inclinaba la cabeza hacia el diluvio de moradores y de fango.

—¡No! Por aquí —de un tirón, Fowler me hizo ingresar en otro túnel, sus fuertes dedos apretados alrededor de los míos. Ni siquiera le importó si estábamos yendo en la dirección equivocada. El objetivo era escapar. La desesperación los impulsaba a él y a su miedo. Las emociones invadieron mi nariz como plumas que se incendiaban en el aire.

Su mano se clavó en mi piel, cada dedo, una marca ardiente. No pensaba entregarse. No sería como antes. No iba a zambullirse precipitadamente. No aceptaría la muerte.

Pero no podíamos escapar de ellos. Venían desde todos lados y comenzaban a llenar el espacio que nos rodeaba con su intenso hedor y su húmedo resuello. Fowler profirió una punzante palabrota al ver que caían más moradores desde arriba y aterrizaban con estrepitosos borbotones a nuestro alrededor. Las garras arañaban el suelo al ponerse violentamente de pie.

Fowler giró con rapidez y jaló de mí. Me sentí mareada durante un instante mientras me llevaba de un lado a otro, avanzando de manera serpenteante y vertiginosa.

Lo tomé del hombro, pero él continuó esquivando los cuerpos helados.

–¡Fowler! ¡Detente! –hundí mi mano con más fuerza en su brazo–. ¡Detente!

Finalmente, se quedó inmóvil y luego me empujó hacia un nicho en la pared de un túnel, me protegió con su cuerpo y su respiración golpeó con intensidad el costado de mi rostro. Lo miré y disfruté la sensación de que sus ojos estuvieran posados en mí. Su respiración continuaba brotando en jadeos violentos.

Era inútil.

–Fowler –supliqué mientras luchaba por ignorar los sonidos de los moradores que se acercaban: el rechinar de sus receptores, el rumor de sus pesadas extremidades. No quedaba mucho tiempo antes de que estuvieran encima de nosotros desgarrando la piel y los tendones de nuestros huesos. Casi podía imaginarme el peso de esas criaturas encima de mí, aplastándome, matándome–. No quiero pasar los últimos instantes de mi vida corriendo.

–Luna –dijo atragantándose, su mano flexionada alrededor de la mía–. ¿Por qué tuviste que venir?

–Shh –coloqué mis dos manos alrededor de su rostro–. Tú no eres el único que tiene que hacer de caballero andante, ¿lo sabías? –rocé sus mejillas con mis pulgares, liberando mi ira. En ese momento, ¿qué sentido tenía?–. Yo también quiero participar un poco de la diversión –esto era más fácil que estar enojada, más fácil que acusarlo de traición.

Dejó caer la cabeza hasta que nuestras frentes se tocaron.

–Se supone que tienes que seguir viva.

Tragué el impulso de contarle la verdad. Que yo siguiera con vida era algo que nunca sucedería. Era solo cuestión de tiempo. Fowler era quien me lo había dicho cuando Sivo insistió por primera vez en que abandonara la torre con él. En este mundo lleno de oscuridad, de monstruos y de tiranía, no era fácil seguir con vida.

Desde el momento en que descubrí que estaban muriendo niñas inocentes por la decisión de Cullan de destruirme, mi destino quedó sellado. Lo único que lamentaba era no poder detenerlo. Que continuara matando muchachas por mi culpa.

–Basta de correr –susurré tratando de bloquear el ruido de los moradores y de concentrar todos mis sentidos en el chico que tenía frente a mí. Los pasos fuertes y el olor putrefacto y arcilloso de las criaturas que nos cercaban; el horripilante gorgoteo de su respiración: todo eso se desvaneció–. No quiero que sean así los últimos instantes de mi vida.

–Muy bien –su cabeza asintió apretada entre mis dedos–. Basta de correr –su respiración sopló mis labios y me puse de puntillas.

Su boca se cerró sobre la mía y me robó la respiración. La sangre subió con rapidez hacia mi cabeza, exactamente lo que yo quería: una avalancha de ruido blanco en mis oídos para bloquear al ejército de moradores que se aproximaba hacia nosotros.

Su brazo envolvió mi cintura y me atrajo más hacia él. Todo lo demás se desvaneció. El cuerpo de Fowler se aplastó contra el mío y hasta olvidé la desagradable sensación que me producía la ropa mojada que se adhería a mí como si fuera una segunda piel.

Sentí los latidos de su corazón en mis costillas. Mientras me besaba, sus dedos escarbaron mi cabello cubierto de lodo, sus labios me devoraron de la forma exacta en que yo quería, de la forma que yo necesitaba, de una forma que me hizo olvidar sus mentiras, mi destrozado corazón y los monstruos que se cernían sobre nosotros.

CUATRO

Fowler

La besé con más fuerza de lo que nunca antes lo había hecho. No fue un suave encuentro de labios con silenciosas expresiones de cariño. No fue nada lento ni relajado. Reclamé su boca, resuelto a que fuera todo. Todo lo que un último beso debía ser.

El beso fue ardiente y dejó su marca, tras hundirse a través de la piel y de los tejidos hasta la médula de nuestro ser… hasta lo único que sobreviviría. Quedó impreso en nuestras almas. Cuando los moradores nos separaran violentamente, este beso nunca se borraría.

Aferrándola con las manos, apoyé los labios de costado sobre los de Luna, los hundí con más profundidad, ignorando el dolor que palpitaba en uno de mis brazos… ignorando a los moradores que estaban tan cerca. Mantuve los ojos cerrados y me perdí en su aroma y en su textura. Una de sus manos se curvó alrededor de mi cabeza, adaptándose a su forma, y sentí su pulso a través de la palma que estaba apretada contra mí. La vida de Luna se fundió con la mía.

Mi mente comenzó a dar vueltas y recordé cuando la vi por primera vez, lanzándole una flecha a un morador, salvándome la vida: una muchacha audaz que se movía como si formara parte del bosque. Como si formara parte de este mundo, tan natural como la oscuridad misma. Me había resistido a ella, luchado contra la atracción, pero ahora lo sabía. No podía resistirme a ella. Era lo que Luna había pedido, aunque no fuera con tantas palabras. Basta de correr.

Aspiré aire frío por la nariz y me sumergí profundamente en su aroma, empujando mis dedos entre el cabello embarrado.

Un grito repentino sacudió el aire, largo y escalofriante como uñas que rasguñan un vidrio. El sobresalto nos separó. El sonido era similar al de un corno o una trompeta, aunque ningún instrumento había creado nunca algo semejante. Parecía de un animal y era lo suficientemente fuerte como para hacer sangrar los oídos: un sonido largo y profundo, teñido de impaciencia.

Con un grito, Luna se tambaleó y chocó contra la pared de tierra. Le sostuve el brazo mientras ella lanzaba sus manos sobre los oídos. Los moradores se detuvieron en seco. Los receptores del centro de sus toscos rostros se retorcían: era el único movimiento que realizaban. Decenas de ellos se mantenían a nuestro alrededor, inmovilizados en una especie de gélido encantamiento. Uno se hallaba tan cerca que solo le bastaba alzar un brazo y estirar las garras para alcanzarme. A tan corta distancia, pude distinguir la oscura mancha de sangre en los extremos de esas gruesas garras, y restos de piel y vísceras humanas adheridas allí como la carne a un hueso.

Tan abruptamente como había empezado, el chillido se apagó. Sin embargo, los moradores no se movieron. Contuve la respiración suponiendo que ellos volverían a entrar con brusquedad en acción. Observé con cautela al que se encontraba más cerca de mí. Su boca se abrió y los sensores dejaron caer la brillante toxina, pero seguía sin avanzar.

Aferré a Luna con más fuerza.

–Ven –susurré.

Apartó las manos de los oídos mientras yo la atraía a mi lado. Exhaló y sentí que su respiración me atravesaba con un estremecimiento.

–¿Fowler? –preguntó, la voz trémula–. ¿Qué está sucediendo? ¿Por qué no se mueven?

La conocía suficientemente bien como para saber que aunque no tuviera vista, se comportaba como si pudiera ver. Eran muy pocas las situaciones en que yo recordaba el hecho de que fuera ciega.

Eché una mirada al ejército de moradores que nos rodeaba y abrí la boca para responder, pero el grito salvaje comenzó nuevamente con renovada intensidad.

Hice una mueca de dolor y Luna se tapó los oídos otra vez. En la inmediata oscuridad, apenas podía distinguir sus ojos apretados con fuerza mientras se cubría los oídos como si eso pudiera ayudar en algo a mantener alejado el sonido. Sacudí la cabeza, pero el movimiento no hizo más que aumentar el punzante dolor de mis oídos.

Los moradores se trasladaban casi como si fueran un solo cuerpo y continuaron ignorándonos. Varios pasaron junto a nosotros, arrastrándose con paso lento y rozándonos con sus cuerpos fríos y macilentos. Era prácticamente insoportable estar tan cerca de ellos. Sentirlos, soportar su hedor. Mi garganta se paralizó ante el paso de una de las criaturas a la cual le faltaba un trozo de su cabeza calva, el hacha de su atacante todavía seguía incrustada allí.

Se movían en la misma dirección, alejándose de Luna con paso más ligero que nunca. Ni siquiera sabía que pudieran moverse a esa velocidad. La mayor parte del tiempo, tenían un andar tambaleante, gracias a lo cual se salvaban muchas vidas.

–Se están yendo –perplejo, sostuve a Luna contra mi cuerpo mientras los moradores se alejaban, separándose al pasar junto a nosotros como la marea. Nos mantuvimos abrazados, dos guijarros imperturbables en su camino. Era como si ya no nos vieran. Éramos invisibles… insignificantes.

Ese extraño aullido, de dondequiera que viniera, los manipulaba. Paralizado, los observé durante un instante mientras desaparecían dejándonos solos en el estrecho túnel. El grito ensordecedor continuó, interrumpido solo por breves pausas, y me pregunté si sería su lenguaje o un código que solo ellos comprendían. Había pensado que se comunicaban mediante gritos estridentes... y este aullido era el mayor de todos los que había oído durante los años que llevaba viajando por el Afuera.

No eran más que suposiciones. No sabía qué estaba sucediendo ni tampoco sabía cuánto tiempo duraría. No podía ser mucho.

Luna se estiró de puntillas para hablarme al oído.

—Están siguiendo el aullido —apoyó una mano contra la pared de tierra, sus dedos delgados se estiraron como buscando no perder el equilibrio—. Y no es solo eso, también hay vibraciones. Puedo sentirlas en la tierra, en el aire —alzó el mentón como si estuviera detectando esas ondas de sonido en este mismo instante. Sus siguientes palabras confirmaron lo que yo sospechaba. Los escalofríos de mi piel no se debían solamente a la baja temperatura. Un repugnante pavor me asaltó: la sospecha de que allí abajo había algo más grande, más poderoso que cualquiera de esas criaturas. Algo con la fuerza suficiente como para controlar a un ejército de moradores. Fuera lo que fuera, teníamos que alejarnos de allí.

—Hay algo más aquí abajo que los está controlando —concluyó Luna.

Sacudí la cabeza como si no fuera importante. Deslicé mi mano por su brazo para tomar la suya. Gracias a un milagro, teníamos una oportunidad y debíamos aprovecharla antes de que desapareciera.

—Vámonos.

Yo tomé la delantera. En un momento, cuando quise doblar a la derecha, Luna me pegó un tirón en el brazo.

–Por acá –me indicó.

Por supuesto, ella tenía que conocer la forma de salir. La seguí: Luna nunca olvidaba un camino que hubiera tomado. Yo apenas recordaba que me hubieran arrastrado hasta ahí abajo. Todo no era más que una nebulosa de ruidos y dolor.

Se detuvo ante una cuesta resbaladiza y comenzó a trepar clavando el cuchillo en la escurridiza pared y utilizándolo como palanca. Me acerqué por detrás y le di un impulso. El avance era lento: por cada sesenta centímetros que adelantaba, retrocedía la mitad. Lancé un gruñido para combatir el agotamiento y la empujé hacia arriba, luchando para que continuara ascendiendo. Yo me sentía terriblemente débil.

Aprovechando el impulso que le había dado y contoneando el cuerpo, siguió trepando la cuesta con la ayuda de su cuchillo hasta que ya no pude ver su cabeza y sus hombros.

Comencé a subir detrás de ella, ignorando el dolor de los músculos y el ardor en el brazo. La libertad estaba cerca. Escuché que Luna inhalaba con profundidad y se elevaba vertiginosamente a través del lodazal que teníamos arriba de nuestras cabezas. Desaparecieron las piernas, seguidas de los pies, hasta que quedó por completo fuera de vista y se perdió en la ciénaga.

Era mi turno. Llené de aire los pulmones antes de lanzarme al fango helado. Pateé y utilicé los brazos como una forma de ayudar a la gravedad para que me llevara a la superficie, donde el agua era, al menos, algunos grados más caliente.

Al emerger, lancé un resuello, sacudí la cabeza y llené mis doloridos pulmones del aire tan deseado.

Alcé la cabeza y dejé que los míseros rayos de la media luz bañaran mi rostro.

–¡Fowler! ¡Por aquí! –Luna estaba allí, arrastrándose fuera del pantano. Volteó la cabeza y me gritó por encima del hombro.

–Estoy aquí –exclamé con una voz ronca e irreconocible.

Nadé a través del denso pantano, obligando a mis piernas de plomo a que se movieran. Mi fuerza estaba decayendo. Levanté el cuerpo y liberé las piernas. Por un instante, me desplomé en la tierra empapada y descansé, boca abajo y con arduos jadeos.

Lo logramos. Estábamos vivos.

–Fowler –Luna susurró mi nombre en algún lugar arriba de mi cabeza–, no podemos permanecer aquí.

Me incorporé sobre mis temblorosas piernas sabiendo que tenía razón y tratando de no derrumbarme en el lugar. No después de todo lo que ella había hecho para rescatarme. Tenía que continuar.

–Por supuesto.

La hora concluiría y la oscuridad descendería otra vez. Con ella, regresarían los moradores. No podíamos contar con esa *cosa* que los había convocado allí abajo para que los mantuviera lejos de nosotros para siempre.

–Encontraremos un refugio –comentó Luna y asintió con la cabeza como si se tratara de una cuestión sencilla–. Por aquí.

Marchamos a través de la ciénaga uno al lado del otro, evitando los lugares donde el agua era muy profunda. Fijé la mirada en Luna y me concentré en ella y no en el insoportable malestar que resonaba en todo mi cuerpo.

Su aspecto era un desastre. El cabello embarrado y recortado sobresalía de su cabeza como si fuera paja. Su piel de porcelana no se veía por ningún lado. No había ni un centímetro de su cuerpo que no estuviera cubierto de lodo y de esa savia verdosa del nido de los moradores.

Era lo más hermoso que había visto en toda mi vida.

—Tú me salvaste —proferí con voz teñida de asombro y admiración. No creía que, hasta el momento, alguien hubiera logrado descender bajo tierra y regresar para contarlo.

—Un intercambio justo. Tú me salvaste primero al saltar del árbol, dejaste que ellos te atraparan para que se olvidaran de mí —sus pasos golpearon con más fuerza y casi me sobrepasó. Aceleré el paso para mantenerme a su lado—. ¡Eso fue una locura! ¿En qué estabas pensando?

—Estaba pensando en *ti*. No tenía sentido que ambos muriéramos. Y eso es exactamente lo que habría ocurrido si no hubiera saltado de ese árbol cuando lo hice.

El terreno se volvió más sólido bajo nuestros pies. Pedregoso y desigual. Observé el paisaje neblinoso y divisé peñascos y elevaciones más adelante. Tal vez sería una buena zona para refugiarse.

—¿De modo que pensaste en hacer un gran sacrificio? —exclamó Luna súbitamente—. ¡*Nadie* te pidió que lo hicieras! ¡Yo no te lo pedí! No quiero que nadie muera por mí. Ni siquiera *tú*.

—Ah, pero es un concepto que te resulta familiar, ¿no? —le disparé y dejé que sintiera todo mi enojo. Lejos había quedado el instante de ese beso cuando pusimos a un lado toda la ira y la traición. Por el momento, estábamos vivos y seguros, y nuestras diferencias resurgieron de manera inocultable–. ¿Sacrificarte inútilmente por otros es algo que estás en especial dispuesta a hacer?

El cuerpo de Luna se puso rígido.

–No es algo inútil –susurró.

–Consideremos eso. Regresar a Relhok y arrojarte a los pies de Cullan para que quizás levante la orden de matar a las chicas. ¿Cuál es la diferencia entre eso y que yo me sacrifique por ti?

Se detuvo un instante y volteó el rostro hacia mí con expresión sorprendida. Luego la ocultó y continuó la marcha, sus botas taladraban el suelo con ira.

–Es distinto. Es completamente distinto.

–Es lo mismo –insistí sobre mi respiración entrecortada y luchando para mantener el ritmo. Tragué, tratando de recuperar la resistencia perdida y maldiciendo a esta enloquecedora debilidad que me chupaba la fuerza y me impulsaba hacia abajo.

–Muy bien –comentó abruptamente–. Si es lo mismo, entonces tú entiendes la necesidad de hacer ciertos sacrificios. *Deberías* entender por qué tengo que ir a Relhok, por qué tengo que detener a Cullan –se detuvo y traté de no suspirar de alivio. Su ritmo me estaba matando.

Flexioné los dedos, deseando recuperar la sensación de mi mano… una sensación que no fuera esta ardiente agonía. Luna me hizo frente como si pudiera verme. Revolotearon sobre mí sus líquidos ojos oscuros, que miraban sin ver. Era inquietante la manera en que siempre me sentía expuesto cuando estaba con ella. Tal vez ahora más que nunca. No tenía nada más que ocultar. No tenía ningún secreto que ella no conociera. Era solo yo delante de ella.

–Cullan –repitió–. Ya sabes. Tu *padre*.

La acusación era clara. Aparentemente, tendríamos esa conversación ahora. Respiré con dificultad.

–Luna, no…

–¿Por qué no? Es la verdad. Es un tirano. Brutal. Malvado.

Todas verdades, pero yo prefería no perder un tiempo precioso discutiendo acerca de ellas.

–Él no es un padre para mí…

–Pero lamentablemente es tu *padre*. Una conveniente partecita de la verdad que me ocultaste –asintió con la cabeza como queriendo asimilar ese amargo hecho y esperar que se arraigara en su interior.

La observé durante un momento prolongado. Dentro de mí, brotaban palabras vanas, que no significarían nada para ella. Lo único que Luna sentía era traición. *Mi* traición. Era una herida en carne viva. Nada que yo dijera cambiaría eso. Al menos no todavía. Tomaría tiempo. Tiempo que yo no tenía. Con una mueca de dolor, moví el brazo. Ya no podía mover los dedos.

–Tú me dejaste, Luna. Huiste de mí para ir a buscar a Cullan –le recordé con un ronco susurro, resuelto a hacer que recordara, que volviera a importarle. Recién entonces podría yo desviarla del camino que había elegido para ella–. ¿Tienes la más mínima idea de lo que eso me provocó? ¿Despertarme y descubrir que te habías marchado?

–No hagas eso. Él es tu padre. No lo llames Cullan como si no lo fuera.

–Que él sea mi padre no borra lo que hay entre nosotros.

–*Había* –intervino, en voz baja–. Había, Fowler. Ya no existe más. Se terminó. Hay cosas más importantes. Los asuntos del corazón son irrelevantes. Tú me lo enseñaste. ¿Recuerdas? Todos morimos. Nadie permanece en este mundo para siempre y no tiene sentido encariñarse con alguien.

–Luna, yo no...

Se dio vuelta y continuó moviéndose a paso ligero. Me puse a su lado, sosteniendo mi brazo caliente pegado a mi costado.

Señalé con la cabeza el peñasco que se encontraba no muy lejos de nosotros.

–Hay rocas allá adelante. Descansemos un rato.

–Deberíamos seguir andando –indicó Luna.

–Necesito descansar –odié tener que pronunciar esas palabras. En todo el tiempo que llevábamos juntos, solía ser yo quien iba adelante. Nunca me quejé de sentirme cansado o débil. Tener que hacerlo ahora era un golpe a mi orgullo.

Me echó una mirada peculiar, que decía, claramente, que también pensaba lo mismo.

–Muy bien.

Nos encaminamos hacia las rocas. Yo escalé la cuesta delante de ella entre gruñidos y jadeos fríos. En la cima, noté que había una grieta entre dos piedras. Me estiré para tomar su mano y aferré brevemente sus dedos con mi mano sana antes de que me soltara. El rechazo me dolió como un aguijón. No permitía ni el más mínimo contacto entre nosotros.

Alzó enérgicamente el mentón y se sacudió el cabello embarrado de su rostro pálido.

–Puedo arreglarme sola.

Encogiéndome de hombros como si no me importara, como si no sintiera su alejamiento de mí como un dolor físico, me deslicé por la abertura en el espacio gélido, aliviado al notar que se abría a un área más grande. El espacio era lo suficientemente amplio como para que ambos estuviéramos de pie con los brazos estirados. Me desplomé en la piedra helada, el frío en mi espalda era un bienvenido contraste con el fuego de mi brazo.

Manteniendo la distancia, Luna se agachó y cruzó las manos sobre las rodillas flexionadas. La cercanía que habíamos tenido bajo tierra –*ese* beso– parecía haber ocurrido miles de años atrás. No había quedado olvidado, sino sepultado en la profundidad con los moradores y los huesos de los muertos. Me acomodé de espaldas y, con un golpe seco, dejé caer la cabeza hacia atrás sobre el piso duro.

Ahora que habíamos escapado, mi cuerpo permitió que cada dolor, grande o pequeño, se afirmara. Cerré los ojos sin siquiera importarme que dormía sobre roca dura. Sentía dolor… y no se trataba solo del brazo. La cabeza me zumbaba y me ardía como un fuego. El brazo me quemaba tanto que comencé a preguntarme si no sería mejor que estuviera amputado de mi cuerpo. Solté una risita por lo bajo ante ese pensamiento macabro. Tiempo atrás, llegué a pensar que quizás la muerte sería mejor, más fácil que esa existencia. Luego conocí a Luna y ella me convenció de que la vida podía ser más que eso. Que juntos podíamos tener *más*. Ahora había decidido que había estado equivocada.

La voz de Luna se trasladó más allá de la creciente bruma de dolor.

–Tú puedes meterme dentro de la capital, Fowler. Conoces la ciudad. Tienes que conocer gente allí. Tal vez todavía tienes amigos que...

Se me escapó otra vez la carcajada, espontánea y corroída como una olvidada hoja de arado en uno de los campos inactivos a lo largo del reino.

–¿Por qué insistes en reírte en un momento como este? –inquirió.

–Es que la única razón por la que me quieres cerca es para que te ayude en tu misión suicida... una misión que me llevaría de regreso al lugar al que juré no volver nunca.

–No puedes escapar de esto.

Recuperé la sobriedad y el humor desapareció mientras sacudía la cabeza.

–No hago más que escapar. Es lo único que conozco.

Luna asintió comprensivamente.

Agregué de manera rotunda:

–Aún si pudiera, no lo haría. Tienes que abandonar esa misión descabellada.

–¿Qué quieres decir con eso de *aún si* pudiera? Estás diciendo que no puedes. Sé sincero por una vez. Dime la verdad. Lo que realmente estás diciendo es que *no lo harás*.

Deseaba que se tratara solo de eso.

Respiré despacio mientras me preguntaba cuándo debería decirle que era probable que yo no pudiera avanzar ni veinte metros más, mucho menos, atravesar el país para llegar a la ciudad de Relhok. Prosiguió con una expresión burlona.

–Es tu padre. Te abrirán las puertas de par en par y te harán una gran fiesta de bienvenida.

Algo se retorció dentro de mi pecho ante la manera en que pronunció esas palabras. Tenía una mala opinión de mí a causa de mi sangre. Tenía una mala opinión de mí y siempre la tendría.

—No digas que es mi padre —aun cuando me dio la vida, nunca fue un padre para mí. Ni tampoco fue un esposo para mi madre. Ese hombre no sabía nada de lazos paternales. Ni de amor ni de lealtad.

Humedeciéndome los labios y con una mueca de dolor, pegué un tirón a mi camisa, la despegué de mi piel ardiente y la pasé por encima de la cabeza.

—La cuestión es que no voy a abandonar esta cueva —hice una bola con la camisa y me sequé el brazo con ella. Un silbido de dolor escapó de entre mis dientes mientras intentaba secarlo bien.

Luna se quedó quieta, los brazos alrededor de las rodillas.

—¿Qué quieres decir?

—Te estoy pidiendo que no vayas —clavé mi mirada en su rostro, dispuesto a manipularla con mi dura realidad. Siempre supe que morir era solo una cuestión de tiempo. No esperaba vivir hasta una avanzada edad. En este mundo, esa no era una posibilidad—. Mi última voluntad, Luna. ¿Me la negarías?

Desenroscó los brazos de alrededor de las rodillas y se movió lentamente hacia mí, su expresión revelaba su preocupación.

—¿De qué hablas? No te vas a morir. Logramos salir…

Levanté el brazo.

—¿Puedes olerlo? ¿Mi brazo?

Se quedó quieta, sus fosas nasales se dilataron como si de hecho estuviera olfateándome... inhalando el aroma agridulce del veneno.

—Es toxina de los moradores, Luna —bajé la mirada hacia el brillo que emanaba de mi piel—. La tengo en todo el cuerpo. Lo peor es lo del brazo —hice una mueca—. No salí ileso. Como dije, no debiste haber ido por mí.

Alzó la mano para tocarme el brazo, pero lo alejé de su alcance.

—No lo toques. No sería una buena idea que te contagiaras.

—Fowler —susurró levantando la mano para cubrirse la boca, su expresión afligida me obligó a enfrentar la verdad de la situación.

Me reí con dureza, pero el sonido se transformó en una tos seca. Siempre me había preciado de ser muy habilidoso para sobrevivir. Incluso cuando no tenía particulares ganas de vivir, siempre me las arreglé para hacerlo. Sin embargo, ahora ya no. Justo cuando era probable que quisiera vivir, cuando era probable que hubiera encontrado a alguien con quien quisiera vivir —alguien *por quien* vivir—, pasaba esto.

Meneó la cabeza.

—No le encuentro la gracia.

—No, no puedes. Tú, que quieres salvar al mundo. Arriesgaste tu pellejo por mí aun cuando me abandonaste, aun cuando ya no querías tener nada que ver conmigo —le acaricié la mejilla con la mano sana—. Eres demasiado decente para este mundo, Luna. Demasiado buena para mí.

—Fowler —había tanta pena en el simple sonido de mi nombre que sentí alivio: al menos no era odio. El hecho de que estuviera muriendo evitó que me despreciara. Emití un resoplido. Eso me volvía patético, pero así era. Tuve un fogonazo de aquel beso subterráneo. Era una lástima que no hubiera muerto entonces, rápidamente y en medio de ese remolino de su aroma barrido por el viento. Pero no, en su lugar, mi muerte sería una prolongada agonía–, yo... no quiero que te mueras.

Suspiré y volví a bajar el brazo a un costado del cuerpo.

–Luna, ya estoy perdido.

CINCO

Luna

Dediqué el día siguiente a tratar de que Fowler estuviera lo más cómodo posible. Varias veces, salí a buscar agua y lo dejé solo. Él dormía cada vez más. La mitad del tiempo ni siquiera era consciente de mis entradas y salidas. Le enjuagué el brazo con agua hasta que ya no pude oler la toxina en la superficie de su piel. Sin embargo, no se había ido del todo. El veneno se había escondido profundamente, se había instalado más allá de su piel y fluía por su sangre. Le levanté la cabeza y lo ayudé a beber, esperando que eso lo ayudara de alguna manera. Cada vez que había estado enferma, Perla me presionaba para que bebiera. La extrañaba más que nunca, estaba segura de que ella sabría cómo ayudarlo. Yo, en cambio, no era muy útil.

Le lavé la cara, el pecho y los brazos. Luego me ocupé de mí y también me lavé lo mejor que pude. Mi estado era desastroso. Me di por vencida con mi cabello apelmazado. Había conseguido quitarme todo el barro de la piel, pero mi pelo era un caso perdido. De todas maneras, no me importaba demasiado mi apariencia: tenía mayores preocupaciones.

La fiebre retuvo a Fowler bajo su dominio. Se acabaron las conversaciones. Al menos nada que fuera inteligente. Se sacudía en el suelo de la cueva y balbuceaba palabras incoherentes, que salían tropezando de sus labios. Más de una vez llamó a Bethan. El nombre me hizo estremecer. Era obvio que era alguien importante para él. Alguien a quien nunca había considerado conveniente mencionar. Era un recordatorio más de que había muchas cosas que yo no sabía de Fowler.

Sentada junto a él, sintiéndolo morir, mi mente deambuló por senderos que era mejor no transitar. Él había estado presente cuando su padre mató a mis padres y se apoderó del trono. Era solo un muchacho, un niño, pero había estado ahí. Había aprovechado los beneficios de vivir en el palacio y tomar mi lugar, había disfrutado de lo que debería haber sido mi vida como heredera del trono del rey.

Yo no sabía nada acerca de *todo eso* y, sin embargo, pensé que lo amaba. Creí que era posible que él me amara también. *Lo suficiente como para morir por mí.* Aparté el pensamiento de mi mente. Fowler no había compartido conmigo nada que fuera verdadero acerca de él. Yo no lo conocía en absoluto. Y ahora ya no podría conocerlo nunca más.

Tomé su mano y la aferré entre las mías mientras revoloteaba encima de él, sintiéndome sola aun cuando todavía estuviera conmigo. Era apenas la sombra de él, gimiendo y temblando de fiebre.

–Eres fuerte, Fowler. Tú puedes vencer esto –apreté su mano intentando transmitirle algo de fuerza.

Me devané los sesos recordando todo lo que Sivo y Perla habían dicho acerca de la toxina de los moradores, pensando que debía existir algo más que yo pudiera hacer. Habían dicho que era letal, pero ellos no sabían todo. ¿Qué más habían hecho, además de esconderse del mundo y de todos los problemas de los moradores? Tenía que existir una forma de vencer a ese veneno. Solo lo tenía en el brazo y era joven y vital.

Unos rasguños en el exterior de la cueva me hicieron poner de pie de una sacudida. Curvé la mano alrededor de la empuñadura del cuchillo y me preparé para usarlo. Se tratara de un morador o de un hombre, yo saldría en nuestra defensa.

Un gruñido grave y repentino acompañó el movimiento en el exterior de la cueva. Un morador no haría ese ruido. Además, ellos únicamente deambulaban sobre suelo permeable. Sivo decía que era porque no querían que los atraparan lejos de una zona de acceso subterráneo, en caso de que tuvieran que huir con rapidez a su hogar.

Aun así, ese gruñido me resultaba familiar, pero no porque perteneciera a los moradores.

Aflojé levemente la fuerza con que aferraba el cuchillo. Con cierta desconfianza, susurré:

–¿Digger? ¿Eres tú?

Las garras del lobo arbóreo repiquetearon sobre el piso rocoso con paso tranquilo mientras hacía su ingreso en la cueva. Me saludó con un gemido.

–Digger –susurré mientras mis hombros se desplomaban al desvanecerse la tensión. El brazo cayó a mi costado, el cuchillo se aflojó entre los dedos.

El lobo me olfateó y deslizó el hocico debajo de mi mano libre. Acaricié la suave textura de su nariz.

–Digger, me encontraste –caí de rodillas frente a él, entrelacé los brazos alrededor de su cuello mientras mi pecho subía y bajaba repetidamente como un nudo que se ataba y desataba. De repente, ya no me sentí tan sola–. ¡Buen chico!

Hundí el rostro en su melena áspera. La bestia gimió otra vez, pero no se apartó de mí. Los dedos escarbaron más profundamente en su grueso pelaje. En este momento, era todo lo que tenía, mi único amigo en todo el mundo.

Soportó mi abrazo durante algunos instantes, el rumor de su cola larga y ondeada sobre el suelo rocoso era un sonido reconfortante. Hasta que decidió que ya era suficiente. Nunca fue de permanecer cerca por mucho tiempo, me lamió la cara y partió. Escuché el suave repiqueteo de sus garras, sin preocuparme por si lo volvería a ver. Sabía que regresaría. Se había tomado el trabajo de encontrarme. Estaba segura de que volvería.

Me acurruqué a esperar junto a Fowler. Vertía agua a la fuerza por su garganta y tocaba su frente hirviendo, esperando que la fiebre cediera y que él pudiera ser inmune a la toxina de los moradores. Podía suceder. Tal vez. En este mundo, todo era posible. Los últimos diecisiete años me lo habían enseñado.

Digger regresó unas pocas horas después, tal vez más, tal vez menos. Era difícil saberlo. Normalmente, yo era buena evaluando el paso del tiempo, pero sentía que me hallaba en una nebulosa donde el tiempo se había detenido.

El olor penetrante de su pelaje y el repiqueteo de sus garras anunciaron su llegada, junto con una liebre apretada entre sus dientes. Arrojó el animal muerto a mis pies y luego se echó sobre las ancas, moviendo la cola, esperando la merecida alabanza.

–Buen chico, Digger –murmuré dulcemente acariciándole la cabeza antes de darme vuelta y preparar el animal. A pesar de que era Sivo quien usualmente realizaba la tarea, yo sabía qué hacer: desde quitarle la piel hasta encender el fuego y colocar la liebre sobre la llama para cocinarla. Me mantuve ocupada, contenta de tener una tarea. Era mejor que percibir a Fowler con el corazón en la garganta, estremeciéndome ante cada respiración irregular, aterrorizada de que fuera la última.

Mientras preparaba la liebre, me di cuenta de que Digger se movió lentamente hacia donde yacía Fowler y lo olfateó con cautela. Me quedé quieta y tensa, asegurándome de que sus intenciones fueran amistosas y de que no fuera a darle un mordisco. Continuó olfateándolo y sus garras arañaron la roca mientras se iba acercando más y más, y luego lo husmeó ligeramente y resopló contra su pelo.

Sonreí con levedad al sospechar que intentaba despertarlo. Digger se dio por vencido con un resoplido y luego se echó cerca de Fowler. Sentí que se me hinchaba el pecho: que esta bestia salvaje pudiera encontrar ternura en su interior no solo para mí, sino también para Fowler hacía que el mundo pareciera un poquito mejor y no un lugar completamente oscuro y sin esperanza. Un poquito menos inhóspito.

Me dediqué a cocinar la liebre sobre el fuego, cuidando no quemarme. No podía darme el lujo de lastimarme: debía cuidar a Fowler. Dependía de mí sacarlo de ese estado. Y lo haría. Tenía que hacerlo.

Cocinar era un riesgo, lo sabía, y no porque pudiera quemarme. El olor podía atraer a moradores dispuestos a arriesgarse a transitar por las rocas, pero yo necesitaba comida. Necesitaba mantener la fuerza.

No se aventurarían hasta las rocas. Por ahora, estábamos a salvo. Dejé que ese mantra se extendiera dentro de mí, necesitaba creerlo. Fue mi único pensamiento mientras la liebre terminaba de cocinarse sobre el fueguito. Me senté al lado de Fowler y, con paciencia, vertí agua por su garganta mientras le hablaba y dejaba que escuchara mi voz.

Digger estaba recostado cerca; su enorme lomo peludo, una almohada caliente contra mi cuerpo. Me sentí casi segura, caliente y cómoda… si tan solo Fowler no estuviera peleando por su vida. Los pelos del lomo de Digger se levantaron un momento antes de que el rugido sordo de su gruñido llenara nuestro pequeño santuario. Mi recelo estaba fuera de lugar. No debía temer que los moradores nos encontraran. Le di unas palmadas en el lomo y sentí que tenía todos los pelos erizados.

–¿Qué te pasa, muchacho?

Se levantó de un salto y salió trotando de la cueva para investigar. Me mordí el labio resistiendo el impulso de llamarlo para que regresara, aun cuando realmente me sentía sola y vulnerable. De hecho, no deseaba hacer ni un solo ruido ni volverme un blanco más evidente.

En su lugar, tomé otra vez el cuchillo, estaba tan tensa como un listón de madera. Flexioné la mano alrededor del canto de la daga, la palma resbaladiza por el sudor.

Estiré la mano libre hacia Fowler y aferré la dura curva de su hombro. Aun en ese estado, seguía pareciendo fuerte y vital. Tal vez eso se debía simplemente a la fiebre: el ardor de su piel impregnada de calor en medio del frío de la cueva. Calor que parecía indicar salud, comodidad y bienestar.

Lo palmeé como para tranquilizarlo, para tranquilizarme a mí, supuse. Volaba de fiebre, ignoraba por completo mi presencia.

Capté cada sonido: el aleteo de un murciélago en la lejanía, fuera de la cueva; los jadeos de agotamiento. El ruido de múltiples pisadas llegó a mis oídos mucho antes de que oyera voces que me alertaban que había hombres aproximándose. Conocía su andar, tan distinto del de los moradores, cuyos pasos se arrastraban.

Solté el hombro de Fowler y me levanté con dificultad, el cuchillo aferrado delante de mí con manos resbaladizas de sudor, pero sorprendentemente firmes.

Conté tres mientras aparecieron, uno a uno, deslizándose a través de la boca de la cueva.

Invadieron nuestro espacio, impregnándolo con su hedor: transpiración y un subyacente olor a caballo. Eso significaba que no viajaban a pie. En algún lugar, fuera de la cueva, había caballos que los esperaban. En las rocas, sin ninguna duda. Nunca los hubieran dejado en un espacio abierto, indefensos ante los moradores. Mi mente se desbocó al pensar en el terreno que Fowler y yo podríamos cubrir si tuviéramos esos caballos.

Y luego la realidad se desplomó súbitamente sobre mí. ¿Cómo podía hacer para subir a Fowler a una montura? ¿Y cómo haríamos para viajar si él ni siquiera estaba despierto?

—Tenías razón, Jabon. Hay alguien aquí dentro. Y parecería que son dos.

Otra voz, supuestamente la de Jabon, respondió con brusquedad.

—Confía siempre en mi olfato, Kurk. Nunca me ha engañado, en especial si hay comida involucrada, y yo te dije que olía a carne asada.

Esas palabras hicieron que quisiera pegarme a mí misma. Cocinar la liebre los había atraído hasta aquí. Yo los había guiado hasta aquí. Los había atraído hasta Fowler.

Fui yo.

Se escuchó un leve tintineo cuando uno de los hombres se movió y reconocí al instante el sonido de la cota de malla. Sivo había conservado su cota de malla en un baúl. De niña, me había puesto esa larguísima túnica metálica, me había disfrazado fingiendo ser un gran caballero como Sivo. Como mi padre. Por supuesto que Perla protestaba cada vez que me pescaba y me recordaba que yo era una niña… la única y verdadera reina de Relhok. Según ella, las reinas no vestían cotas de malla. Sentí un dolor ardiente en el pecho. Los extrañaba. Especialmente ahora que tenía que enfrentar a esos hombres y a la humillación que me esperara a manos de ellos.

—Vamos, muchacho, baja el cuchillo —era otra vez la voz áspera y gutural.

Meneé la cabeza y levanté más el cuchillo.

—¡No se acerquen! —hasta el momento, mi experiencia no me había permitido confiar en que un soldado con cota de malla fuera ni remotamente como Sivo o mi padre. No era tan inocente como para esperar algo así.

—No pretendemos lastimarte —aportó otra voz, también masculina, pero decididamente más joven y suave que las voces de los otros dos—. Somos un convoy que regresa a casa desde la ciudad de Relhok.

¿Venían de Relhok? Esa sola admisión me brindó una leve esperanza. Si ellos venían de allí, entonces yo podía llegar allí.

Prosiguió:

—He vivido toda mi vida en estas tierras y debo decir que no tienes la manera de comportarte ni de hablar de los habitantes de Lagonia.

¿Lagonia? ¿Lagonia, el país? Por estudiar geografía con Sivo, yo tenía el conocimiento suficiente como para saber que Lagonia limitaba con Relhok. ¿Nos habíamos desviado tanto hacia el este que cruzamos al país vecino?

Por un momento, sentí un alivio en el pecho. La orden de matar muchachas era un edicto de Relhok, no una ley de Lagonia. Si estábamos en Lagonia, al menos yo estaba a salvo de esa amenaza.

Apenas el pensamiento cruzó mi mente, lo aparté. Nunca estaba a salvo. Sobre todo, entre esos tres extraños. *Soldados.* Los soldados eran una especie dura y brutal. Sabía que tenían que existir para que sobreviviéramos, pero aun así no quería tener nada que ver con ellos. Prefería estar en la torre con mis seres queridos. No los había valorado lo suficiente.

—No queremos hacerte daño —continuó el de hablar suave—. ¿Qué tal si compartes un poco de tu comida con nosotros y, a cambio, te escoltamos hasta Ainswind?

Debíamos estar muy cerca de la ciudad si nos ofrecía escoltarnos hasta la capital.

—¿Qué te hace pensar que necesito una escolta hasta Ainswind? —repuse con brusquedad, esforzándome por mantener un tono de voz grave. Todavía no podía revelar mi sexo. Aun cuando ellos fueran de Lagonia, no estábamos lo suficientemente lejos de Relhok como para que anunciara que era mujer.

Era indudable que conocían el decreto. Admitido por ellos mismos, acababan de regresar de la ciudad Relhok. Mi cabeza se vendería a buen precio para ellos, sin importar su país de origen.

—Ah, entonces no quieres ir a Ainswind. Es la zona más cercana donde hay civilización… y seguridad. ¿Por qué no querrías algo así? La gente muere, muere literalmente, por cruzar sus muros —hizo una pausa, y un silencio tenso se extendió entre todos nosotros. Después de unos instantes, su suave voz prosiguió—. Solo propongo un intercambio. Nuestra escolta por un trozo de esa deliciosa liebre. Son solo ustedes dos, ¿verdad? Y tu amigo no se ve muy bien. Podemos ayudarlos. Me llamo Breslen, ¿y tú?

Era tentador confiar en Breslen. Fowler necesitaba atención y era probable que yo no pudiera brindársela. Probablemente mi ayuda no fuera suficiente.

—Nosotros somos más —me persuadió, su tono relajado sugería que yo ya lo sabía. Era razonable, lógico. Algunas semanas atrás, yo habría estado de acuerdo con esa lógica aun cuando Fowler nunca la había aceptado. Él pensaba que, cuanto mayor era el número, más grande eras como blanco.

Pero ¿qué opción tenía? Ellos eran tres, Fowler estaba casi muerto y yo estaba sola. Decidiendo que la agresión no me llevaría a ningún lado, bajé el cuchillo. Tendría que encontrar la forma de manejar esa situación. Hice un gesto hacia el suelo, como si hubiera una elegante mesa frente a nosotros.

–Tomen asiento. No es mucho, pero lo compartiré.

–Buen muchacho –los tres soldados se sentaron cerca del fuego y atacaron la liebre. Yo esperé, sin exigir nada para mí. De todas maneras, tenía mis dudas de que pudiera comer. De repente, se me había hecho un nudo en el estómago. Estaba muy tensa, básicamente sola e indefensa, en la compañía de tres desconocidos.

Coloqué una expresión neutra en el rostro. Tanto que esconder y tanto de que protegerme. Ocultar todos mis secretos era agotador. Era mujer, ciega, la única y real heredera de Relhok y ahora también tenía que ocultar los secretos de Fowler. Me zumbaban las sienes.

–Relájate, muchacho. Toma esto –ante el ofrecimiento de Breslen, estiré la mano oliendo el trozo de carne humeante que me alcanzaba. A pesar de que no estaba de humor para comer, lo acepté y me obligué a masticar mientras aferraba la armadura bajo el recorrido de sus miradas.

No muy lejos en mi recuerdo, se hallaba el último extraño con quien nos habíamos topado. Intentó matarme para conseguir mi cabeza. Estos hombres podían intentar hacer lo mismo. O algo peor. Había otras cuestiones que temer.

Tomé la carne grasosa y me obligué a comer otro bocado. Mi falta de apetito no les pasó inadvertida.

–Come. No somos tan desconsiderados como para comer toda tu comida –me alentó Breslen–. Vamos, jovencito.

Con una vacilante inclinación de cabeza, me obligué a tragar otro bocado.

–Toma un poco más.

A regañadientes, acepté, casi deseando que el soldado no fuera tan generoso. La carne estaba suficientemente caliente como para chamuscarme los dedos, pero no la solté. Acerqué la liebre asada a los dientes y mordisqueé, seguía con el estómago hecho un nudo como para comer un trozo más grande.

–¿Qué le pasa a tu amigo? –preguntó uno de los hombres de voz más profunda. Kurk, supuse. También era más grandote, movía constantemente su corpulento cuerpo dentro del pequeño espacio, rozando la pared de roca–. No me digas que es por tu comida –lanzó una risotada ante su propia broma.

–No –contesté suavemente, manteniendo un tono de voz grave.

–Los moradores, ¿lo atraparon? –preguntó Breslen. Para ser alguien tan joven, era perceptivo. Ya había deducido que era el líder de los tres: no la fuerza, sino la inteligencia.

Asentí.

–Qué lástima –dijo Kurk con la boca llena de comida–. No hay nada que hacer. Le queda mucho sufrimiento por delante. Lo mejor que se podría hacer por él sería clavarle un cuchillo entre las costillas para que no sufra más. Yo estaría dispuesto a ayudar si no te atreves a hacerlo.

Respiré profundamente. Entendía lo que decía, pero no por eso estaba menos horrorizada. Aun cuando tuviera razón, aun cuando fuera la manera más compasiva de actuar, yo no podía hacerlo. Nunca podría hacer algo semejante. Y lo supe justo en ese momento. No importaba quién era ni lo que había hecho, Fowler significaba mucho para mí. Todavía lo quería. Aunque su padre fuera un malvado y responsable de todo lo malo que me había sucedido. Aunque no hubiera espacio en mi vida para sentimientos de ternura porque tenía que matar a un tirano y salvar mi país. Sin lugar a dudas, había debilidad en mi interior, pero no permitiría que me afectara. La aplastaría debajo del pulso de la obligación que se agitaba dentro de mí.

–No lo toquen –gruñí.

–Es lo que yo desearía –intervino Jabon–. ¿Estás seguro de que no es lo que él quiere?

–Fowler es un luchador –insistí, bajando las manos que sostenían la carne fibrosa y debatiéndome en si debía volver a levantar el cuchillo. ¿Tendría que defender a Fowler?

–Luchar no importa –bufó Kurk, su cuerpo corpulento arañó otra vez el suelo al cambiar de posición.

–¿Fowler? –ante la suave pregunta, una ola de incomodidad me atravesó la espalda. No era un nombre demasiado raro, pero me arrepentí de haberlo pronunciado en voz alta. Había escapado de mis labios, pero cómo iba a imaginar que tocaría una cuerda sensible en este soldado… emisario o lo que fuera. Breslen no era mi amigo. Debería haber sabido que cuanto menos dijera, mejor–. ¿Entonces ese es su nombre?

Puse una expresión de algo que, con suerte, no revelara pánico. No podía conocer a Fowler. Los nombres de reyes y reinas eran notoriamente populares.

—Por casualidad, ¿no es de la ciudad de Relhok? —se levantó de donde estaba sentado y deslizó su cuerpo de complexión ligera hacia donde se encontraba Fowler, que temblaba de fiebre.

—No —respondí—. Ni siquiera hemos estado ahí.

—Interesante. Tu acento dice lo contrario.

Claro que tenía que sonar como si fuera de allí. Crecí rodeada de dos personas que nacieron y se criaron allí.

No insistió ante mi mentira, pero sentí su mirada posada sobre mí.

—Mientes —señaló finalmente, esa voz amable me azotó como el más cruel de los látigos.

Me estremecí.

—Ha estado antes en la ciudad de Relhok —habló deprisa, claramente emocionado por su descubrimiento—. De hecho, es su ciudad.

Los otros dos soldados acomodaron el peso del cuerpo y produjeron un murmullo de ropa mientras se inclinaban hacia adelante como si también tuvieran que echarle un vistazo a Fowler.

Yo sacudí la cabeza tratando de mostrarme desconcentrada. A decir verdad, el desconcierto no estaba muy lejos. ¿Cómo podía conocer a Fowler?

—¿Qué quieres decir? —aún si alguna vez había entrevisto a Fowler desde lejos, había sido hacía muchos años. Mientras tanto, él había estado viviendo una vida dura en el Afuera.

No podía parecerse al bien alimentado e indudablemente consentido aristócrata de años atrás. No, este endurecido Fowler no podía lucir igual en absoluto.

–Lo conozco. Es el príncipe de Relhok, el hijo del rey de Relhok y único heredero.

A mi izquierda, Jabon emitió un silbido con los dientes mientras Kurk inquiría:

–¿Qué? Yo pensaba que estaba de viaje en una misión diplomática en Cydon.

Asimilé la información. Obviamente, esa era la historia que Cullan había propagado para explicar la ausencia de su hijo. No importaba cuán improbable fuera que el rey permitiera que su único hijo deambulara fuera de la seguridad de los muros de la ciudad de Relhok. Cualquier historia que Cullan presentara se tomaba como verdadera. Nadie se oponía a ese miserable.

–Mentiras, aparentemente –respondió Breslen con tranquilidad–. El rey Cullan no quiere que nadie sepa que su único heredero ha desaparecido. Interesante. ¿Qué está haciendo tan lejos de su hogar?

Me humedecí los labios, el corazón me latía con tanta fuerza que estaba segura de que todos ellos lo escuchaban. Creo que Breslen se inclinó sobre Fowler. Contuve la respiración, escuchando, lista para saltar si yo llegaba a reconocer que fuera a tocarlo.

–¿Qué estás haciendo aquí con él? –Kurk dirigió la pregunta hacia mí y su tono era decididamente menos amistoso que un rato antes. La sospecha envolvía cada palabra.

Meneé la cabeza.

–Yo no tengo la menor idea de que él pertenezca a… la realeza. Deben estar equivocados. Es simplemente alguien a quien encontré por acá –agité la mano señalando el mundo que no podía ver, pero que sentía como un latido vibrante dentro de mi pecho.

Eso era lo que pensaba de Fowler, al menos al principio. Era solo alguien excepcionalmente bueno con el arco y la flecha. Alguien que sabía cómo sobrevivir en la oscuridad… como si él formara parte de este mundo y el mundo formara parte de él. Eso había pensado. Era lo que deseaba, ahora más que nunca, que fuera cierto.

Un leve rumor de tela me advirtió que Breslen estaba tocando a Fowler. Me lancé hacia adelante, los vellos de los brazos erizados.

–¡No lo toques!

–Tranquilo, jovencito. Solo estoy revisando sus heridas, suponiendo que quieras que lo salvemos.

Me quedé helada.

–¿Salvarlo? ¿Pueden hacerlo?

–No es *imposible*.

La tensión de mis hombros se evaporó. No me había dado cuenta de lo cerca que había estado de darme por vencida, de dejar de pensar que Fowler tenía alguna esperanza de sobrevivir, hasta que escuché la desesperación en mi voz.

–Es posible. Si es el hijo del rey Cullan, estoy seguro de que el rey Tebaldo haría todo lo posible para lograr que viva. *Si lo es…*

Dejó la frase suspendida en un claro soborno para conseguir la verdad. Sentí las miradas de ellos clavadas en mí esperando una respuesta, esperando que les confirmara que él realmente era el hijo de Cullan. Tragué para quitarme el gran nudo que tenía en la garganta. Era tentador y, sin embargo, sabía que Fowler me hubiera impulsado a negarlo… aun cuando implicara su muerte. No quería tener ninguna conexión con su padre. Había forjado su camino, arriesgándose a morir cada día sin decir que Cullan era su padre. Lo habría destrozado tener que admitir la verdad ante mí. Yo no podía admitirla ante ellos.

En el instante de silencio, como percibiendo mi indecisión, Breslen agregó con tono alentador:

–Quizás no conocías la verdadera identidad de nuestro compañero. Pero ahora la conoces. Tu amigo es el príncipe de Relhok.

Solté una bocanada de aire, mi negativa pendía de un hilo.

–Esto es una locura…

–Sin duda. Es realmente inusitado encontrar a un príncipe dentro de una cueva, muriéndose. Realmente inesperado –soltó una risita por lo bajo–. Fui otras dos veces a Relhok como emisario del rey Tebaldo. He visto a tu compañero allí antes. Por supuesto que, en ese momento, estaba vestido de forma más majestuosa. Y me parece recordar que circulaban muchos rumores acerca de él.

–¿Rumores? –murmuré porque no pude contenerme. Sabía tan poco de él, especialmente del Fowler que había vivido en la ciudad de Relhok… en *mi* lugar, viviendo la vida que debería haber sido mía.

–Sí. Estaba enamorado de una joven que su padre no aprobaba. Una campesina. Era el chisme de todo el palacio. Su padre estaba muy disconforme con él.

¿Fowler estaba enamorado de otra muchacha? ¿Cuál era el nombre que había mencionado en sueños? ¿Bethan? Otro dato más que demostraba que él era realmente un extraño para mí.

–No te preocupes –continuó Breslen–. Relhok y Lagonia son aliados.

Uno de los otros soldados lanzó un resoplido y masculló:

–Al menos por el momento.

Breslen prosiguió como si él no hubiera hablado.

–Recibirían al príncipe Fowler con los brazos abiertos y se ocuparían de él… hasta lo curarían.

Levanté la cabeza mientras la esperanza repiqueteaba dentro de mi sangre. Tragué una bocanada de aire y luché para controlar mi acelerado corazón. Eso era posible. Podía conseguir que ayudaran a Fowler y, una vez que estuviera en buenas manos y en vías de recuperación, podría proseguir mi camino.

Todavía podía concluir mi misión. Tenía que hacerlo. No importaba el corazón dolido. Ni tampoco importaba el miedo creciente que amenazaba consumirme por estar rodeada de estos hombres. Tenía que resistir todo esto y luchar como había hecho con todo lo demás. No podía dejarme vencer.

–Ellos, ¿lo atenderían? –insistí.

–Ciertamente. El propio médico del rey se ocuparía de sus heridas.

–Pero está envenenado. ¿No es demasiado tarde? La toxina…

–Si lo llevamos a Ainswind lo suficientemente rápido, pueden curarlo.

Alcé el mentón, permitiéndome asimilar las novedades, permitiendo que la esperanza me llenara de energía y me llevara en una nueva dirección.

–Muy bien. Marchémonos de una vez.

SEIS

Fowler

Mi mundo se mecía y cabeceaba. Sentía como si aún estuviera en el bote, en las afueras de Ortley, sobre aguas negras que se balanceaban debajo de mí. A pesar de que algo me carcomía la mente y me decía que eso no era exactamente así, era lo único a lo que podía aferrarme.

Quería estar en ese bote, dirigiéndome hacia la orilla, fuera del peligro inmediato y regresando a Luna. Tomaríamos las algas y nos marcharíamos.

Sujetando lo que me dije a mí mismo que era el borde del bote, pensé en Luna. Pensé en la isla de Allu, un lugar donde no existían los moradores, donde ella no tenía que fingir ser un muchacho; donde yo no tenía que ser tan incansable, donde podía ser algo diferente de esta versión de mí mismo.

Por un tiempo, con Luna, creí que podía tener eso, un refugio en medio de este mundo. Ella me convenció de que eso era posible, no con sus palabras, sino con su infatigable optimismo de que la vida podía ser algo más que dolor y sangre, y una línea recta hacia una muerte inevitable.

Una energía nerviosa zumbaba dentro de mí. Algo no estaba bien. Fruncí el ceño y ladeé la cabeza para escuchar el ruido del viento sobre el agua.

–¿Fowler?

Entreabrí los ojos y miré hacia donde venía la voz. Era familiar y, al mismo tiempo, no lo era. Un poco parecida a la voz de Luna, pero diferente, como si me estuviera hablando a través de un trozo de tela.

Todo era oscuridad, pero eso no era distinto de cualquier otro día. Levanté la mano y la arrastré por mi rostro tratando de apartar la espesa niebla, como si ese movimiento fuera suficiente para que todo se aclarara.

–Tiene los ojos abiertos –dijo una voz. Esta no era familiar, sino más profunda y dura, como guijarros filosos contra mi piel.

–Denle un poco de agua. Fíjense si bebe algo.

Parpadeé y me di cuenta de que estaban hablando de mí.

De pronto, había una petaca en mi boca. El agua salpicó mis labios y bebí con avidez. En ese momento, lo único que me importaba era el agua, ese bálsamo húmedo que se deslizaba por mi garganta.

–No demasiado. Te caerá mal.

La petaca desapareció y balbuceé una protesta, la manoteé, pero solo conseguí agarrar el aire. El movimiento disparó un dolor ardiente que chisporroteó por mi brazo, un recordatorio de lo mal que estaban las cosas. Si bien no estaba muerto, tarde o temprano, la toxina que fluía por mi cuerpo acabaría conmigo. Pero mientras todavía estaba vivo, podía proteger a Luna. Podía intentarlo con mi último aliento. No podía apagar ese impulso que brotaba en mí. Era más que un impulso. Tenía una deuda con ella. Por las transgresiones de mi padre, por todo lo que él le robó. Le debía más de lo que nunca podría llegar a devolverle. Inhalando, luché para tragar ese dolor que entumecía mi mente y me concentré en Luna, y en estar seguro de que estuviera bien.

Parpadeé unas veces más y fijé la mirada en la oscuridad, buscándola, esperando que mi visión se adaptara a la densa y vaporosa penumbra.

Había figuras que se movían a mi alrededor, todas montadas a caballo. El distante sonido de succión de cascos sobre suelo fangoso lo confirmó. *Yo* estaba arriba de un caballo, mi cuerpo se balanceaba con su movimiento y había una ancha pared a mis espaldas.

Yo luchaba para sentarme derecho, conteniendo una oleada de náusea y alejándome de la pared con fuerza y determinación. Ahí fue cuando la pared cobró vida detrás de mí y una mano se cerró sobre mi hombro. Me sobresalté al darme cuenta de que era un hombre. Un hombre muy grande. Aparté la mano y traté de darme vuelta, listo para atacar a mi captor. La mano colosal que aferraba mi hombro apretó con más fuerza para demostrarme cuán imposible era esa proeza. Me encogí bajo la presión, débil como un pájaro quebrado.

–Fowler, no luches. Nos están ayudando –otra vez pensé que la voz pertenecía a Luna, pero era distinta. Abrí la boca para hablar, pero brotó un graznido. Tenía la boca tan seca como un arroyo estéril. Moví la garganta tratando de tragar mientras mi mirada se volvía más nítida e identificaba el contorno grisáceo de una figura grabada contra la noche cada vez más oscura. Un rostro me miró fijamente, ojos oscuros que brillaban como el carbón. Luna.

Estaba montada sobre un caballo, pero no estaba sola. Había un hombre detrás de ella, de tamaño similar. Luna lo tapaba casi por completo, pero alcancé a distinguir sus ojos observándome por encima del hombro de ella. Ojos imposibles de ignorar.

Mis pensamientos se agitaron como penachos de plumas flotando en el viento, buscando un lugar donde aterrizar. Me asaltó la loca necesidad de alcanzarla, pero me contuve al recordar que ni siquiera podía ayudarme a mí mismo, mucho menos a ella.

Sin poder relajarme, me senté con rigidez contra el gigante que tenía detrás.

El caballo andaba lentamente debajo de nosotros y sentía el esfuerzo de sus músculos en cada balanceo. Nuestro peso combinado tenía que ser una carga. Tendríamos que detenernos pronto para que los caballos descansaran o se desplomarían. Ese pensamiento me dio esperanza. Tal vez entonces Luna y yo podríamos escaparnos. O al menos Luna podría.

–Fowler, estos hombres nos están llevando en busca de ayuda.

Hizo que sonara tan *posible* que nos estuvieran ayudando y que yo pudiera terminar, al final de este viaje, de cualquier manera, menos muerto.

Abrí la boca y luego la cerré, sin saber bien qué decir ni qué les había contado Luna. No tenía la menor idea de qué era lo que sabían y lo que no sabían… si se habían dado cuenta de que ella era una muchacha. Por su bien, esperaba que no.

Luna dijo que intentaban ayudarnos. ¿Podría ser verdad?

El hombre joven, sentado detrás de Luna, habló:

—Me alegra ver que está despierto. Hemos viajado lo más rápido posible para llevarlo pronto a Ainswind y prácticamente no se ha movido durante todo el trayecto.

—¿Cuánto tiempo? —logré que la pregunta brotara de mi garganta todavía reseca.

—¿Cuánto tiempo llevamos viajando juntos? —preguntó, su tono era pura cortesía—. Los encontramos hace tres días. Estamos muy cerca de Ainswind. Una vez allí, nos encargaremos de que esas heridas reciban la atención necesaria.

Si estábamos muy cerca de Ainswind, entonces estábamos en Lagonia. A través de la oscuridad, observé sus sucias túnicas, que se extendían sobre la cota de malla y mi visión se volvió más nítida. El halcón de Lagonia adornaba el frente de la tela. Eran soldados. Un sabor repugnante subió a mi boca. Ir a Ainswind era casi tan malo como regresar a Relhok.

Respiré con fuerza apartando el dolor para poder pensar más claramente. Alguien podría reconocerme allí. Lagonia y Relhok compartían una frontera. Los acuerdos entre los dos países habían sido intermitentes… al menos antes del eclipse.

Relhok y Lagonia habían mantenido una cautelosa tregua durante la mayor parte de mi vida. Mi padre se esforzaba mucho para mantener esa tregua. La estabilidad de Lagonia era la razón principal por la cual él luchó tanto para establecer la alianza. Sus fortificaciones eran más poderosas que las de la ciudad de Relhok. El número de sus tropas, también. Eran *más fuertes* en general, y ese hecho llenaba a mi padre de infinita frustración y lo obligaba a actuar con diplomacia cuando su instinto era conquistar.

Desde el momento en que empecé a caminar, me dijeron que me casaría con la princesa de Lagonia y que le brindaría alivio y estabilidad a Relhok. Tras puertas cerradas, mi padre hablaba sin tapujos sobre ese tema. Me decía que encontraríamos la forma de deshacernos del rey y del príncipe heredero de Lagonia después de que yo me casara con la princesa para poder gobernar ambos países. Era la visión de un loco, ahora lo sabía, pero de niño era solo una más de tantas cosas que mi padre decía. Deseaba que lo de él no fueran más que fanfarronadas, pero sabía que no era así. Él hizo cosas horribles. Matar a los padres de Luna no había sido más que el principio.

No sabía cómo se habían desarrollado los acontecimientos entre Relhok y Lagonia desde que me había marchado años atrás. En apariencia, las relaciones eran suficientemente amistosas si existían expediciones con escoltas que viajaban entre ambos países.

Mientras yo formaba parte de la corte de mi padre, los emisarios del rey Tebaldo habían estado en Relhok más de una vez.

Si descubrían mi identidad, no estaba seguro de cómo me recibirían. También estaba el tema de que mi padre probablemente se enteraría de mi presencia en Lagonia. Había lanzado un edicto para que sacrificaran a todas las jóvenes. No representaría nada para él enviar un ejército tras de mí.

Demasiadas preguntas daban vuelta dentro de mi mente... en especial con estos soldados como espectadores. Pero decidí quedarme con la más importante:

–¿Por qué nos ayudan? –no existía nada semejante al altruismo en este mundo, en esta vida. Y, ciertamente, no en estos soldados.

Quizás la pregunta fuera una pérdida de tiempo. Después de todo, nadie era completamente sincero. Hasta Luna se había guardado sus secretos, los había mantenido durante tanto tiempo detrás de esos ojos profundos y conmovedores. Me atrapó como un tonto. Me perdí en esos ojos insondables y me fui... enamorando de *ella*, sin siquiera saber quién era realmente. Y una vez que lo supe, nada cambió. Ni siquiera cuando huyó de mí cambiaron mis sentimientos. Después de aquella noche juntos, después de que yo me hubiera mostrado ante ella completamente vulnerable y en carne viva, ella igual me abandonó. Me drogó y se escabulló como si yo fuera un mal sueño que pudiera dejar atrás.

Yo también le mentí a Luna. El pensamiento opuesto se deslizó dentro de mi mente. Yo tampoco era la persona más comunicativa, pero nunca le haría daño.

Estos hombres... eran capaces de cualquier cosa. Había una recompensa por la cabeza de Luna. Podían decidir matarla en cualquier momento.

–Ya estamos cerca. Ainswind está a solo medio día de viaje –nadie respondió a mi pregunta.

Contuve mi lengua mientras hacía gestos de dolor y sostenía mi brazo agonizante contra el pecho. *Medio día.* La desolación se extendió dentro de mí. ¿Cómo lograríamos salir de esto en ese lapso de tiempo?

El hombre más pequeño continuó hablando detrás de Luna, su voz engañosamente afable.

–Fue buena suerte encontrarlos acá a usted y al muchacho –mis hombros prácticamente se desplomaron de alivio. No sabían que era una chica. Esa era una preocupación menos… por el momento.

El soldado de Lagonia siguió hablando y me concentré en su voz.

–Imagine nuestra sorpresa al encontrarlo con él. Y en su estado, para colmo –antes esas palabras, se me erizaron los vellos de la nuca. Daba a entender que estaba sorprendido de verme a mí *específicamente*–. Nos encargaremos de que lo curen. No tema, Su Alteza, está en buenas manos.

Sus palabras me sacudieron. El frío corrió por mi espalda y se instaló dentro de mi columna vertebral. Él se encargaría de que me curasen, pero mi llegada a Lagonia no sería ningún secreto. Mi padre se enteraría y, tarde o temprano, vendría por mí. Yo era su heredero. Por lo que a él concernía, eso significaba que yo le pertenecía.

El hombre se inclinó hacia el costado de Luna, su mirada atravesó la distancia que nos separaba y se encontró con la mía, transmitiéndome la dura verdad.

Él sabía.

Con una amplia sonrisa, señaló un lugar que se encontraba más adelante.

–Dejemos que los caballos descansen acá –clavó los talones y se nos adelantó a toda prisa. Nosotros apuramos el paso para colocarnos detrás de él y de Luna. Lo observé atentamente tratando de recordar adónde lo había visto antes. Me conocía, de modo que yo tenía que haberlo visto en algún lugar, pero no podía ubicar su borroso rostro.

Todas las piezas se pusieron en su sitio. Entendí por qué se molestaba tanto en llevarme a Ainswind. Yo era una mercancía: el príncipe de Relhok era una encomienda para el rey Tebaldo. Mi esperanza de escapar murió súbitamente. Teniendo en cuenta quién era, no iba a permitir que me escapara. Pero quizás Luna podía hacerlo. Para él, ella no era más que un muchacho.

Nos detuvimos cerca de un bosquecillo. Me apeé con muy poca gracia, el brazo apretado contra el pecho. A pesar de estar inmovilizado, a cada instante me sentía atravesado por el dolor.

Luna apareció apresuradamente a mi lado. Su falta de vista era otra cosa que ellos no sabían de ella. Eso también era algo bueno. Era mejor que no la vieran como una persona impedida en ningún sentido.

–Ya te tengo –murmuró cerca de mi oído y le hice un guiño mientras caminaba rengueando hacia un árbol con su indispensable ayuda. No se suponía que fuese así. Se suponía que yo debería protegerla a ella. Eso era lo que le había prometido a Sivo cuando nos marchamos de la torre.

–No deberías estar haciendo esto –susurré mientras la ira se despertaba y se mezclaba con el dolor que bullía en mi interior.

–¿Haciendo qué? –preguntó volteando levemente la cabeza y escuchando a los tres hombres que estaban detrás de nosotros. Siempre cauta, siempre vigilante.

–Ayudándome –gruñí–. Tienes que cuidarte a ti misma.

–¿Como hiciste tú cuando me salvaste la vida… digamos, unas diez veces? En realidad yo pienso que somos bastante buenos para salvarnos mutuamente.

No reconocí que pudiera tener razón: eso no haría más que alentarla. Mantuve una mirada atenta sobre los tres hombres, que permanecían junto a los caballos.

–Tienes que marcharte de aquí, Luna. Antes de que descubran que no eres un muchacho. No confío en ellos. Solo me están llevando a Ainswind porque esperan alguna recompensa por entregar al hijo de Cullan. Ellos solo se preocupan por sí mismos. Tú también serías un premio que no podrían pasar por alto. No estamos lejos de Relhok. Todavía pueden cortarte la cabeza y entregarla a cambio de una recompensa.

Suspiró mientras pasaba un brazo alrededor de mi cintura y me ayudaba a bajar al suelo.

–Te preocupas demasiado –una vez en el piso, se agachó junto a mí y apoyó la palma de la mano en mi sien–. Todavía estás caliente. Muy caliente.

Le tomé la muñeca súbitamente.

–No voy a sobrevivir…

–No digas eso. Dijeron que tienen un remedio que puede curarte.

–Dirán cualquier cosa. Siempre y cuando me lleven a Ainswind vivo o muerto, recibirán algún tipo de recompensa.

El ceño fruncido, Luna dirigió la vista hacia los soldados como si pudiera verlos. Siempre me resultaba inquietante la forma en que lo hacía. A esos hombres, Luna les parecía normal, de vista perfecta, pero yo sabía que ella era cualquier cosa menos normal. Aún más allá del dolor que zumbaba en todos mis nervios, un dolor que resultaba tan profundo e intenso que me hacía doler los dientes, se me hacía un nudo en el estómago pensando en ella y en que no era precisamente *normal*. Era especial. Una rareza. Ni siquiera debería estar viva, pero lo estaba. Ella vivía y yo quería meterla dentro de mí, absorberla hasta que la conociera tan bien como a la forma y al tamaño de mis propios huesos. Hasta que el gusto de ella fuera tan evidente como el mío.

Pero nada de eso pasaría. No podía pasar.

—No voy a dejarte aquí —prometió.

Sosteniéndole todavía la muñeca, la atraje hacia mí hasta que su nariz estuvo casi pegada a la mía. Hizo una mueca de dolor ante la presión de mi mano sobre su brazo, pero no aflojé la fuerza. Tenía que hacerla comprender.

—No dejes que te lleven dentro de la ciudad, Luna.

—Debes descansar, Fowler —desprendió mis dedos de su brazo—. No pienses. Yo puedo manejar la situación.

Cerré la mano en un puño y lo estampé contra el suelo.

—¿Cómo puedo lograr que hagas lo que yo digo solo por esta vez?

Abrió la boca, pero lo que iba a decir murió abruptamente. Se puso de pie y giró de súbito.

Aferré el borde de su túnica y le pegué un tirón.

—¿Cómo puedo lograr…?

Agitó una mano en el aire para callarme.

–¿Oyes eso? –dijo, la voz tan baja que era prácticamente inaudible.

Me quedé quieto y escuché, tratando de descifrar lo que Luna había percibido, pero sus oídos eran mucho mejores que los míos. Mucho mejores que los de cualquiera. Bueno, excepto quizás que los de los propios moradores. Ella compartía esa capacidad con ellos.

Transcurrieron algunos instantes, pero no se escuchó ningún aullido delator que señalara la llegada de un morador. Exhalando, volvió a agacharse a mi lado. Se había limpiado la cara. Las pecas se destacaban claramente contra sus rasgos pálidos mientras cerraba una mano alrededor de mi brazo sano.

–Vienen caballos en esta dirección. Por lo menos media docena.

Le apreté la muñeca con dedos fuertes y la estudié con una urgencia que esperé que sintiera.

–Esta es tu oportunidad. Vete. Escapa.

Sacudió la cabeza; su voz, un murmullo feroz.

–Tú no me dejarías a mí. Yo no te dejaré a *ti*.

–¿Así que de eso se trata? ¿Es un concurso de tozudez? Bueno, es suficiente, Luna. Tú ganas. Cuando tengas una oportunidad, vete. No mires atrás. Corre.

Emitió un sonido de frustración.

–No...

El ruido distante de cascos interrumpió toda conversación. Las espadas silbaron en el aire mientras los soldados que nos acompañaban se colocaron en posición, desenvainaron y se alinearon delante de nosotros. Le pegué un tirón en el brazo, señalándole que ese era el momento en que debería irse. Ni siquiera nos miraban, muy concentrados en los inminentes visitantes. Podía escabullirse. Probablemente ni se molestarían por perseguirla. Después de todo, el premio era yo.

Resoplando con dolor, luché por ponerme de pie, apoyando en el piso la palma de mi mano sana. Mi cabeza giró por un mareo violento y repentino, pero conseguí no desplomarme. Luna estaba ahí, por supuesto, ignorando mi orden, colocando un brazo alrededor de mi cintura a modo de apoyo. La mitad de las veces, pensaba que ella no me necesitaba. Pero que me necesitara ahora justo cuando yo no podía ser todo lo que debería ser –todo lo que tenía que ser– para que ambos sobreviviéramos… eso me mataba.

–Deberías quedarte descansando –me regañó.

Meneé la cabeza una vez, ignorándola como ella me ignoraba a mí. No iba a quedarme recostado, indefenso ante aquello que venía hacia nosotros.

Tenía la frente perlada de sudor y me temblaban los miembros, pero permanecí de pie. Los caballos se materializaron desde la oscuridad, al principio solo manchas de figuras grisáceas, recortadas contra la noche alumbrada por la luna.

Se movían con ejercitada cautela. Como a todos los caballos entrenados, les habían enseñado a mantenerse ocultos. Hasta llevaban la cabeza relativamente quieta, para que no sonaran los arneses. Al ir acercándose, el golpe de los cascos resonó con una cadencia amortiguada sobre el suelo. Las figuras de los hombres montados sobre los caballos se volvieron más nítidas. Estaban armados hasta los dientes y también llevaban armamento de rango superior.

La mano de Luna se deslizó por mi brazo y se detuvo en la muñeca. Sus dedos delgados formaron círculos sobre mis huesos más gruesos, aferrándose a mí como si me necesitara justo en ese momento y no al revés. Mi pecho se puso tenso y se agrandó un poco. Aun enfermo como estaba, e indefenso, me hizo sentir útil.

Desde el principio, desde el momento en que Sivo me había impuesto a Luna, supe que probablemente le fallaría. Nadie vivía mucho tiempo Afuera. Nadie vivía mucho tiempo especialmente conmigo. La historia me lo había enseñado. Lo sabía y lo había aceptado.

Sin embargo, no detuvo mi voluntad de luchar.

SIETE

Luna

*E*ran alrededor de diez. No los escuché hasta que casi estuvieron encima de nosotros, lo cual era un testimonio de cuán *buenos* y cuán silenciosos eran estos jinetes para manejarse en el Afuera. Se habían adaptado a este mundo. Como uno lo había hecho. Adaptarse o morir.

Llevaban las mismas cotas de malla que los hombres que nos acompañaban. Podía oír el leve rechinar del metal debajo de sus túnicas mientras desplazaban su peso arriba de las monturas. Una energía bien descansada zumbaba a su alrededor; sus cuerpos estaban mayormente limpios. Un dejo de menta y jabón de sándalo emanaba de ellos. No tenían el olor fétido del Afuera como nosotros y como todas las demás personas con quienes me había encontrado. No tenían nada de ese sabor a metal acre y arcilloso que siempre encontraba la manera de llegar a mi lengua. Vivían cerca, en algún lugar caliente, seco y libre de moradores. Un lugar seguro.

Mi respiración se agitó levemente cuando se detuvieron delante de nuestro grupo. Fowler jaló de mi brazo, volteó hacia mí y susurró:

—Ponte detrás de mí.

La ira se escurrió dentro de mí. ¿Todavía buscaba protegerme cuando *él* era quien estaba mortalmente herido?

—Basta —le dije susurrando entre dientes. Lo menos que podía hacer era confiar en mí. Después de todo, podía concederme eso.

Durante tres días había viajado con esos soldados, cuidando a Fowler, sin revelar el hecho de que yo era una chica. ¿Acaso eso no contaba? ¿No podía tener más fe en mí?

Me las había arreglado muy bien mientras él dormía, dichosamente ignorante de nuestra situación. Lo llevarían a un sitio seguro, a un sitio donde recibiera los cuidados necesarios. Era su única oportunidad. Una vez que estuviera curado, yo podría escapar y continuar mi viaje hacia Relhok, como tenía planeado. Eso no había cambiado, pero tenía que asegurarme de que él sobreviviera. No me permití considerar la idea de que estaba poniendo a Fowler por delante del resto del mundo… por delante de todas las jóvenes que, aun ahora, caían víctimas de la orden de matar de Cullan. No me permití cuestionarme si eso era lo correcto. No tenía opción.

No podía permitir que Fowler muriera. Más tarde, dejaría que se marchara, pero no lo dejaría morir.

Los soldados que nos habían encontrado se relajaron. La tensión se desvaneció mientras bajaban las armas y saludaban a los recién llegados con cálida familiaridad. Evidentemente, eran compañeros de Lagonia.

–¿Su Alteza ha salido de cacería? –preguntó Breslen, con tono y modales de gran deferencia.

Mi corazón latió con dureza por unos segundos antes de reanudar sus latidos normales. *¿Su Alteza? ¿El rey de Lagonia?* ¿Se atrevía a abandonar la seguridad del palacio para viajar por el Afuera?

Hubo un leve cambio en el aire y vibraciones sordas en el suelo cuando los tres hombres que nos escoltaban se apearon de los caballos y se arrodillaron. Yo escuchaba extasiada, fascinada ante la perspectiva de conocer al hombre que gobernaba Lagonia. *Él había conocido a mis padres.* Sivo y Perla eran las únicas personas que yo conocía que habían conocido a mis padres.

–Breslen, es bueno ver que regresas sano y salvo. Comenzábamos a preocuparnos –el cuero de su montura crujió al acomodar el peso del cuerpo–. Aunque eran dos más los que partieron originalmente, ¿no es verdad?

Fruncí ligeramente el ceño ante el sonido de su voz. No sonaba como un hombre de edad avanzada. Por más profunda que fuera su voz, sonaba joven, como una piedra suavemente pulida. Aun cuando Breslen no se dirigiera a él de manera tan formal, yo sabía que era importante, pues sus palabras brotaban con autoridad.

—Lamento informarle que los hemos perdido, Su Alteza.

—Bueno, tal vez la próxima vez yo los acompañe y les preste mi espada.

Desde arriba de un caballo, surgió otra voz. Gutural y rasposa, esta pertenecía a alguien mayor.

—Por mucho que se beneficiaran al contar con su espada, no creo que su padre lo permitiera, príncipe Chasan. A él no le agrada el riesgo que corre en estas incursiones de caza, tal como están las cosas. No le permitirá cruzar a Relhok.

De modo que no era el rey y no podía haber conocido a mis padres. Mi pecho se deshinchó un poquito, aun mientras mis pensamientos se desbandaron al comprender que era un príncipe, el heredero de un reino. Como yo. O, dependiendo del punto de vista, como Fowler. Nadie me reconocía como miembro de la realeza. El mundo pensaba que estaba muerta.

El príncipe rio entre dientes.

—No subestimes mis habilidades persuasivas —había algo por debajo de su voz, un tono aterciopelado que indicaba que este príncipe realmente sabía hablar. Irradiaba confianza. También arrogancia. Estaba acostumbrado a conseguir lo que quería: una rareza en un mundo en el cual a nadie le salía nada bien.

Se dirigió nuevamente a Breslen.

—Sin embargo, parece que has hecho dos incorporaciones a tu grupo. ¿Quién es el que está detrás de ti?

La mano de Fowler se resbaló de mi brazo cuando toda la atención giró hacia nosotros.

—Nos topamos con ellos mientras retornábamos a Ainswind, Su Alteza. Una sorpresa para su padre.

–¿Por qué mi padre habría de sorprenderse con estos dos individuos de aspecto demacrado? El más grande parece a punto de desmayarse.

–Él es la sorpresa, Su Alteza.

–¿Cómo es eso?

–Es el hijo del rey Cullan. El príncipe Fowler.

Fowler se había mantenido en silencio durante la conversación, pero ante esta declaración, se puso tenso. Supuse que hacía mucho tiempo que no se consideraba a sí mismo un príncipe… o el hijo de Cullan. Tal vez hacía todavía mucho más tiempo desde que alguien se había dirigido a él como tal.

El príncipe Chasan se bajó raudamente del caballo y caminó hacia el árbol donde nos encontrábamos, su paso amortiguado por las botas de suela suave. Cuando se detuvo delante de nosotros, escuché su respiración muy por encima de mi cabeza y deduje que era alto.

–De modo que este es el príncipe de Relhok. No tiene buen aspecto –anunció–. Él, ¿está enfermo?

–*Él* está aquí presente –gruñó Fowler–. Puedo hablar por mí mismo.

–¿En serio? –la diversión onduló su voz aterciopelada–. ¿Te encuentras enfermo, entonces, príncipe Fowler? Por más emocionado que vaya a estar mi padre de conocerte, no creo que sea sensato permitir que se le acerque una persona enferma. Mi padre es un hombre saludable y a mí me agradaría que permaneciera así.

Me enfurecí ante su tono arrogante y abrí la boca para informarle que no era necesario que temiera el contagio.

–Solo tengo en el brazo un poco de toxina, de los moradores –replicó Fowler con tono fino y sarcástico, que no ayudó a esconder el dolor que sentía. Noté que irradiaba de él. Parado sobre los dos pies, soportar esa conversación con dignidad en el semblante le estaba costando mucho.

–Ah. ¿Toxina? ¿Eso es todo? Pensé que podía ser algo serio –los acompañantes del príncipe rieron mucho ante sus acotaciones sarcásticas y lo imaginé en la corte, rodeado de serviles cortesanos. Estaba acostumbrado a ser el centro de atención, a recibir aplausos ante cada una de sus palabras. Torcí el labio superior: ya no me agradaba.

–Nos dijeron que el médico del rey podía ayudarlo. Curarlo –espeté, cansada de la conversación. No estábamos lejos del palacio, de la ayuda, y permanecíamos ahí hablando.

El príncipe de Lagonia dirigió toda su atención hacia mí. Sentí el furtivo merodeo de su mirada sobre mi persona. El examen duró varios segundos: intenso y pesado. Me obligué a resistirlo.

–¿Y quién eres tú?

No pude encontrar mi voz ante esa simple pregunta, pues no había elegido un nombre falso. En los últimos tres días, no había sido necesario: nadie me preguntó cómo me llamaba. No parecían preocuparse por mi existencia, solo por la de Fowler.

La tensión emanaba de Fowler, que estaba junto a mí y supe que deseaba que yo dijera algo, y rápido: que convenciera a todos de que era simplemente un muchacho y que no valía la pena preocuparse por mí.

–Son amigos –Breslen respondió por mí–. Estaba viajando con el príncipe cuando los encontramos.

–¿De veras? –murmuró el príncipe Chasan, su voz ahora más cercana. Se había aproximado a mí y yo ni siquiera lo había escuchado: ¿qué me estaba pasando?

Alcé el mentón. Estaba tan cerca. Sentí su respiración en mi rostro, recorriendo mi mejilla, mi nariz y mis labios. Capté más aroma a menta que había olido antes.

–Breslen, ¿estás absolutamente seguro de que has encontrado al príncipe de Relhok? Porque yo tengo mis dudas.

A mi lado, la respiración de Fowler se sacudió un poco. No sé si fue por la pregunta o porque, justo en ese instante, el príncipe levantó el brazo y me quitó la gorra de la cabeza, exponiendo al aire frío mi cabello apelmazado de lodo.

–Su Alteza, estoy seguro –insistió Breslen mientras sentía cómo el príncipe me examinaba. Me ardía la piel en todos los lugares por los que pasaba su mirada… que eran todos–. Lo recuerdo bien de las otras dos veces que visité la ciudad de Relhok. Él realizó en la corte un despliegue de tiro con arco realmente memorable. Es un arquero excepcional. Estoy seguro de que, una vez que esté curado, podrá realizar una demostración para nosotros. Además, nunca olvido un rostro. Es un poco más grande, tiene el rostro más demacrado, pero es él.

El príncipe retrocedió, aparentemente había terminado de examinarme. Mis hombros se aflojaron con levedad ante el final de su mirada escudriñadora. Lanzó un resoplido que no sonó completamente convencido.

–Me cuesta ver su rostro debajo de ese pelo. Necesita una buena navaja de afeitar. Estoy seguro de que no lucía así en la corte del rey Cullan. ¿No puedes estar equivocado?

Su tono arrogante me hirió. Sabía que había nacido con privilegios y todos los honores de su rango, y era comprensible que sonara tan altivo. No debería molestarme. Y sin embargo así era.

Haber nacido con privilegios no significaba que tenía que estar lleno de arrogancia. Fowler no sonaba ni actuaba de esa manera.

No pude contenerme y hablé en voz alta:

—Él es quien afirma ser. No mentimos —un fogoso desafío envolvió mis palabras.

Fowler me buscó otra vez el brazo y me dio un apretón para que contuviera la lengua. A esta altura, ya debería conocerme.

—¿En serio, pequeñín? —el príncipe Chasan dio un paso hacia mí y, de inmediato, reconsideré el haber vuelto a llamar su atención sobre mí.

Fowler se acercó un poco más como si quisiera protegerme… él, que apenas lograba mantenerse en pie.

—No estoy equivocado, Su Alteza —afirmó Breslen con vehemencia.

—Qué interesante —el aliento a menta estaba otra vez en mi rostro. No era un olor desagradable y eso me molestó. La gente desagradable no debería oler bien.

—No logro decidir si puedo confiar en tu juicio, Breslen. En especial dado que estás llamativamente equivocado acerca del muchacho.

Me sobresalté al escuchar que se refería a mí. Estaba justo delante de él. Sentí su mirada fija en mi rostro y, sin embargo, habló de mí como si yo perteneciera a una especie inferior.

–¿A qué se refiere, Su Alteza? –preguntó Breslen; en su voz, resonó la indignación, le quitaba su reverencia usual, a pesar de la formalidad del trato.

El príncipe no pareció notarlo. O simplemente lo dejó pasar.

–Este *muchacho* no es un muchacho en absoluto. Es una joven. Pueden creerme. Soy una autoridad en el tema mujeres –la ironía inundaba su voz, lo cual no logró de ninguna forma disminuir mi ataque de pánico. Él lo sabía. Me miró una vez y lo supo.

Breslen balbuceó mientras el príncipe Chasan continuaba hablando:

–¿No pudiste notar esta obvia verdad y debo creer que eres lo suficientemente perceptivo para recordar y reconocer al príncipe de Relhok?

Mi boca se preparó para decir algo. *¿Cómo? ¿Cómo lo sabía? ¿Qué había hecho yo para delatarme tan rápido ante él* y no ante los demás? Durante tres días había trabajado entre ellos sin que detectaran mi verdadero sexo.

–Estás equivocado –repuso Fowler, aferrándose a la mentira, no dispuesto a darse por vencido. Lanzó una risa forzada como si fuera una sugerencia absurda, que solo merecía la risa. Tragué con desesperación sabiendo que era una causa perdida aun cuando Fowler todavía no estuviera dispuesto a admitirlo.

–¿De veras? ¿Lo estoy? –preguntó el príncipe Chasan con suavidad, su tono elegante tan lustroso como el vidrio… como si estuviera haciendo un comentario acerca del sabor de la sopa y no sobre algo significativo, algo que para mí podía implicar la muerte–. Porque sería una cuestión sumamente fácil de comprobar –siguieron unos segundos de silencio mientras todos asimilaban sus palabras. Mi estómago se hundió y luego se levantó otra vez–. ¿Me permiten? –preguntó, poniéndonos a prueba.

Chasqueó los dedos y, de repente, dos soldados me aferraron de los brazos y me arrastraron lejos de Fowler. Me resistí, pero ellos eran más grandes y más fuertes.

Me sostuvieron delante del príncipe Chasan, los brazos bien estirados a los costados como en un sacrificio. Y así fue cómo me sentí: expuesta y abierta a cualquier cosa horrenda que él quisiera hacerme.

Los dedos del príncipe se deslizaron por la piel de mi garganta, calientes al tacto, pero eso no impidió que me estremeciera. Lancé la cabeza hacia un costado, tratando de escapar del roce de sus dedos. Las duras manos que me sostenían me sujetaron con más fuerza, causándome magullones a través de mis ropas. Las yemas de sus dedos eran sorprendentemente callosas, rasparon mi sucia piel en su recorrido y se detuvieron sobre los martillazos de mi pulso. Un bulto del tamaño de un huevo se alojó en mi garganta.

Temblando, intenté apartarme del contacto con un contoneo, pero estaba pegada al piso, retenida para inspección: para cualquier cosa que el príncipe quisiera hacerme. Era una dura muestra de la realidad. No podía hacer nada, salvo esperar su próximo movimiento. La completa sensación de indefensión era tal vez lo peor que había padecido hasta el momento.

Su fluida voz se acercó, deslizándose por el aire y hundiéndose dentro de mí como una catarata de rocas.

–Es difícil de distinguir debajo del barro y la mugre, pero me atrevería a afirmar que es realmente arrebatadora.

Me obligué a levantar el mentón, sin amedrentarme, conteniendo un quejido mientras sus dedos se detenían en el centro de mi garganta, en ese minúsculo hueco en medio de la clavícula.

–La piel más suave –musitó–. Breslen, ¿cómo pudiste creer que era un muchacho?

Hubo un movimiento violento y repentino a mi izquierda.

–Quita las manos de encima de… –la voz de Fowler se detuvo abruptamente, a punto de decirlo. A punto de confirmar que yo era una chica.

El corazón me latió violenta y penosamente al voltear el rostro hacia Fowler. Sentí su mirada e intenté comunicarme con él, intenté transmitirle que, tal vez, deberíamos confesar la verdad y acabar de una vez. Cualquier cosa que apartara las manos y la atención de Chasan de mí.

–*Ella* –concluyó el príncipe por él, con un tono tan arrogante y satisfecho que tuve ganas de rasguñarle el rostro–. ¿Querrías que quitara las manos de encima de *ella*?

Fowler no respondió. Respiró con furia, pero no dijo nada.

–Fowler –proferí con voz ronca.

–¿Entonces insistes en negarte a admitirlo? –inquirió el príncipe y luego hizo una pausa, nos dio tiempo para que confesáramos la verdad que rápidamente se estaba volviendo inevitable.

Esperé y el miedo se acumuló dentro de mi estómago, mi voz se perdió en lo profundo de mi ser mientras escuchaba la respiración jadeante de Fowler, preguntándome qué haría a continuación. El príncipe Chasan suspiró como si se sintiera hondamente agraviado.

–Muy bien.

Sus dedos se engancharon en el cuello de mi camisa y jalaron hacia abajo con fuerza. El sonido de la tela que se rasgaba en el aire empapado de tierra arcillosa fue violento y obsceno.

Clamando a gritos, forcejeé y me retorcí, incapaz de liberarme. Permanecí allí, entre los soldados, la túnica rasgada en el centro, el torso desnudo, excepto por la banda ajustada que cubría mi pecho. Mi estómago desnudo tembló cuando el aire frío sopló sobre mí.

Por un momento, solo hubo silencio en la vibrante oscuridad.

La atención de todos se concentró únicamente en mí. Percibía sus miradas, eran como carbones ardientes que me raspaban y ampollaban mi piel. La bilis trepó por mi garganta.

El aire cambió, crepitó con una energía peligrosa que no había estado antes ahí. Mis fosas nasales se ensancharon y lo olieron, las repugnantes intenciones de sus pensamientos se enroscaron a mi alrededor.

Fowler quebró la quietud, lanzándose hacia adelante. Balanceó un brazo y estrelló el puño en el rostro de uno de los soldados y se oyó un chasquido de nudillos contra hueso. Antes, cuando estaba desesperado, había sido violento, pero no de esta manera. Antes, siempre era controlado y preciso, pero esto era salvaje, loco y brutal. Fowler arremetió contra el otro soldado que me sostenía, que se desplomó como un pesado bloque de piedra y quedó inmóvil. Yo estaba súbitamente libre.

–¡Corre! –gritó.

Di un solo paso antes de que el príncipe me levantara entre sus brazos. Luché contra el encierro de su abrazo, asediada por su aroma –menta, cuero, viento y ese ardoroso pulso de adrenalina– que recubrió mi garganta.

–Oh, no. No lo harás –respiró cerca de mi oído.

Sobrevino un movimiento frenético: botas que se arrastraban por arriba de gritos y jadeos, huesos que crujían. Fowler gruñó y supe que lo estaban golpeando.

–¡Basta! Déjenlo. ¡Está enfermo y tus hombres le están haciendo daño! –forcejeé y las solapas de mi túnica rasgada ondearon y se abrieron, pero no me importó. Podría haber estado completamente desnuda y solo me preocuparía por Fowler. Ayudarlo, llegar hasta él, salvarlo.

–Bueno, eso depende. ¿Vamos a ser sinceros de ahora en más? ¿Vamos a admitir quiénes somos? Estas son épocas peligrosas y no puedo rodearme de embusteros. No puedo llevar a nadie al palacio que no sea quien afirma ser –su mano vagó de nuevo sobre mí, sus dedos rozaron mi vientre desnudo e hicieron que mi piel se erizara en señal de repulsión.

–Púdrete en el infierno –rugió Fowler.

Los dedos del príncipe Chasan se doblaron sobre el borde de la banda que envolvía mi pecho y aferró la tela con fuerza. Me estremecí ante el rasguño de sus uñas en el hueco entre mis pechos apretados. Su cuchillo pinchó mi piel. No me atreví a elevar el pecho ni siquiera un milímetro por temor a que la hoja atravesara mi piel.

–¿Qué tenemos aquí? –preguntó el príncipe. La tela se hundió con la mínima presión del cuchillo–. ¿Por qué un chico usaría algo así? ¿Estás tratando de esconder algo?

Jaló de la banda ajustada que ocultaba mis pechos y presionó el cuchillo había abajo, contra el borde de la tela. Proferí un aullido débil mientras algunos de los hilos se desataban: la faja estaba a punto de soltarse.

—¡Detente! ¡Déjala libre! —espetó Fowler arremetiendo hacia nosotros.

—¡Por fin! ¿Acaso la sinceridad era algo tan difícil? Ella es una muchacha… y tú eres el príncipe de Relhok. ¿No es mejor así, sin mentiras entre nosotros? —los dedos del príncipe Chasan se apartaron de la banda que cubría mi pecho, la dejaron intacta. Sin embargo, todavía conservaba una mano apoyada levemente sobre mi hombro, sin soltarme del todo.

Fowler se puso de pie con dificultad. Sentí su presencia delante de nosotros. Calor y furia irradiaban de él.

—Si la tocas, te mato.

Temblé ante la determinación furiosa y contenida que había en su voz. No dudaba de él y eso no era un buen presagio. Estábamos en Lagonia. Con solo tocarle un pelo de la cabeza al príncipe, el país entero —o al menos lo que quedaba de él— saldría detrás de nosotros.

Las espadas rasgaron el aire y supe que le apuntaban a Fowler. Su amenaza no iba a quedar sin respuesta. No podían ignorarla. No les importaba si Fowler era el príncipe de Relhok o no lo era. Ellos estaban en Lagonia y este era su país.

—Calma —exclamó el príncipe Chasan en tono de recriminación, pero no me quedó claro si le hablaba a Fowler o a sus hombres. A sus hombres, supuse. Escuché que bajaban sus armas y parte de la tensión se desvaneció.

Me alejé sigilosamente del príncipe. Esta vez, no me detuvo. El corazón me latía enloquecidamente dentro del pecho cuando ocupé mi lugar al lado de Fowler. Mientras tomaba aire, percibí el olor acre de su afiebrada piel. No estaba bien. Había agotado la poca fuerza que tenía. No sabía cómo continuaba todavía de pie, hablando y peleando, pero pensé que no podría continuar haciéndolo por mucho tiempo más.

–Comprendo –dijo el príncipe–. Ella es tuya y tienes que proteger lo que te pertenece. Yo haría lo mismo.

No me molesté en corregirlo y decirle que yo no era de nadie. Me estremecí nuevamente al sentir sobre mí su mirada escudriñadora. Haciendo uso del recato del que disponía, jalé de las solapas de mi camisa hecha jirones y las acomodé lo mejor que pude, aunque la tela era más bien ligera.

–Fue astuto de tu parte hacer que se disfrazara –prosiguió el príncipe Chasan–. No debió ser fácil para ustedes viajar a través de Relhok. No con la recompensa ofrecida por las mujeres jóvenes. Una vergüenza. No sé en qué estaría pensando tu padre cuando se le ocurrió semejante decreto. Qué burla indignante… el asesinato de tantas muchachas –chasqueó la lengua.

De repente, Fowler se desplomó a mi lado. Yo lo sostuve deslizando un brazo alrededor de su cintura.

–¿Qué pasa? ¿Vamos a permanecer aquí todo el día? –pregunté bruscamente.

Fowler profirió mi nombre en mi oído con voz ahogada.

–Luna…

Ignoré el tono de advertencia que tenía su voz. Su peso se recostó con más fuerza contra mí y tuve que enlazarlo con los dos brazos para impedir que cayera. Todavía era mucho más pesado que yo, lo cual hizo que me tambaleara bajo la magnitud de su cuerpo.

–Me gustaría llevarlo al médico que se nos prometió –jadeos extenuantes puntualizaron mis palabras–. ¿A menos que eso haya cambiado y quieras permanecer con los brazos cruzados mientras el príncipe de Relhok se muere?

Arqueé una ceja y llevé los hombros para atrás, esperando su veredicto y tratando de actuar como si no estuviera suplicando. Como si no estuviera por completo a su merced.

–Breslen lo prometió y una promesa es una promesa –el príncipe chasqueó los dedos y los soldados se adelantaron, liberando rápidamente el peso de Fowler de mis brazos.

–¿Su Alteza? –preguntó esa voz mayor y rasposa–. ¿Y qué pasa con la cacería? ¿Continuamos nosotros y dejamos que los otros los lleven a la ciudad?

–No, los escoltaremos nosotros mismos. Podemos atrapar moradores en otra ocasión.

¿Atrapar moradores? Antes de que pudiera inquirir a qué se refería con eso, el propio príncipe me llevó hasta uno de los caballos.

–Ven. Te llamabas Luna, ¿verdad? Puedes montar conmigo.

Miré por encima del hombro como si pudiera ver a Fowler.

–¿Y qué pasará con…?

–Él estará bien –me aseguró.

–¿Fowler? –lo llamé mientras me alzaban sobre la montura delante del príncipe.

–Perdió el conocimiento.

La explicación produjo un vacío dentro de mí. Estaba verdaderamente sola con este príncipe arrogante, que me cortó la túnica como si fuera un asunto menor y no algo que podía provocarme terror y vergüenza.

Volteó hacia adelante y anduvimos durante varios minutos en silencio. El terreno se tornó escarpado y la marcha se volvió ardua. Traté de sentarme lo más lejos posible en la montura, pero el movimiento abrupto volvía a colocarme forzosamente contra él.

Una bandada de murciélagos voló por arriba de nuestras cabezas, su fuerte aleteo y sus trinos disonantes resultaban ensordecedores y me agité un poco en los brazos del príncipe. Yo había oído a muchísimos murciélagos antes, pero nunca a una bandada de este tamaño y nunca tan cerca de nuestras cabezas. No pude evitar agacharme levemente.

—Hay muchos murciélagos por aquí. Se desarrollan muy bien en esta área al existir muchas cuevas en las montañas. De todas maneras, nunca nos molestan. Te acostumbrarás a ellos.

Me mordí el labio para contenerme y no decirle que no me acostumbraría a ellos porque no me quedaría.

—¿Cómo fue que conociste a Fowler? —preguntó, su voz junto a mi oído.

Me encogí de hombros y luego lancé un grito ahogado cuando sus fuertes brazos rodearon mi cintura y me atrajeron hacia él.

—Vamos. No te enfades solo porque descubrí tu secreto.

—No estoy enfadada —repliqué, casi tentada de espetarle que no era tan perceptivo como afirmaba ser. Todavía no había descubierto mi ceguera.

—Entonces no seas reticente. Faltan varias horas para llegar al palacio. Sería aburrido viajar en silencio. Obséquiame con tus aventuras con el príncipe de Relhok.

—No estoy aquí para entretenerte.

—Interesante. La mayor parte de la gente lo está.

Me alejé de su boca.

—Estoy segura de que eso no es verdad.

—Lo es. La mayor parte de la gente existe para divertirme.

Resoplé.

—Hablas en serio. ¿Acaso son esos requisitos para ser príncipe? ¿Ser consentido y arrogante? Me alegra que Fowler no se parezca en nada a ti.

Me pregunté si yo también habría sido así, si mis padres hubieran vivido. Si no hubiera sucedido el eclipse.

—Ciertamente que no se parece a mí —su voz se volvió dura como la roca ante mi insulto. Aparentemente, había tocado una cuerda sensible—. Para empezar, será afortunado si logra sobrevivir al día de hoy. Es probable que lleguemos al médico demasiado tarde. Deberías considerar eso, muchacha… considerar dónde quedarías tú una vez que tu precioso príncipe esté muerto.

Yo sabía exactamente dónde quedaría. Quedaría a merced de él.

El príncipe también lo tenía muy claro. Su voz fue como un viento frío de invierno junto a mi oído.

—No te vendría mal convertirte en mi amiga.

Habiendo perdido, al parecer, el interés en conversar conmigo, el príncipe Chasan clavó los talones y el caballo echó a correr. Hundí las manos en las ásperas crines y me agarré con fuerza.

Era lo único que podía hacer.

OCHO

Fowler

La conciencia iba y venía. Sabía qué estaba sucediendo, pero eso no hacía que la lucha contra la fuerte presión de la inconsciencia fuera más fácil. El dolor me lanzó dentro de ella empujándome con ambas manos. La atracción de la anestesiante oscuridad era demasiado fuerte. Me arrastraba continuamente dentro de pesadillas con moradores que me perseguían… y peor, que perseguían a Luna, la atrapaban, la aferraban entre sus garras y la despedazaban. Sus gritos resonaban en mis oídos y no estaba seguro de que fuera verdad o una pesadilla.

Lo que sí sabía era que cada vez que recobraba la conciencia, el brazo me ardía con un fuego intenso y nefasto. Cualquier movimiento me sacudía y enviaba un dolor agudo a cada uno de los nervios de mi cuerpo.

En un momento dado, abrí los ojos y era media luz. Parpadeé ante el aire blanquecino mientras me balanceaba en la montura, el soldado que tenía detrás era lo único que impedía que me cayera. Un gran castillo de piedra se levantó delante de nosotros, la roca blanquecina se recortaba contra la luz tenue en una imagen que parecía salida de un sueño. Parecía ser un fantasma del pasado cuando este mundo era próspero y estaba compuesto de pueblos, aldeas y castillos rodeados de campos fértiles.

El hedor me recibió con toda la fuerza de un puñetazo en el rostro. El olor fétido a orina y carne cocida, a cuerpos sucios y ganado se mezcló en un gran torbellino apestoso. En pocas palabras, el olor de la vida.

Nuestro grupo se detuvo delante de la puerta mientras un gran puente levadizo descendía con un crujido. En lo alto de los parapetos, había arqueros con túnicas adornadas con el halcón de Lagonia, figuras difusas que miraban atentamente hacia abajo a través de las hendiduras de sus cascos, las flechas listas. El puente levadizo chocó contra el suelo con un golpe seco y resonante que sentí en mis propios huesos. La vibración hizo que la cabeza me doliera todavía más, algo casi imposible.

Nunca había estado antes en la ciudad de Ainswind, pero sabía que ahora se hallaba frente a nosotros, detrás de la sombra de los torreones. Los cascos de los caballos repiquetearon sobre el puente y, luego de pasar la casa del centinela, se abrió una plaza extensa y bulliciosa, llena de gente y de soldados. Un tosco grupo de edificios salpicaba el amplio espacio, algunos bajos y de un solo piso, pero la mayoría eran muy altos. Puestos con vendedores que exhibían mercadería y jaulas con animales se alineaban a lo largo de estrechas callejuelas. Todo era casi normal. Una normalidad que apenas recordaba.

Y ahí, en el extremo más lejano de la plaza, en la escarpada ladera de la montaña de piedra caliza, se levantaba un castillo, hogar de Tebaldo y toda su prole.

Había oído que la ciudad fue construida sobre la ladera de la montaña, impenetrable para los moradores, pero pensé que esas historias eran exageraciones. Era imposible distinguir dónde terminaba la montaña y dónde comenzaba el castillo. Parecía un enorme fuerte de piel blanca tan grande como el cielo, que se alzaba a tanta altura que tuve que echar el cuello hacia atrás para poder abarcarlo completamente.

Mi padre había maldecido a Lagonia con bastante frecuencia, envidioso y quejándose de que estuviera mejor equipada que Relhok para sobrevivir al eclipse. Era injusto, insistía, que ellos pudieran resistir a los moradores mejor que el resto del mundo.

—Fowler —me di vuelta al escuchar mi nombre y encontré a Luna, cubierta de barro, el cabello parado en mechones rígidos, sentada delante del príncipe, las manos acariciaban repetidamente las crines del caballo con ansiedad. Por un momento, se volvió borrosa y vi tres imágenes de ella. Parpadeando varias veces, la puse de nuevo en foco. Se veía tan pequeña y esbelta como un junco, delante del cuerpo más grande del príncipe. Tanta gente apiñada en un solo lugar. La intensidad de los olores y los sonidos. Para una joven que había pasado la mayor parte de su vida aislada en una torre, esto tenía que ser una saturación sensorial.

Chasan estaba ataviado con una túnica color azul Francia, que no tenía ni una sola manchita de tierra o de barro. Dudaba de que alguna vez hubiera estado sucio. Probablemente tampoco le había dolido la panza de hambre.

Yo lo sabía porque así había sido mi vida. Otros habían vivido privados de comida, pero yo no. Sabía cómo era existir varios niveles por arriba del resto de la gente que luchaba desesperadamente por sobrevivir. Sabía cómo era que tu vida valiera más que la de los demás, el estómago lleno todos los días, que se tomaran todas las precauciones para asegurar tu seguridad y tu confort, sin que importaran los demás. Por lo que a mi padre concernía, el resto de las personas eran carnada para moradores.

Como Bethan.

La única diferencia entre el príncipe Chasan y yo era que yo le di la espalda a esa vida y la abandoné para buscar otra cosa. Cualquier cosa. Él era lo que yo solía ser.

Chasan se quedó mirándome, la expresión vacía mientras mi caballo hacía cabriolas sobre la calle adoquinada cubierta de estiércol. Sus ojos, no obstante, estaban brillantes y vivaces, de un azul gélido, más gélido que azul. Le echó un vistazo a la nuca de Luna antes de volver la vista hacia mí, una leve sonrisa de suficiencia curvó sus labios. Él lo sabía. Ella era mi debilidad.

Luna echó una mirada general en mi dirección, con aspecto algo perdido. Se me contrajo el pecho; me pregunté cuánto tiempo más podría ocultar que era ciega.

–Estoy bien, Luna –logré proferir con esfuerzo; el sonido de mi voz, un seco chasquido. El esfuerzo de hablar hizo que mi cabeza me latiera con más fuerza, pero lo hice por ella, para que sintiera algo de consuelo.

Nos adentramos en la atestada plaza. Soldados y campesinos se detenían a observar. La diferencia entre los dos grupos era muy visible aun sin los uniformes. Los soldados eran más esbeltos y estaban más limpios, obviamente bien alimentados, mientras que los ciudadanos de Ainswind tenían aspecto de que no les vendría mal una comida o dos… junto con un baño. Un viento fuerte podría quebrarlos.

Los soldados utilizaban varas para apartar a los campesinos y hacer lugar para que pasaran el príncipe y el resto de la comitiva. Anduvimos por angostas callejuelas, entre edificios y jaulas de cerdos y cabras, los cascos repiqueteaban sobre el piso de roca. Había ojos que nos observaban a nivel del suelo, o desde las ventanas y lugares altos.

Comencé a resbalarme de la montura, demasiado débil para sostenerme, pero el soldado que tenía detrás me tomó del brazo y me levantó. Odié esa fragilidad en mí, pero no había nada que pudiera hacer. El labio se me llenó de sudor. Era duro imaginar una cura para esta muerte lenta. Había visto antes a muchos morir por la toxina.

Tenía muchas cosas que lamentar; sin embargo, la última y más importante sería dejar a Luna entre esos desconocidos. Si Chasan era como el que yo solía ser, entonces no podía ser bueno y confiable. De la misma manera, si el rey Tebaldo se parecía mínimamente a mi padre, entonces ella tendría que olvidarse de mí y escapar lo más lejos posible de aquí.

Mi cabeza cayó hacia atrás y observé los elevadísimos edificios que se erguían a ambos lados. Cabezas y brazos colgaban de los innumerables balcones y ventanas abiertas, nos miraban especulativamente mientras avanzábamos hacia el castillo. Era de esperar que este lugar y esta gente no destrozaran a Luna. Era de esperar que ella pudiera encontrar un amigo, un aliado, entre este mar de desconocidos.

Nos detuvimos finalmente ante un largo tramo de escalones que conducían a un par de puertas gigantescas. Las hojas de madera ornamentada se separaron y dejaron ver varias figuras. Un hombre vestido con una toga, que se encontraba en el centro, atrajo mi atención. Descendió los peldaños de piedra pulida sin prisa, los bordes de la tela ribeteada en oro destellaban en sus tobillos. Otras figuras lo rodearon, vestidas en forma similar, pero no hizo falta que nadie me dijera que el hombre del centro era el rey Tebaldo. Aun sin la corona sobre el pelo gris, se erguía con un aire de superioridad, el mentón levantado.

Bajó con parsimonia y se detuvo. Su séquito se mantenía varios escalones más atrás, teniendo cuidado de no adelantarse a él. Abrió los brazos con amplitud, las anchas mangas flotaron a los costados del cuerpo como si fueran alas.

—Hijo mío, veo que has regresado con una presa diferente de la que fuiste a cazar.

—Ciertamente, padre. Nos topamos con Breslen y lo que quedaba de su partida.

Breslen se apeó del caballo e hizo una elaborada reverencia. El rey Tebaldo estiró la mano y su hombre la aceptó, apoyándola contra su frente inclinada.

–Breslen, confío en que tengas buenas nuevas de Relhok para compartir conmigo.

–Ciertamente, Señor. Las discusiones salieron como esperábamos. El rey no mostró a su hijo. Sin embargo, ahora comprendo por qué.

El rey arqueó una gruesa ceja.

–Haz el favor de ponerme al corriente de lo sucedido.

Breslen me echó una rápida mirada, una ansiosa energía zumbaba a su alrededor.

–No lo tenía, Señor.

El rey asimiló la información hinchando su gran pecho redondeado mientras sus labios se movían como si saboreara algo fétido.

–Está muerto. Exactamente como imaginaba. Todos estos años de silencio, de evasivas de Cullan…

–No está muerto, Señor –Breslen se atrevió a interrumpir–. Simplemente ausente.

–¿Ausente?

–Sí, y la fortuna nos acompañó. Lo encontré, Su Alteza.

Las cejas grandes y tupidas se alzaron.

–¿Lo encontraste?

–Sí, y se lo he traído, Su Majestad –Breslen volteó de costado y me señaló con un movimiento circular del brazo.

La mirada de Tebaldo lo siguió y frunció el ceño.

–¿Él? ¿El muchacho? No parece ser gran cosa –su labio se curvó mientras me evaluaba–. Apenas parece estar vivo.

Manos duras me ayudaron a bajar del caballo de manera muy poco ceremoniosa. Mis rodillas cedieron y me desplomé en el suelo, confirmando la pobre estimación del rey. No permanecí mucho tiempo boca abajo antes de que me aferraran de ambos brazos y me arrastraran delante del rey. Me soltaron y me caí, la cabeza gacha. Con dificultad, levanté el peso de la cabeza y me topé con la mirada del rey.

Con el labio aún ligeramente curvado, me observó desde arriba.

—¿Este es el príncipe heredero de Relhok? —dio un golpe en el aire con los dedos cubiertos de anillos.

—Señor, como usted sabe, yo visité varias veces la ciudad de Relhok. Cené con él. Hablé con él. Lo vi demostrar su gran destreza con el arco y la flecha —Breslen me señaló con el dedo—. Este joven *es* el príncipe de Relhok.

Su declaración llegó muy lejos y gritos ahogados y risitas nerviosas brotaron de la multitud reunida alrededor del castillo. Yo entendía su incredulidad. Por lo que observaba, los campesinos de Lagonia tenían mejor aspecto que el mío y, sin embargo, se suponía que yo pertenecía a la realeza.

El rey Tebaldo me observó impávido. Respiré con dificultad tratando de mantenerme erguido y no hacer el ridículo de desplomarme otra vez. La cabeza y los hombros cayeron hacia adelante, el peso insoportable, pero no aparté la mirada de él. Era una lección que mi padre me había enseñado y yo recordaba bien: siempre debes sostener la mirada de un hombre.

—¿Es esto cierto? —me preguntó finalmente—. ¿Eres el príncipe de Relhok? —siguió un segundo de silencio y luego agregó mi nombre—: ¿Fowler? —la impaciencia emanaba de él. Lucía ordenado y arreglado, el pelo y la barba grises muy cortos–. ¿Bueno? Contéstame.

La respiración brotó en chorros violentos. Humedecí mis labios secos y agrietados tratando de encontrar la voz, pero las palabras estaban sepultadas fuera de mi alcance. Mi cabeza dio vueltas y los rostros giraron como en un caleidoscopio. No pude sostenerme más. Me caí y rodé hasta quedar con la espalda contra el piso.

Mi última visión fueron las puntas de los techos del castillo de Tebaldo, recortados contra el cielo blanquecino de tiza.

NUEVE

Luna

—¡Fowler! –grité al reconocer, por el sonido, que había caído. Sin esperar que me ayudaran, me apeé rápidamente del caballo y corrí hacia donde se había desplomado. Mis manos se posaron sobre él y lo examiné con cautela, tratando de determinar si seguía con vida. Su pecho se levantó con una leve entrada de aire. Mis hombros se relajaron aliviados y dejé caer la cabeza mientras me tomaba unos segundos para recuperar la compostura. Ahora todo dependía de mí.

Levanté la cabeza y desplacé mi mirada ciega entre todas las personas que sentía que observaban.

–Ayuda –dije con sorprendente voz de mando. Nadie se movió–. ¡Ayúdenlo! –grité en voz más alta y con más fuerza.

–¿Y esta, quién es? –una voz sonó con total autoridad.

–Su Alteza, ella es la compañera del príncipe. Lo estaba atendiendo muy esmeradamente cuando los encontramos.

El rey cambió el peso de su cuerpo desde el elevado lugar donde se encontraba, varios escalones por encima de mí. Lo oí olfatear como captando mi olor. Tosió ligeramente y se aclaró la garganta: era evidente que lo encontraba desagradable. Yo sospechaba lo mismo. Después de días de viaje, durmiendo contra el pelaje de Digger con olor a almizcle y zambulléndome bajo tierra para vadear el enmarañado laberinto de los moradores, era probable que oliera a letrina. Aunque la plaza de esta ciudad no olía mucho mejor.

–¿Es eso cierto? Acércate, muchacha.

Sacudí la cabeza y continué tocando a Fowler, necesitaba asegurarme de que todavía estaba conmigo. Deslicé las palmas de mis manos sobre su rostro ardiente y su pecho prácticamente inmóvil.

Hubo un leve chasquido de dedos y me pusieron de pie de un tirón. Manos duras me arrastraron hacia arriba los pocos escalones. Alguien me sujetó la nuca de manera implacable y me puso de rodillas a la fuerza. Mi frente chocó con un golpe despiadado contra un escalón de roca pulida. Manchas grises destellaron a través de la oscuridad de mi mente y el dolor se propagó por todo mi cuerpo.

–Inclínate delante del rey y contesta cuando se te hable –una voz dura me habló con voz ronca al oído, una voz que no pertenecía a ninguno de los hombres de nuestro grupo.

Después de tres días, conocía todas las voces de manera distintiva. Además, Breslen y los demás nunca habían sido tan duros conmigo. Ni siquiera el propio príncipe había sido tan salvaje. Esa mano en mi cuello, esa voz en mi oído... este hombre disfrutaba la brutalidad.

–¿Fuiste su compañera? –insistió el rey.

Los dedos crueles de su hombre aferraron con el puño mi cabello recortado con cuchillo y jalaron de mi cabeza hacia atrás, supuestamente para concederme la visión del rey. Tragué un gemido, decidida a mostrarme valiente... y resuelta a recordar su voz y su leve olor a moho. No olvidaría a este hombre.

Unos pasos resonaron a mi costado y reconocí la voz del príncipe Chasan.

–Tranquilo, Harmon. No es necesario destrozar su cabeza contra los escalones del palacio.

La cabeza comenzó a zumbarme. Tomé aire por la nariz y traté de reprimir las náuseas, intentando dirigir los ojos hacia delante, donde se encontraba el rey.

–S-sí –tartamudeé por encima del zumbido de mis oídos.

La voz de Harmon rugió otra vez en mi oído.

–*Tienes* que dirigirte al rey de manera apropiada –me dio otro tirón de pelo, que estuvo peligrosamente cerca de arrancarlo de las raíces de la cabeza.

Contuve un gemido.

–Sí, Su Alteza.

–Entonces, ¿es verdad? –preguntó el rey, impasible ante mi sufrimiento a manos de ese hombre brutal. ¿Acaso la despiadada indiferencia era un rasgo distintivo de todos los reyes?

¿Mi padre era así? Por todo lo que Sivo me había contado, él no había sido así. Tal vez si lo hubiera sido, habría visto venir la traición de Cullan. Y tal vez estaría vivo–. ¿Tu compañero es el príncipe de Relhok? –aun cuando hubiera formulado la pregunta, sentí que no le importaba mi respuesta, fuera cual fuese.

La mano de Harmon se cerró con más fuerza en mi cabello, incitándome a responder. Lancé un grito ahogado.

–¿Por qué preguntarme a mí? Yo no soy nadie para ti.

Harmon retorció los dedos pero, afortunadamente, no volvió a jalar otra vez.

El rey respondió con calma.

–Es verdad, pero siento curiosidad por tu respuesta. ¿Qué sabes de tu compañero? ¿Cuánto tiempo han estado juntos? Los mentirosos no duran mucho por aquí. No tengo tolerancia alguna para ellos.

–Él simplemente se presentó ante mí como Fowler –no era una mentira.

Yo sabía que él no quería que esas personas supieran quién era realmente, pero parecía inútil continuar fingiendo. Fowler había intentado negarlo antes, pero después pensé en él, hecho un ovillo en el suelo mientras yo seguía dando vueltas al tema con el rey de Lagonia. De pronto, ya no me importó que quisiera proteger su identidad. Yo deseaba que él viviera. Ante ese pensamiento apremiante, admití:

–Fue recientemente cuando me reveló su verdadera identidad.

Mis palabras fueron recibidas en silencio. Incluso los observadores casuales contuvieron su lengua. Sentí la mirada fija del rey sobre mi rostro.

Súbitamente, echó a reír.

–Tienes razón, Breslen. Me trajiste algo mucho más importante que noticias de Relhok. Me trajiste al mismísimo príncipe heredero –el rey golpeó las manos. Su jovialidad pareció ser la señal para todos los demás de que rompieran en vivas y aplausos.

No sé qué dije o hice que lo convenció de que hablaba con la verdad, pero me creyó.

–Guardias –exclamó–, rápido. Llévenlo adentro y llamen a mi médico. Quiero que esté bien atendido. Tiene que vivir.

Mis hombros se aflojaron mientras se desataba un gran movimiento a mi alrededor. Iban a atender a Fowler. Él se recuperaría.

–¿Y qué hacemos con ella? –preguntó el príncipe Chasan cerca de mí, revelando que no me había olvidado en medio del jolgorio.

–Una amiga del príncipe de Relhok también debe ser una huésped de honor para nosotros. Nunca permitan que se diga que el príncipe de Lagonia era un mal anfitrión. Encárguense de que se le brinde una habitación, comida y un baño exhaustivo. Es una ofensa para mi nariz.

Con un gruñido, Harmon aflojó la fuerza con que sujetaba mi cabello y casi me arrojó lejos de sí. Las palmas de mis manos chocaron contra un escalón mientras él se alejaba de mí.

El príncipe Chasan me ayudó a ponerme de pie.

–Ahí tienes. Continúa diciendo la verdad y nadie te lastimará.

Me pasé la mano temblorosa por el rostro y me pregunté si eso realmente podría ser cierto.

—Chasan, ¿qué haces?

Me quedé rígida ante la proximidad de la voz del rey, más cerca que antes. Tomé aire y capté el improbable olor a jabalí asado. Había probado cerdo salvaje solo una vez. Años atrás, Sivo había atrapado uno. Yo era muy pequeña, pero todavía recordaba el sabroso aroma de la carne y de las bellotas asadas y bayas silvestres con que Perla lo había rellenado.

—Solo estoy hablando con la joven, padre.

—¿Para qué? Deja que alguno de los sirvientes la atienda. Tú y yo tenemos mucho que debatir con Breslen. Te quiero ahí.

—Estoy ocupándome de su comodidad, padre. Pensaba que podría agradarle la recámara rosa.

—¿La recámara rosa? ¿Para ella?

Levanté el mentón ante su tono de desconcierto, mi ego fue más fuerte que yo. La voz de Perla inundó mis oídos, recordándome quiénes eran mis padres, mis abuelos, la larga lista de reyes y reinas que me precedieron. Su sangre corría por mis venas. No pude evitar devolverle sus propias palabras.

—Su Alteza, ¿acaso no soy su huésped de honor?

Súbitamente, una pinza brutal de dedos huesudos me sujetó el mentón. Mi rostro giró con dureza de izquierda a derecha. Sentí la mirada penetrante de Tebaldo, su aliento caliente en la mejilla mientras me examinaba.

—¿Te he visto antes, muchacha?

El corazón me dio un vuelco ante la pregunta y lo que esta implicaba. Le resultaba familiar.

—N-No, Su Alteza. Nunca nos hemos visto. Ni siquiera había estado antes en Lagonia.

Su mano continuó en mi mentón, inspeccionándome. Mantuve la compostura y traté de no pensar en el aspecto que debía tener: el pelo casi rapado y duro por el barro de las entrañas de la tierra. Aferré los bordes deshechos de mi túnica con una mano, encerrándome en mi pudor.

Había tanta gente que observaba, que me devoraba con sus ojos, que me juzgaba. Escuché sus murmullos en voz baja y el movimiento de innumerables pies calzados con escarpines. Aquí llevaban escarpines de niños y nunca salían de la intimidad de la ciudad. No necesitaban usar botas resistentes, como yo.

—Me resultas familiar —concluyó finalmente el rey—. Será interesante verte sin esa capa de suciedad —soltó mi mentón—. La recámara rosa será tu habitación.

Me dejó y subió los escalones.

—La recámara rosa es muy bonita, Luna. Se encuentra en una de las torres de las esquinas. Tiene una vista excelente —remarcó Chasan en tono amable y coloquial, como si, a sus ojos, yo fuera una invitada y no una especie de campesina—. Que la disfrutes.

Asentí. Las piernas me temblaban cuando llegó una doncella para conducirme por las escaleras hacia el interior del palacio.

DIEZ

Luna

Aun cuando llevara una vida cómoda con Sivo y Perla, nunca había conocido el lujo que me esperaba en la recámara rosa.

Me atendieron tres mujeres, que charlaban amistosamente mientras me sumergían en una bañera de cobre llena de agua caliente y perfumada… todo eso después de horrorizarse por mi cabello cortado con cuchillo y mi ropa hecha jirones.

Eran chismosas. Nombres de personas que yo no conocía rebotaban por arriba de mí. Y, en realidad, daba lo mismo, porque era difícil pensar mientras me cubrían los doloridos músculos con jabón exquisitamente perfumado. Una me cepillaba las uñas, decidida a quitarles la suciedad. Mi cabeza caía con laxitud ante sus cuidados.

Cualquier resto de pudor que tuviera al principio se evaporó. Frotaron hasta el último centímetro de mi piel hasta que me sentí fresca y nueva. A continuación, me ayudaron a salir de la bañera y me envolvieron en una toalla suave y calentada en las piedras. Luego me guiaron por una alfombra afelpada hasta un banco con un mullido almohadón, ubicado frente a un tocador, donde procedieron a cubrirme de lociones que hicieron que mi piel suspirara en agradecimiento. Me despabilé al escuchar el nombre de *Chasan*.

–¿Escucharon lo del príncipe Chasan y Susa?

–¿La muchacha que trabaja en la lavandería?

Un cómplice *humm* fue la respuesta.

–Eso es lo que ocurre cuando apuntas por encima de tu posición social –agregó la doncella–. Ella siempre se tuvo en muy alta estima.

La criada que me frotaba el cabello con una loción suave chasqueó la lengua.

–¿Qué estaba pensando?¿Que él la convertiría en reina? ¡Ja! La muy tonta.

Las tres emitieron sonidos de aprobación ante este último comentario. Yo las escuchaba, fascinada, aun sin quererlo.

–Esa Susa nunca tuvo ni una pizca de sentido común. Todos saben que al príncipe Chasan le agradan los rostros bonitos. Solo las muy estúpidas piensan que pueden importarle más allá de un instante.

–Bueno, Susa es igualita a su madre. Cara linda y cabeza vacía –más risas siguieron la afirmación, pero yo comenzaba a hacerme una idea de quién era el príncipe de Lagonia. Había escuchado la arrogancia en su voz, pero ahora lo conocía en toda su extensión. Era apuesto y poderoso, y asediaba a las jóvenes de su reino.

Una vez que estuve limpia y me sentí como nueva, me pusieron un vestido que se ataba en la parte de adelante.

–Tenemos que engordarte –dijo una de las mujeres mientras me ofrecía una bandeja de galletas glaseadas. Supe instantáneamente que las masitas estaban delante de mí. Olí la cobertura dulce y pegajosa mientras mis dedos se sumergían en esa maravilla. Emití un leve gemido al dar el primer mordisco, la galleta tibia se deshizo entre mis dientes justo en el momento en que el cremoso glaseado tocaba mi lengua. Pura felicidad.

–Ten cuidado de no ensuciar el vestido –me reprendió una de las doncellas.

Asentí, tomé otra más y la metí casi entera en la boca.

–Dios mío, nunca vi a alguien tan pequeño comer con tanta furia.

Una puerta pesada se abrió con un crujido. No dejé de ingerir la galleta pues supuse que se trataba de otra doncella por el suave sonido de las pisadas.

Tomé una tercera galleta y procedí a devorarla tan concienzudamente como a las otras dos.

Una sonrisita interrumpió mi aventura amorosa con las deliciosas masitas.

–Con cuidado. Podrías comerte los dedos –la nueva visita no sonó igual que las otras doncellas. A pesar de las risitas nerviosas, su voz era juvenil y parecía que rebotaba al caminar mientras se adentraba en la alcoba, seguida del rumor de su fino vestido de satén.

Mastiqué ferozmente, tratando de tragar el último trozo de galleta. Llevé los dedos a los labios e intenté una disculpa.

—No, solo bromeaba. Continúa comiendo. Tienes aspecto de necesitarlo.

Engullí el último bocado.

—Son muy buenas —dije tratando de disculparme.

—El cocinero es una maravilla. Puede hacer de un palito de madera la cosa más deliciosa que haya pasado por tus labios. No es que yo haya comido madera alguna vez.

Sonreí ante su entusiasmo y meneé la cabeza.

—¿Quién eres?

—Oh, lo siento. No paro de hablar —se aclaró la garganta—. Soy Maris, princesa de Lagonia.

¿La hija del rey Tebaldo? ¿Cuántos hijos tenía? ¿Aparecería alguno más?

Ante el incómodo momento de silencio, me di cuenta de que estaba esperando a que me presentara.

—Ah, hola. Soy Luna.

—Lo sé. Escuché todo acerca de ti. Estabas viajando con el príncipe Fowler. ¡Qué emocionante! Cuéntame de sus viajes juntos.

Parpadeé ante lo extraño del comentario. Solo alguien que no hubiera estado nunca expuesto al mundo de Afuera, o que lo conociera apenas, diría algo así.

—¿Escuchaste *todo* acerca de mí? —repetí.

—Sí.

Asentí mientras me preguntaba qué *todo* podría haber escuchado acerca de mí dado que ninguno de ellos sabía esencialmente nada de mí. ¿Con quién había estado hablando? ¿Con Chasan? ¿Qué le había dicho?

–Tienes que contarme todo –se dejó caer en el banco a mi lado, aplastando mis faldas debajo de ella.

Las quité de un tirón.

–¿Acerca de qué?

–De Fowler, por supuesto.

–¿De Fowler? –repetí estúpidamente mientras una de las mujeres que estaba a mis espaldas comenzaba a recortarme el cabello, emparejando las puntas irregulares.

–Sí, tonta. ¿Es tan apuesto como se rumorea? –rio con nerviosismo como si fuéramos amigas de toda la vida. Era una sensación desconocida. Nunca había tenido amigos, sobre todo, del sexo femenino–. Mi padre no me permitirá que lo visite todavía, pero lo haré, no temas. De hecho, planeo verlo por la noche.

–S-Seguro –respondí, sintiéndome todavía levemente aturdida por su interés en Fowler. No estaba segura de nada con respecto a esta joven… excepto que me recordaba mucho a su arrogante hermano.

Se inclinó hacia adelante, acercando su voz y aplastando mis faldas otra vez.

–Tengo que saber algo, *cualquier cosa* acerca de él. Esperé toda mi vida para conocerlo.

–¿*A Fowler*?

–Sí –replicó y esta vez sonó exasperada–. Estamos prometidos en matrimonio desde el día en que nací.

Ante esas palabras, el estómago me dio un vuelco. Era un comentario normal para ella, pero para mí fue como una cuchillada. Apreté la mano contra mi agitado estómago.

Debió haber percibido parte de mi reacción.

–¿Estás… qué te pasa? ¿Es por algo que yo dije? Te ves pálida.

Sacudí la cabeza y la incliné hacia abajo, desviando el rostro mientras se me hacía un nudo en la garganta.

–No. Estoy bien.

El arrebato de emoción que sentí no estaba bien. Aun cuando yo no hubiera estado escapando de Fowler ni corriendo imprudentemente hacia un destino que no lo incluía, él le había dado la espalda a este mundo luminoso… a esta muchacha. Le había dado la espalda a su padre y a cualquier promesa de matrimonio que hubieran arreglado para él. Pero ahora estaba aquí. Por mí. Aplasté la sensación de culpa. Yo podía ser la razón por la cual él estaba aquí, pero allá afuera podría haber muerto.

–Bueno, vamos. No seas tan reticente. Háblame de Fowler.

Me aclaré la garganta. Ella se acercó más a mí, el lino tenue de su vestido me rozó el brazo.

No debería sentir esta espantosa oleada de calor que inundó mi rostro. No debería sentirme herida al comprender que esta muchacha que estaba sentada a mi lado era *su* destino, el destino de Fowler… aun cuando se hubiera alejado de él. Ella era el destino del cual él escapaba… y yo estaba comenzando a comprender que era imposible escapar del destino.

Toda mi vida me había ocultado de Cullan, evitando la muerte prevista para mí. Yo debería haber muerto aquel día, junto con mis padres. Sivo y Perla me habían arrancado de ese destino, pero ahora yo lo abrazaría para que otros sobrevivieran, por el bien del reino al que yo debía gobernar por nacimiento.

La princesa que estaba sentada junto a mí continuaba hablando, pero yo no la escuchaba... al menos no las palabras que brotaban de su boca. La entendía perfectamente. Ella quería a Fowler. Sin conocerlo ni haberlo visto nunca, ella lo quería. Y sería suyo.

Maris continuaba hablando a mi lado y sus palabras comenzaron a cobrar sentido.

–¿Cómo terminaron viajando juntos? ¿Él viajaba hacia aquí para conocerme? –como si un viaje a través de dos países hoy en día fuera un asunto fácil. Como si el eclipse nunca hubiera sucedido y el mundo no estuviera sumergido en una oscuridad brutal–. ¿Alguna vez habló de mí?

Lancé un resoplido. No. Había evitado convenientemente cualquier mención de la existencia de una prometida.

–Hace muy poco que me enteré de que era un príncipe –al menos hasta ahí era verdad–. Creo que no quería que todo el mundo supiera que era el príncipe de Relhok.

–¿Por qué no? –preguntó con desdén–. Es su derecho. Lo que le corresponde.

La joven era ingenua. ¿Acaso pensaba que un príncipe debería proclamar su identidad? ¿Especialmente Afuera, donde los enemigos podrían perseguirlo para pedir un rescate por él? Todavía no estaba convencida de que fuera bueno que estos lagonianos conocieran la verdad acerca de la identidad de Fowler.

La mujer que arreglaba mi cabello empezó a sujetar y retorcer la mata que tenía arriba de mi cabeza. Las mechas de abajo eran demasiado cortas para poder sujetarse, de modo que caían sueltas y se enroscaban contra la nuca.

–Tendrás que preguntarle a él –me encogí de hombros como dando a entender que lo que él era para mí tenía muy poca importancia–. Cuando despierte, estoy segura de que tendrán mucho de qué hablar.

La princesa Maris suspiró con alegría.

–Sin duda. Estoy ansiosa de que llegue ese momento –se inclinó hacia adelante y comenzó a revolver una de las canastas de las mujeres que me atendían–. Ten, ponle estas perlas en el cabello.

–Sí, princesa –la mujer comenzó a clavar las perlitas al azar por toda mi cabeza, pinchándome a veces el cuero cabelludo.

–Ah, lo sabía. Quedan hermosas sobre tu cabello oscuro –murmuró Maris–. ¿No lo crees?

Asentí.

–Ven, Luna. Ni siquiera te miraste al espejo.

Molesta por lo incómodo de la situación, sentí escozor en la piel. Evité la pregunta con otra, agitando la mano con ligereza.

–¿Por qué tanto esmero en mi apariencia?

–Nos vestimos para cenar.

–¿Yo cenaré con ustedes?

–Sí, mi padre insistió. Mmm, o tal vez fue Chasan –se encogió de hombros y el movimiento envió una ráfaga de aroma floral flotando por el aire. Yo sabía de fragancias. Perla me había contado que ella solía ser una avezada perfumista. Había hecho fragancias exclusivas para mi madre y todas las damas de la corte. *Esas extravagancias no tienen mucha utilidad hoy en día. Lo último que necesitamos es una exquisita fragancia que conduzca a los moradores a nuestra puerta.*

Sonaba lógico, pero nada que pareciera afectarlos a ellos, encerrados dentro de la seguridad de este castillo en la montaña. Parecían vivir aquí sin ningún contacto con el eclipse.

Maris se puso de pie.

—Creo que ya estás lista. Ven. Podemos entrar juntas. Espero que no hayas arruinado tu apetito con todas esas galletas glaseadas. Aunque el cocinero se pondrá contento al enterarse de que les diste tu aprobación.

—Todavía puedo comer —le aseguré al tiempo que me levantaba y alisaba mis faldas con las manos sudorosas. En la torre, había usado vestidos muchísimas veces, pero me resultaba raro estar otra vez con falda… como si hubieran pasado años desde la última vez y no simplemente un mes.

La princesa Maris entrelazó su brazo con el mío.

—Te ves preciosa. Tendrás que ahuyentar a los pretendientes con una vara.

Esbocé una sonrisa —que pareció más bien una mueca— mientras me maravillaba del extraño mundo al que había entrado. No quería la atención de un rebaño de pretendientes, pero tal vez me brindarían algo de distracción durante mi breve estadía… porque no pensaba quedarme mucho tiempo.

La cena no era una cuestión menor. Oí el alboroto mucho antes de entrar al inmenso salón y mis pasos se volvieron más lentos.

–¿Cuántas personas comerán con nosotros?

–Esta noche está la corte completa –respondió Maris, instándome a reanudar la marcha. Mi padre está de humor festivo –no pude menos que deducir que se debía a Fowler–. Muchos nobles residen en el palacio con sus familias. Han estado aquí desde que tengo uso de razón, manteniéndose seguros dentro de la ciudad en vez de aventurarse afuera a cuidar lo que queda de sus propiedades. Cuando mi padre tiene ganas, los invita a todos a cenar con nosotros en el gran salón. La compañía brinda diversión.

Ainswind era un mundo extraño sepultado dentro de la oscuridad que yo conocía. Mientras recorríamos el amplio corredor, escuchando el susurro de mis escarpines sobre una alfombra mullida, el calor de los candelabros encendidos bañó mi rostro y me inundó de luz. Ese lugar vibraba y brillaba sin temer a los monstruos. *Nada de esto es real. Nada de esto es real.*

Las palabras se precipitaron sobre mí, un recordatorio de que no debía dejarme cautivar por una falsa sensación de seguridad. Ningún lugar era completamente seguro. Incluso este castillo fortificado.

No podía quedarme: tenía una misión. No debía olvidarla. No podía. Cada día que permanecía ahí, cada instante que pasaba, más muchachas morían. Había que detener a Cullan. En la primera oportunidad que se me presentase, dejaría este sitio muy atrás. Una vez que me asegurara de que se estaba haciendo por Fowler todo lo posible para curarlo, abandonaría este desconcertante lugar. Si intentaban detenerme, encontraría por mí misma la forma de salir. No sería la primera vez que llevaba a cabo una fuga.

Al ir acercándonos, las voces aumentaban de volumen y tuve que luchar contra todos mis instintos para no dar media vuelta y escapar. En ese lugar nuevo y extraño, me sentía más vulnerable que nunca. Sonidos, olores, gente... estaba muy arraigado en mí evitar todo aquello que atrajera a los moradores.

El Afuera, por más que llevara la muerte en sus dobleces, era más parecido a un hogar para mí. Aquí me sentía expuesta, con todas las debilidades al descubierto. Apoyé la mano abierta sobre mi desbocado corazón, donde había mucha piel desnuda. Después de fingir ser un muchacho, la exposición de piel también me resultaba extraña.

–Bueno, no puedo sentarme contigo... por mucho que me agradaría –Maris me palmeó la mano mientras ingresábamos al animado salón. El espacio era inmenso, el aire se arremolinaba a mi alrededor y se alzaba hacia los techos abovedados–. Existe un protocolo para sentarse, pero te ubicaré junto a alguien encantador. Confía en mí.

–Gracias. Es muy amable de tu parte.

–Así soy yo –gorjeó–. ¡Ayayay! Mira, todos los ojos están puestos en ti. Te dije que lucías arrebatadora. No tenemos muchas caras nuevas. Me bastan los dedos de ambas manos para contar los invitados que hemos tenido todos estos años. Causarás furor.

–Estoy segura de que no será así –murmuré... o, más bien, eso esperaba.

Dudaba de que el rey Tebaldo permitiera dentro del palacio la presencia de alguien a quien no considerara importante, y yo ciertamente no lo era. Solo estaba ahí por mi conexión con Fowler. Dejando de lado que representaba una novedad, estaba segura de que no se ocuparían mucho de mí. Todos estarían alborotados por la llegada de Fowler, aun cuando no estuviera presente para la cena. Después de todo, era el príncipe de Relhok y el prometido de la princesa Maris.

Elegantes escarpines y finas botas se deslizaban sobre el piso de piedra dura. La cantidad de personas era innumerable y eso me puso nerviosa, como si tuviera la piel demasiado estirada sobre los huesos. Inhalé el delicioso olor de comida que ni siquiera podía identificar. El estómago me rugió. En el extremo más alejado del gran salón, un enorme fuego ardía y crepitaba. Varios sabuesos estaban echados delante, sus jadeos y su pelaje caliente y acre formaban un remolino a mi alrededor y dilataban mis fosas nasales.

Cohibida, me llevé la mano al escote y permanecí cerca de la princesa Maris, reacia a quedarme sola en ese salón lleno de desconocidos. Ya veían demasiado de mí debajo de esa luz deslumbrante, con ese vestido tan escotado. No dejaría que vieran nada más.

Pegada detrás de Maris, tomé aire y traté de identificar todos los sonidos de la banda de música que tocaba en el rincón. No era una tarea fácil.

Una campana repiqueteó fuertemente por encima de la confusión de sonidos.

—Esa es la señal. Es hora de tomar asiento. Tú estás allá.

Me aclaré la garganta.

—¿En cuál asiento?

Me sentí agradecida al notar su mano alrededor de la mía. Tenía las manos más suaves, como las de una niña.

–Puedes sentarte junto a Gandal. Es el hijo del médico real. Tiene muy lindos ojos –su tono bajó sugestivamente.

Eso me levantó un poco el ánimo. No lo de los lindos ojos, sino la parte que era el hijo del médico. Tal vez tendría noticias de Fowler. No estaría de más preguntar. Cuanto antes se consolidara su salud, antes podría yo abandonar este lugar, que me hacía sentir mareada y exasperada.

–Gracias.

Me acomodaron en un banco. La princesa Maris hizo las presentaciones y después se escabulló hacia la mesa principal, que estaba elevada encima de una tarima, donde cenaban las personas importantes. La distancia entre esa mesa y yo me indicó cuán abajo me encontraba en la jerarquía social.

Seguí el derrotero de Maris, percibí su paso suave ascendiendo con un hueco repiqueteo los escalones de madera y atravesando la elevada plataforma. Una vez que estuvo instalada en una silla, desvié la atención hacia los que me rodeaban. Escuché atentamente todas las voces por encima de la música, identificando a cada individuo y tratando de seguir las anécdotas que se arremolinaban en el aire como una maraña de hilos, en ese espacio inmenso y reverberante.

Una mujer se quejó de que no había podido encontrar su espejo de mano y sospechaba que la sirvienta, "esa muchacha inútil y perezosa", lo había tomado. El caballero que estaba sentado frente a ella le aseguró que no necesitaba un espejo ya que se veía deslumbrante. La dama rio con coquetería y yo crucé las manos sobre la falda, asombrada ante ese lugar y esa gente superficial que actuaba como si no hubiera monstruos hambrientos a las puertas de la ciudad.

Era una mesa grande para unas cincuenta personas, tal vez más. No estaba segura del número exacto y eso me molestaba. Yo era ciega, pero nunca me había sentido disminuida ni perdida ni insegura. Hasta ahora. A mi alrededor, se desarrollaban múltiples conversaciones. Me concentré en seguirlas, aun cuando me provocaran dolor de cabeza.

Afuera existía un ritmo, una cadencia en el suave trino de los insectos, los chillidos de los murciélagos gigantes, el ir y venir del viento a través de los árboles agonizantes. Y los escalofriantes llamados de Ellos, los moradores. Hasta ellos eran previsibles. Aquí dentro, solo existía lo desconocido, las maquinaciones de gente en la cual mi instinto me decía que no confiara.

Después de la presentación inicial, intercambiamos algunos comentarios amables con Gandal antes de que optara por dedicarse a la dama a su derecha. La princesa estaba equivocada. Yo no era ni la mitad de atractiva de lo que ella había proclamado. Mis habilidades para conversar eran quizás peores de lo que yo había imaginado. O tal vez se trataba de que yo no era importante, no era nadie incluso para el hijo de un médico.

Crucé mis manos húmedas sobre la falda. El aroma de carne bien condimentada era más fuerte que nunca y se me hizo agua la boca. Nunca había olido tanta comida. Seguramente, comeríamos pronto.

–Me costó reconocerte.

Me sobresalté ante la voz cálida que resbaló junto a mi oído. Una voz que reconocí al instante. Debería haberlo oído venir. Mi pulso se detuvo alarmado en la garganta. Ese lugar me estaba estropeando, eliminando mi agudeza. En muy poco tiempo, si no actuaba con cuidado, sería tan débil como todos ellos.

—Es sorprendente lo que puede lograr una barrita de jabón, príncipe Chasan —repliqué frotándome la piel erizada del brazo.

Rio entre dientes.

—Ciertamente. ¿Acaso yo no huelo mejor también?

Abrí la boca y la cerré, reprimiéndome para no señalar que él nunca había olido mal.

—No puedo decir que tenga un fuerte sentido del olfato, Su Alteza —mentí.

—¿No? —se dejó caer en el banco a mi izquierda y me sobresalté un poco, preocupada de que fuera a permanecer a mi lado. No quería su atención, quería que se fuera.

Quería irme *yo*.

A mi derecha, percibí que Gandal se inclinaba hacia adelante, su ropa crujió en el asiento mientras echaba una ansiosa mirada al príncipe.

—Mis saludos, Su Alteza; tenga muy buenas noches —dijo Gandal.

El príncipe lo ignoró y continuó estudiándome. No tenía que ver para saberlo. Sentí su mirada como algo viviente, que respiraba mientras recorría mi rostro y mi cuerpo. Resistí el deseo de levantar una mano para cubrirme el rostro.

—Tienes los ojos más increíbles, Luna —me puse tensa ante el elogio.

—G-Gracias —tartamudeé, señalándole la tarima—. ¿No se supone que debes sentarte allí? —Perla y Sivo me habían entretenido con suficientes historias de la vida de mis padres antes del eclipse como para que yo tuviera un rudimentario conocimiento del protocolo real.

–Estoy muy contento aquí –el príncipe se reclinó, su peso hizo crujir el banco de madera al apoyar las palmas de las manos en el borde.

El calor encendió mis mejillas. Podía sentir las miradas poco sutiles de los demás.

Asimilé sus palabras lentamente y las di vuelta preguntándome si tendrían un doble sentido. No estaba segura. Mientras continuaba observándome, mi ansiedad no cesaba de aumentar. Bajé la cabeza, esperando que tomara el gesto como timidez. No quería enfrentarlo. No tan cerca. No en este salón tan iluminado. Podría delatarme.

–¿No puedes mirarme a la cara? –inquirió–. ¿Dije algo que te ofendiera?

–No –meneé la cabeza–. Este lugar es... distinto. No puedo relajarme. Siento que en cualquier momento irrumpirán moradores en el salón. Sé que sus defensas son inexpugnables...

–Nada es inexpugnable.

–Eso no es muy reconfortante teniendo en cuenta que estoy sentada aquí sin un arma y con un vestido que obstaculizaría mis movimientos si tuviera que correr.

–Siempre puedes recurrir a los cubiertos.

La idea de defenderme con una cuchara y un tenedor casi me hace sonreír.

–Ah, veo que te he divertido –agregó.

Sus palabras apagaron mi casi sonrisa.

–En absoluto.

Sonaron varios golpes sordos y profundos contra el piso, una señal que reverberó a través del salón. Los músicos cesaron de tocar. Un gran silencio se extendió por la multitud. Nadie se movió. Hasta percibí que los olorosos sabuesos junto al fogón dejaron de mover la cola.

Levanté el rostro, me incliné ligeramente hacia la izquierda y le pregunté al príncipe:

—¿Qué es eso?

—Están anunciando la llegada de mi padre.

El rey Tebaldo entró al salón. Oí el murmullo de las túnicas contra el suelo mientras se abría paso hacia la tarima, seguido por un pequeño séquito.

De repente, se detuvo ante nosotros.

—Chasan, ¿qué haces sentado aquí?

El príncipe se puso de pie.

—Se me ocurrió sentarme aquí esta noche, padre, y conversar con nuestra nueva huésped.

Ante esto, se desataron murmullos por lo bajo por todo el salón. Me ardieron las mejillas; sabía que eso era una violación del protocolo.

—¿Huésped? —dijo Tebaldo con rostro inexpresivo, como si no recordara a ningún visitante, y mucho menos a mí.

—Sí, padre. Recuerdas a la compañera del príncipe de Relhok —no hubo respuesta y hasta Chasan sonó inseguro al agregar—: Luna.

—Tú eres la joven de hoy —había un dejo de asombro en su voz.

—Sí, Su Alteza —inconscientemente, pasé una mano por mi cabello. Era evidente que había sufrido una transformación.

—Levántate —ordenó.

Retiraron el banco con tanta rapidez que casi me caí. Había olvidado la presencia de los guardias del rey. Sádicos. Aparentemente, siempre estaban cerca.

Sin decir nada, el príncipe me tomó del brazo para que recuperara el equilibrio mientras me hacía girar para quedar frente a su padre. En ese momento, casi habría preferido escuchar su tono arrogante. Entonces comprendí que el príncipe no me asustaba en absoluto tanto como su padre.

El rey se aproximó. Nadie más habló ni se movió, lo cual hizo fácil percibirlo en el salón, ahora mortalmente silencioso. Ejercía un dominio total, lo cual me ponía nerviosa. Podía hacer lo que se le ocurriera y todos los demás se limitarían a sentarse y observar, sin importar lo que sintieran con respecto a lo que estaba sucediendo.

—Da una vuelta.

Vacilé más de lo esperado porque el guardia se adelantó nuevamente, me sujetó del brazo y me obligó a dar una vueltita. El rey estaba tan cerca. Podía oír su respiración.

—¿Padre? —profirió Chasan.

—No puede ser —el rey masculló en voz tan baja que supe que estaba hablando más para sí mismo que para alguno de los demás. El recelo me asaltó. En el cuello, el pulso se detuvo abruptamente, luchando por liberarse de mi piel.

A mi lado, Chasan habló.

—¿Qué? ¿Qué ocurre, padre?

—Eres la viva imagen de ella —susurró Tebaldo. Sus dedos rozaron mi mejilla y me sobresalté.

—¿De quién, padre?

Se me cayó el alma al suelo. Antes de que él dijera nada, yo ya estaba comenzando a sospechar que sabía. Recordé las innumerables palabras de Perla. Me había contado historias de mis padres y yo siempre había grabado cada una de sus palabras.

Tu madre tenía muchos pretendientes. Nobles de todos lados querían casarse con ella. Príncipes y reyes… pero ella eligió a tu padre.

Una mujer semejante, mi madre, sería inolvidable.

—Avelot.

Ante el sonido susurrante del nombre de mi madre, levanté muy alto el mentón.

—¿La difunta reina de Relhok? —preguntó finalmente Chasan, la voz teñida de perplejidad.

—Sí. Esta joven es idéntica a ella. La viva imagen. Ese rostro, esos ojos, toda ella. La curva de sus labios.

Sin pensarlo, me llevé la mano a la boca. Perla había hecho comentarios similares y yo siempre pensé que estaba adornando el recuerdo o tratando de forjar una conexión en mi mente de la madre que nunca habría de conocer.

—Padre, el rey y la reina murieron al comienzo del eclipse. Como tanta gente.

Esas palabras me despertaron y me sacudieron de un letargo que había durado toda la vida. *No.* Mis padres *no* murieron a manos de moradores. Eso yo podría haberlo entendido. La traición, no. Su asesinato ordenado por alguien en quien confiaban. La ira que ya creía lejos de mí después de todos estos años me atravesó quemándome como si fuera fiebre.

—Si no es ella, es su hija. De la que estaba embarazada en el momento del eclipse. Tendría una edad similar —dijo el rey en voz monótona–. La hija debe haber sobrevivido, y es ella.

Temblando, inhalé una bocanada de aire, atónita ante la precisión con que había deducido la verdad.

–No es posible –dijo el príncipe.

–Sí es posible. Sé lo que tengo delante de mí –la mirada del rey Tebaldo vagó por encima de mí y sentí su absoluta certeza. Él lo sabía. Yo podía negarlo. Podía dejar que su hijo continuara diciéndole que estaba equivocado. Pero él lo sabía.

–La reina no sobrevivió a la sublevación de los moradores en la ciudad de Relhok. No llegó a dar a luz –el príncipe Chasan habló en tono persuasivo, como si su padre fuera tonto. Ni siquiera se dirigía a mí y, sin embargo, sus palabras tocaron una fibra íntima dentro de mí. La última fibra intacta.

No podía permanecer en silencio. No con esa furia nueva que explotaba dentro de mí. ¿Y era en realidad importante? Ya no se podía ocultar la verdad. El rey lo sabía.

–No –rugí y me adelanté violentamente al tiempo que esa última fibra se cortaba de un modo abrupto en mi interior–. Los moradores no mataron a mi madre. Ni a mi padre. Mis padres murieron a manos del supremo canciller, el falso rey que está ahora sentado en el trono de Relhok.

Una pausa prolongada siguió a mi estallido antes de que las voces brotaran a mi alrededor. Mi bravuconada se desvaneció en medio de una catarata de sonidos. El estruendo era apabullante e hizo que me contrajera dentro de mí misma.

El príncipe me aferró el hombro, con la misma fuerza con que me había agarrado Afuera, y me hizo girar para que quedara frente a él.

–Luna, ¿quién rayos eres…?

Un aplauso firme atronó el salón, cercano, profundo y estridente.

–¡Lo sabía! Espléndido. ¡Brillante! –vitoreó Tebaldo. El zumbido de voces decayó ante el aplauso del rey–. La verdadera heredera del trono de Relhok se encuentra frente a nosotros.

El frío me inundó. Había develado mi secreto. De pronto, la luz que me rodeaba me pareció más brillante y más caliente sobre la piel. Los sonidos eran más discordantes, me lastimaban los oídos; los olores, más apabullantes.

Debería haberlo convencido de que estaba equivocado y de que no había conexión entre la difunta reina y yo. No importaba cuán convencido estuviera; yo debí haber intentado negar la verdad.

–¿Luna? –era la voz de Chasan, dura e inquisitiva, cargada de amenaza.

Aparté el tema de mi mente con rapidez. No habría sido más que retrasar lo inevitable. Desde el momento de mi llegada a Ainswind, era solo cuestión de tiempo que quedara expuesta.

Ya no había vuelta atrás.

ONCE

Luna

Me condujeron a la tarima, que se encontraba en el extremo más alejado del salón y me sentaron a la derecha del rey como su huésped de honor: algo que él declaró en voz alta y efusivamente a todos los que se encontraban en el gran salón. La emoción inicial se disipó, pero estaban lejos de olvidarme. Tenía al príncipe del otro lado y Maris estaba cerca, a la izquierda de su padre. Me quedé inmóvil, las manos cruzadas sobre la falda en un intento de detener su temblor.

Afortunadamente, tuve algo que hacer cuando llegó la comida. Comí con deleite, atacando la comida como si nunca antes hubiera ingerido alimento. En apariencia, las galletas no habían sido suficientes para quitarme el hambre. Estuve a punto de emitir un gemido, abrumada ante el sabor y la abundancia ilimitada de todo.

Además me venía bien porque me salvaba de conversar. El parloteo fluía a mi alrededor y me esforcé por responderle al rey lo mejor que pude en medio de los bocados de comida y de los sorbos de una bebida que nublaba y excitaba mi mente. Al igual que con la comida que saboreaba, la bebida era algo que no había experimentado nunca y la bebí libremente, lamiendo el exótico jugo de mis labios para no perder ni una gota.

En un momento dado, al extender la mano hacia la copa de metal, una mano caliente se posó sobre la mía.

—Ten cuidado, *princesa*. Aquellos más grandes y fuertes que tú han perdido la cabeza por ingerir demasiado de este brebaje.

No se me pasó por alto el énfasis que el príncipe colocó en la palabra *princesa*, como si fuera algo sucio y repugnante. ¿Por qué le molestaría la verdad acerca de mi identidad? Era como si prefiriera la de antes, cuando solo era una campesina para él.

Y fue ahí como lo percibí. Sentí sus miradas. No todos estaban encantados con que yo hubiera resucitado de entre los muertos. El resentimiento y el desagrado eran evidentes.

Me solté de un tirón, deseando liberarme de la sensación de la mano del príncipe que ahogaba la mía. Llevé la copa a los labios, bebí un trago con voracidad y lancé un suspiro deliberadamente fuerte.

–No me conoces. *Ni tampoco tienes la más mínima idea de la fuerza que yace en mí… de lo que soy capaz…*

–No, *princesa*. No te conozco.

–Ciertamente –intervino una voz más adulta, que me trajo el recuerdo de hojas chisporroteantes. El sonido me hizo dejar de masticar y prestar más atención al hombre sentado al otro lado de Chasan–. Él no la conoce. Ni ninguno de nosotros. Señor –exclamó dirigiéndose al rey y la silla crujió al inclinarse hacia adelante–, ¿cómo puede estar seguro de que esta joven es la heredera de Relhok? Hasta donde sabemos, hay una impostora sentada a su mesa.

Olvidando mi incomodidad con Chasan y esas otras miradas duras, le pregunté al príncipe:

–¿Quién es ese?

–El obispo Frand –respondió con arrogancia.

–Aun cuando la joven no lo hubiera admitido, yo lo sé –el rey Tebaldo insistió en el tono altivo mientras metía algo en su boca. Masticó un momento y chasqueó los labios antes de agregar–: Pasé muchas horas en la compañía de lady Avelot. Su retrato está colgado en mi galería. Puedes comprobarlo por ti mismo.

Moví la cabeza bruscamente hacia el rey.

–¿Tienes un retrato de mi madre?

–Sí, mi querida. Y estaré feliz de mostrártelo. ¿Te agradaría?

Asentí sin decir nada, ¿qué otra cosa podía hacer? Por supuesto que una hija querría ver un retrato de la madre que nunca conoció. Si tan solo pudiera ver. Pero no podía. Nunca vería a mi madre. Nunca escucharía su voz ni nunca la conocería. Pero este hombre sí, y me pareció que se trataba de algo completamente injusto. Metí comida en la boca con más rapidez, como si, de alguna forma, eso fuera a llenar el vacío que había dentro de mí.

—Sí, quizás todos deberíamos inspeccionar ese retrato y comparar —aceptó el obispo, lo insidioso de su tono hizo que mis hombros se pusieran tensos.

—Obispo Frand, no puedo imaginar por qué tienes que intervenir en este asunto —la voz del rey resonó como un latigazo, un firme recordatorio de que solo él era el rey y quien tomaba todas las decisiones y, principalmente, quien decidía si yo era la heredera al trono de Relhok. Debo confesar que me reconfortó. Por el momento, estaba de mi lado. Si estuviéramos en desacuerdo, sería una cuestión diferente, pero no tenía que pensar en eso ahora. No todavía. Con suerte, ya me habría marchado de aquí antes de tener que preocuparme por eso.

—Su Majestad, estoy seguro de que deseará reflexionar un poco más sobre este asunto. Usted no es de tomar decisiones apresuradas —el obispo adoptó un tono conciliatorio, pero no por eso su voz fue menos estridente—. El rey de Relhok no reconocerá el derecho al trono de esta joven. Pondría en peligro su derecho al trono y el de su hijo. ¿Y dónde dejaría eso a su hija, que está comprometida con el hijo del rey Cullan?

Con esas palabras, comprendí el riesgo que corría. Cualquiera de los presentes que no quisiera que entrara en disputa el derecho de Cullan al trono no me toleraría. De repente, encontrarme Afuera rodeada de moradores me pareció más seguro.

—¿Es necesario que discutamos estos asuntos en este momento? —preguntó el príncipe, su voz suave sonaba aburrida…

y, sin embargo, cierta tensión emanaba de él, que contradecía el tono de voz.

El rey golpeó su copa contra la mesa con un fuerte sonido metálico.

–No me importa lo que pueda ofender a Cullan. Ha mantenido alejado a su hijo de mí durante dos años, con engaños, sin confesarme que se había marchado. El príncipe Fowler y Maris ya deberían estar casados. Ya no haré más de marioneta ante los caprichos de Cullan.

Pero el obispo continuó hablando.

–Si insiste en que se trata de la hija del difunto rey, considere lo que eso significa para nuestra alianza, para nuestro reino –no sabía cuándo detenerse. Hasta yo sabía que Tebaldo estaba perdiendo la paciencia y que no debía presionarlo más.

–Obispo Frand –lo interrumpió el rey–, no estaba informado de que habías sido nombrado consejero. Ni tampoco que fueras tan perspicaz que pudieras considerarte un oráculo. No, no hemos sido suficientemente afortunados como para tener un oráculo en más de veinte años. Un oráculo nos sería muy útil. Pero, en cambio, solo nos has quedado tú y tus sermones intolerablemente largos.

Un tenso silencio cayó sobre el salón. El descontento del rey se tornó denso y palpable como el vapor que salía de las fuentes de carne recién asada que los sirvientes acababan de depositar sobre las mesas.

–Frand, tal vez sea necesario que te retires y te pongas de rodillas a rezar. Después de profundas y atentas reflexiones, tus opiniones quizás se transformen en algo más valioso, en algo que yo podría requerir en el futuro –la despedida era clara.

A continuación, se produjo una pausa pesada e incómoda antes de que el obispo empujara la silla hacia atrás. Las piernas rasparon el piso de piedra, un chirrido discordante en el silencio. Sentí que sus ojos me exploraban antes de que sus pisadas señalaran su partida. Al alejarse, sus pasos pesados indicaron que se trataba de un hombre corpulento.

Una vez que se marchó, el salón se animó gradualmente con la conversación y con los sonidos de la gente que comía.

Chasan se inclinó otra vez hacia mí.

—Veo que ya estás haciendo amigos.

Vacilé mientras deshacía un trozo de pan hojaldrado, condimentado con hierbas y un aceite aromatizado que nunca antes había probado.

—Ese no es mi objetivo aquí.

—Oh. ¿Tienes un objetivo, *princesa*? Ilústrame.

Su burla me advirtió que Frand no era mi único enemigo. Por alguna razón, a este muchacho tampoco le gustaba.

—Si bien no es asunto tuyo, cuando Fowler se ponga bien, continuaré mi camino —él sonrió por lo bajo y yo me puse tensa—. ¿Acaso dije algo que te hiciera reír?

—Simplemente estoy divertido.

—¿Y se puede saber por qué?

—Acabas de revelar que eres la hija del difunto rey de Relhok… la verdadera heredera de Relhok. Cullan, el actual gobernante, es el mayor enemigo o aliado de mi padre, dependiendo del día —hizo una pausa y estiró el brazo por el respaldo de mi silla, rozando mis hombros de una manera tal que me hizo inclinar hacia adelante, para evitarlo—. No irás a ningún lado, princesa. Posiblemente nunca.

De pronto, mientras sus palabras daban vueltas por mi cabeza, sentí que tenía piedras en el estómago en lugar de comida. Resultaba bastante claro que la única forma de escapar de ese lugar sería con una fuga planeada. Primera tarea del día: conseguir información acerca de todas las entradas y salidas del castillo.

—¡Amanuense! —gritó el rey, su voz se trasladó por encima de todas las conversaciones del gran salón y apartó mi atención de Chasan—. ¡Que traigan al amanuense!

Pasaron los segundos y un suave rumor de pisadas se deslizó con rapidez sobre el piso lustroso.

—Aquí estoy, Su Majestad.

—¿Estás preparado? Deseo enviar una misiva —el rey Tebaldo no esperó la respuesta antes de continuar—. Es con gran júbilo que comparto la noticia de la supervivencia y buena salud de la princesa de Relhok… —el crujido de la pluma sobre el pergamino llenó el aire—. Ella se encuentra bien y a salvo, y residiendo entre nosotros, donde, podéis estar seguro, tendrá una vida próspera con nuestro afecto y diligentes cuidados…

—Padre, ¿estás seguro de que deberías ponerlo sobre aviso de que la tenemos? —preguntó el príncipe con un dejo de urgencia en la voz.

La tenemos. Como si yo fuera una posesión.

Capté el significado de esa misiva y la esperanza se reavivó dentro de mí. Cullan sabría que estoy viva y no tendría más motivos para continuar matando muchachas.

—Sí —disparé—. Hazlo. Házselo saber —*Por favor, házselo saber.*

Chasan se acercó a mí otra vez, su voz sedosa se tornó mordaz.

—No estás comprendiendo la situación en su totalidad. Si Cullan mató a tus padres para controlar Relhok, no deseará que te encuentres bien. Él cree que ahora estás muerta. ¿Estás segura de que deseas ponerlo sobre aviso de que eso no es verdad?

—Él ya lo sabe —respondí con tono urgente, entusiasmada ante la idea de detener la matanza de tantas inocentes tan solo con una misiva de Tebaldo—. Me está buscando. Eso es lo que provocó la orden de matar. Si sabe que estoy viva, levantará la orden. Ya no resultará necesaria.

—Es muy probable que te esté buscando, pero no sabe dónde te encuentras.

—Házselo saber —espeté con osadía.

Ante mis enfáticas palabras, el rey soltó una risita leve, advirtiéndome que había estado escuchando desde donde se hallaba con el amanuense.

—Me recuerdas mucho a tu madre. Ella también era una muchachita linda y vivaz. Generosa y llena de entereza —sonreí, no pude evitarlo. Ya no tenía eso… ya no tenía a Sivo ni a Perla que me susurrasen cosas del pasado.

Con alegría, presté atención mientras el amanuense terminaba de tomar nota del mensaje del rey.

—Muchacha idiota —masculló el príncipe Chasan, a mi lado.

Me enfurecí, cada minuto que pasaba me agradaba menos.

—Eso ya está solucionado —anunció Tebaldo—. Cullan sabrá que estás viva y que te encuentras aquí. Tú y el príncipe Fowler.

—¿Cuánto tiempo tardará en recibir la misiva? —pregunté, la ansiedad me hizo enderezarme en el asiento.

–No mucho. Enviaremos un ave mensajera de inmediato.

Abrumada por el alivio, agaché la cabeza y las lágrimas me hicieron arder los ojos. Se terminaría esa matanza sin sentido. Yo no era lo suficientemente tonta como para pensar que los motivos de Tebaldo eran puramente altruistas, pero me estaba ayudando a salvar vidas. Y por eso le estaba agradecida.

Respiré con profundidad, el sosiego abrió un sendero tibio en mi interior.

–Gracias –murmuré. Después de todo, eso era todo lo que quería… que Cullan supiera que yo estaba viva para que concluyera su cacería sangrienta por mí. Ese había sido el objetivo. Si ahora me quería muerta, podría venir a buscarme directamente. Y tal vez lo haría. Intenté tragar el nudo amargo que tenía en la garganta mientras pensaba en la advertencia de Chasan.

Aparté el tema de mi mente con dureza. No era importante. Mi vida no era nada comparada con todas esas decenas de vidas. Todas esas muchachas inocentes sin rostro no morirían por mi culpa. Los únicos monstruos contra los que tendrían que luchar eran aquellos contra los que todos teníamos que luchar.

Además, yo ya no estaría aquí cuando llegaran los hombres de Cullan. No sabía bien adónde iría a continuación. ¿Podía continuar hasta Allu? ¿Continuar el viaje que había comenzado con Fowler? Parecía haber pasado tanto tiempo desde que dejamos mi torre.

Ya no tenía que ir a Relhok. No, a menos que estuviera lista para reclamar mi trono… si eso era lo que quería hacer. ¿Realmente *quería* el trono? ¿Necesitaba que fuera mío? Tenía que decidir qué era lo mejor… no solo para mí, sino para los habitantes de Relhok. Hice un gesto de dolor. Sabía que Cullan al frente del reino no era bueno para nadie. Hasta Fowler, su hijo, lo sabía.

—Es un gran placer —Tebaldo me miró. Pude sentir su mirada fría como un témpano. Tendría que aprender a superarlo. Tal vez se trataba simplemente de una costumbre de los reyes: mirarte tan intensamente que sus ojos parecieran cuchillas que te rasgaban la piel de los huesos.

Continuamos comiendo, la conversación fluyó más naturalmente, excepto con Chasan, que permanecía sentado junto a mí, indiferente.

—¿Y cómo fue que terminaste con el príncipe Fowler? Es una gran coincidencia. Por no decir algo inusual —murmuró después de unos minutos—. Teniendo en cuenta que sostienes que su padre asesinó a tus padres, es la última persona que yo sospecharía que elegirías de aliado.

Me enfurecí ante la palabra *sostener*.

—¿Dudas de la forma en que murieron mis padres?

—Muchos murieron en los primeros días del eclipse —se movió en su silla y sentí que se encogía de hombros—. No digo que mientas. Solo que puedes estar equivocada.

El rey habló con la boca llena de comida.

—Tú no conoces a Cullan como yo, hijo mío. Por supuesto que es verdad. Él siempre fue ambicioso en demasía —resopló y bebió un sorbo de su copa—. Ciertamente, yo conozco a Cullan y conocí a sus padres. Viajé a Relhok a menudo cuando era jovencito. No pasé mi juventud aislado dentro de esta ciudad. Recorrí toda la extensión de mi reino y más allá, conociendo a mis aliados así como a mis enemigos. Tú no has hecho nada parecido. Tu conocimiento es limitado.

No malinterpreté el insulto velado. Era una hiriente insinuación de que Tebaldo era mejor que su hijo.

A Chasan tampoco se le escapó.

—A mí no se me dio la opción —respondió rápidamente—. No se me permite alejarme unos pocos metros de este castillo sin guardias fuertemente armados. De lo contrario, hubiera sido probable haber conocido mejor Lagonia y a sus vecinos.

Tebaldo gruñó.

—Estarías muerto. Y no puedo darme el lujo de perder a mi único hijo. Eres demasiado valioso para mí.

Valioso. No mencionó que lo amara ni que se preocupara por él. Era una mercancía. La manga de la túnica de Chasan silbó ligeramente cuando alzó el brazo.

—No podemos permitirnos eso, ¿verdad, padre?

—No, no podemos. Tu responsabilidad es vivir y continuar nuestra dinastía.

—Siempre seré un hijo diligente y no me apartaré de los límites prescriptos por ti —a pesar de las palabras tan correctas, la burla se entretejía en su voz. Al rey tampoco se le escapó.

—Mófate de mis reglas todo lo que quieras, pero te mantendrás con vida. Tú y tu hermana. Nuestro legado no se extinguirá. ¿No es así, princesa Luna?

Levanté la cabeza bruscamente; no estaba acostumbrada a que se dirigieran a mí por mi título. No estaba segura de cómo responder, ni qué tenía yo que ver con nada de eso.

—Estoy segura de que todos seguirán creciendo y prosperando aquí. Sus fortificaciones son extraordinarias.

—Ciertamente. Y ahora que tú estás aquí, estamos seguros de eso. Dime, Luna, ¿valoras el deber?

Sentí que la pregunta era una prueba. La imagen de mis padres brotó en mi mente. Sabía por Sivo que mi padre creía en servir a la gente y que su responsabilidad como rey tenía ese objetivo. Luego pensé en mí y en qué era lo que debería hacer con mi vida. Especialmente ahora que levantarían la orden de matar. Seguramente, mi destino era algo más que sobrevivir. Tenía que existir algo más allá de la diaria supervivencia. ¿Cuál era mi objetivo en la vida?

Sivo y Perla predijeron que yo tendría un gran destino. Todavía no sabía bien cuál era ese destino, pero ahí estaba yo, sentada a la mesa del rey de Lagonia... y él acaba de enviarle una misiva a Cullan, en la que le ha declarado que yo estaba viva.

Estaba comenzando a creer que ellos tenían razón.

—Sí —respondí—. Creo en el deber —solo necesitaba descubrir qué era.

DOCE

Fowler

Desperté con un quejido.

El dolor se extendía dentro de mí en oleadas constantes, retorciendo todo lo que había en mi interior hasta el límite de la agonía.

Intenté apoyarme sobre los codos, pero no lo logré y volví a caer con un estremecimiento.

Tomé otra bocanada de aire y mi pecho se elevó mientras los ojos se abrían desmesuradamente. Me recibió un remolino de color, pero no procesé nada. Parpadeé en un intento de enfocar la vista.

El techo se extendía por encima de mí. Grandes travesaños entrecruzaban las vigas. No conocía ese lugar. *¿Dónde estaba Luna?* Después de todo lo sucedido, la había perdido. Una maldición escapó de mi boca y luché otra vez por levantarme y volví a caer en la cama con otra palabrota.

Una risita ronca recompensó mis esfuerzos.

—Tienes una boca sucia… algo bastante impropio para un príncipe —dijo la voz.

Un rostro surgió dentro de mi ángulo de visión, un rostro que no conocía. Y todo regresó a mí. Los soldados de Lagonia nos hallaron y nos llevaron a Ainswind. Éramos huéspedes del rey. *Ellos sabían quién era yo.* Eso era malo para mí y era malo para Luna. Era difícil decir quién corría más peligro. Yo tenía que lograr que saliéramos los dos de aquí.

Luché por levantarme otra vez. Los esfuerzos por salir de la cama eran cada vez peores. Gimiendo, aparté la cabeza mientras experimentaba una sensación repugnante en el estómago. Inclinado sobre la cama, lancé, vacié el contenido de mi estómago al costado de la cama. Me asombró que pudiera vomitar algo cuando ni siquiera podía recordar la última vez que había comido.

Me apoyaron una tela fría sobre la frente. La mano que la sostenía me deslizó suavemente en la cama y quedé otra vez observando el rostro apergaminado del anciano.

Se inclinó sobre mí.

—Tranquilo, muchacho —me pasó la tela húmeda por la cara y gemí. No tenía consuelo. La frescura contrastaba con el ardiente enrojecimiento de mi piel y aumentaba mi aflicción.

Refunfuñé, contento de que se hubiera detenido.

Pero después desplegó un nuevo tormento.

Tomó mi brazo, que yo había doblado en actitud protectora sobre el pecho, y lo estiró en mi costado. Como si eso no fuera suficientemente incómodo, me cubrió con un ungüento de olor desagradable. Alcé la cabeza con un resoplido mientras extendía ese menjunje de arriba abajo, desde el hombro hasta la muñeca.

El rostro esbozó una amplia sonrisa revelando una boca sin dientes, excepto por un colmillo podrido: una gota color café en las fauces abiertas de su boca.

—Arde, lo sé.

—¿Está intentando matarme? —inquirí, dejando caer la cabeza en un almohadón mientras el anciano, que sonreía enloquecidamente, arrojaba más de ese húmedo menjunje en mi brazo. El fuego aumentó a niveles desconocidos.

—Si quisiera matarte, no me estaría molestando en ponerte todo esto. Ya deja de retorcerte. Esto te curará.

—¿Entonces no voy a morir?

Encogió uno de sus huesudos hombros. A pesar de su diente podrido, estaba bien acicalado, llevaba una fina túnica de terciopelo con bordados en los puños. No habían enviado a un campesino para que me cuidara.

Sus palabras lo confirmaron.

—Puedes estar seguro de que morirás. Pero no hoy. Eres afortunado. El rey te quiere vivo o yo no me encontraría aquí. Estaría en el salón disfrutando del banquete con todos los demás.

Disfrutando del banquete con todos los demás.

¿Con Luna? ¿Estaba allí con todos los demás? ¿Con el príncipe Chasan? No me agradaba la manera en que la miraba ese arrogante pavo real. Él sabía que había algo distinto en ella. Lo descubriría pronto: no era ningún tonto. A mí no me había tomado mucho tiempo llegar a la conclusión de que era ciega. Mi cara se puso más caliente al recordar cómo lo había descubierto… el íntimo momento en que ella había entrado en la habitación estando yo desnudo. Eso me hizo tomar conciencia de cuán vulnerable era Luna dentro de ese nido de víboras. Lo último que yo quería era que la calificaran de débil.

Todos mis pensamientos se dispersaron al volverse insoportable el dolor del brazo. Un grito silencioso abrió grande mi boca. Me arqueé en la cama, mi mano voló hacia la atribulada piel, dispuesto a quitarme el espantoso ungüento.

El médico me apartó la mano.

—Estoy sacando afuera el veneno.

Llamó a alguien por encima del hombro. Ni siquiera me había dado cuenta de que había alguien más en la habitación, pero repentinamente aparecieron dos sirvientes, que me sujetaron con cuerdas a la cama.

—Es por tu propio bien —resopló el médico.

—Luna —gemí, como si ella pudiera aparecer para darme alivio, consuelo.

—Ah, tu amiga está en buenas manos.

A través de la nebulosa de mi dolor, detecté algo en su voz. Algo que no me agradó. El pánico estalló en mi interior. Hice un esfuerzo mayor por levantarme. Los sirvientes gritaron y arrojaron su peso con más fuerza sobre mí.

Forcejeé contra el peso que me inmovilizaba, contra el dolor, hasta que ya no pude forcejear más, hasta que ya no pude pelear.

Cerré los ojos y me deslicé en la oscuridad.

TRECE

Luna

No podía dormir.

A estas horas, el interior del castillo estaba silencioso como una cripta mientras yo caminaba de un lado a otro por los confines de mi alcoba, aprendiéndome su disposición y consignándola en la memoria.

Pensé en Fowler, me pregunté dónde estaba y cómo le iba dentro de estas gruesas paredes de piedra. Cuando pregunté por él, solo se me dijo que estaba bien atendido y que me quedara tranquila. Como si ya no fuera mi preocupación. Como si ya nada fuera a ser una preocupación para mí.

Después de la cena, me acompañaron a mi dormitorio y me vistieron con un camisón holgado. Una doncella me sentó en un banco con almohadones y me cepilló el cabello hasta que crujió alrededor de mi cabeza.

—Volverá a crecer en un tiempo muy breve —lo afirmó de manera segura como si esa seguridad fuera necesaria.

Luego, me arropó en la cama.

Ahora comprendía un poco más a Maris. Si su vida era así, si así era como la habían tratado todos estos años, yo podía entender por qué casarse con un extraño sería una agradable perspectiva. Porque era algo, *al menos*, que rompía el absoluto tedio de sus días.

Salí al balcón, aferré el pasamanos de piedra y medí el ancho. El viento levantó el cabello que llevaba detrás de las orejas. No cabía duda de que estaba a gran altura. La ráfaga me golpeó con fuerza, como si no hubiera encontrado nada en su camino hasta chocar contra mí. Ni árboles ni colinas ni terreno rocoso. Respiré profundamente y me maravillé ante la ausencia de arcilla en el aire. No había tufillo a moradores. Uno podía casi imaginarse que acá no existían. Aquí, dentro de Ainswind, me sentía aislada. Era una sensación peligrosa. Ningún lugar era seguro.

Abandoné el balcón, me detuve delante de la pesada puerta de roble de mi alcoba y presioné el oído contra ella. No se escuchaba nada del otro lado. Cerré la mano sobre el picaporte, abrí lentamente la puerta y salí al amplio corredor.

Una respiración áspera y el rumor de tela me avisaron que, después de todo, no me encontraba sola.

—¿Puedo ayudarla, Su Alteza? —preguntó un guardia.

Me sobresalté. Todavía me sorprendía escuchar que se me designara de esa manera tan naturalmente. ¿Alguna vez me acostumbraría a ella?

Levanté el mentón tratando de poder revestirme de un aire de impenetrabilidad, imaginando que eso era lo que correspondía a la realeza. De hecho, el guardia era más bajo que yo. El sonido de su voz me llegaba desde más abajo de donde hablaba la mayoría de los hombres. Al contestarle, incliné los ojos hacia abajo.

—Me agradaría ver a mi amigo, el príncipe Fowler...

—Lo siento, Su Alteza, pero no se le permite verlo.

Fruncí el ceño.

—¿Qué quiere decir?

Maris ya lo había visto. Estaba segura. Dijo que lo vería esta misma noche y dudaba de que se lo hubieran prohibido. Más tarde, seguramente ella misma me contaría todo: incluyendo cuán guapo era el príncipe Fowler... que era mucho mejor de todo lo que ella había imaginado. Una desagradable sensación me invadió. Era absurdo, pero estaba celosa de que ella pudiera verlo y yo no. Tenía que olvidarme del tema. Lo único que importaba era que él estuviera recibiendo la ayuda que necesitaba. Una vez que estuviera segura de ello, podría escapar de este lugar.

Las manos apoyadas en la cadera, le formulé otra pregunta al estoico guardia:

—¿Lo asignaron para cuidar mi puerta? —eso representaría un obstáculo en mis planes de fuga.

—Solo durante la noche, en caso de que necesite algo, Su Alteza.

—¿Puedo deambular libremente por el castillo?

—Con un acompañante, claro.

Tomé una ligera bocanada de aire.

—No necesito un perro guardián.

La declaración fue recibida en silencio. Meneé la cabeza mientras suspiraba.

—Muy bien. Acompáñeme a ver al príncipe Fowler. Estoy segura de que con un acompañante me estará permitido…

—A nadie se le permite verlo sin la expresa aprobación del rey —aunque habló en un tono de deferencia, había un dejo de ironía en su voz. No podría persuadirlo.

—¿Quiere decir que *yo* no tengo la aprobación del rey para verlo? —el guardia se movió incómodamente sobre los pies, pero no confirmó ni negó mis dichos—. Muy bien.

Di media vuelta y abrí la puerta de un tirón. Sin pronunciar una sola palabra más, me zambullí nuevamente en mi alcoba y proseguí la caminata de un lado a otro, la mente agitada mientras trataba de pensar en la forma de ver a Fowler. No podía marcharme antes de hacerlo.

Transcurrieron varios minutos hasta que acepté un hecho evidente. Era una prisionera.

Finalmente, me dormí. Mi agotamiento debió haber sido más profundo de lo que había imaginado. Cuando desperté, había una cierta levedad en el aire. Era media luz.

Instintivamente, me relajé, la tensión que había salido a mi encuentro al abrir los ojos se desvaneció. Estiré los brazos arriba de la cabeza, jalé con placer de mis doloridos músculos y me maravillé ante la sensación de tener nuevamente una cama debajo de mí.

–Su Alteza, ya está despierta –murmuró una voz femenina.

Me apoyé sobre los codos y deslicé la mano sobre mi cabello desordenado.

–Venga –dijo la mujer, una doncella distinta de la que me había atendido la noche anterior–, la ayudaré a vestirse y la acompañaré al comedor. Se perdió el desayuno, pero ya casi es hora de almorzar. Debe estar muy hambrienta.

Sí, estaba *realmente* hambrienta. La perspectiva de comer me hizo saltar de la cama. Permanecí quieta para ella, maleable, pero ansiosa mientras me ponía un vestido y me sujetaba el cabello.

–Ya está lista –dijo colocando el último bucle en su lugar. La seguí hasta la puerta, donde esperaba un nuevo guardia. Me escoltó por un corredor, por escaleras sinuosas hasta un comedor, más pequeño que el gran salón. El aroma a comida atormentó mi nariz y el hambre me clavó sus garras. Permanecí alrededor de la entrada aguzando los sentidos mientras identificaba los sonidos, las distintas voces, el tintineo de la platería y el deambular de los sirvientes que circulaban alrededor de una gran mesa redonda.

–¡Ah, por fin se ha despertado! –exclamó el rey Tebaldo.

Mi cara se encendió ante la súbita atención dirigida hacia mí. Avancé lenta y con cuidado, esperando lucir meramente tímida y vacilante.

–Ven. Hay un asiento para ti al lado de Maris. Te lo reservamos por si te levantabas a tiempo para el almuerzo.

Ante la declaración del rey, asentí agradecida, los oídos atentos al sonido de una silla que se retirara hacia atrás, las patas que raspaban el piso. La localicé y caminé con cautela en caso de que hubiera algún escalón u obstáculo. Al llegar a la silla, recogí las faldas y me dejé caer en el asiento, alzándome levemente mientras un sirviente me acomodaba la silla.

–Te ves bien –una voz susurró en mi nuca y me di cuenta de que no era un sirviente quien había retirado mi silla, sino el príncipe Chasan en persona, con su fluida y aterciopelada voz–. El azul es un color que te sienta muy bien.

Asentí otra vez, la única forma de agradecimiento que se me ocurrió. Un dejo de pena por él se arrastró por mi corazón al recordar cómo lo había tratado su padre la noche anterior, lo cual amenazaba mi decisión de detestarlo. Se dejó caer en la silla que estaba a mi lado. Me di cuenta de que había quedado en medio de los dos hermanos, precisamente las dos personas que no quería tener cerca, pero ahí estaba: atrapada.

Acababa de lograr levantar la cuchara y beber un sorbo de un sustancioso caldo antes de que Maris susurrara con excitación:

–Lo vi al príncipe. Es tan guapo como se rumoreaba.

Tragué la sopa.

–¿Cómo está?

–Oh, todavía afiebrado, pero el médico jura que se recuperará por completo. Tengo pensado visitarlo otra vez después del almuerzo. Quiero ser el primer rostro que vea cuando despierte –esta última frase fue con una voz susurrante y con un suspiro que brotó de sus labios.

Se me oprimió el corazón.

—Me siento aliviada al saber que está mejorando —y realmente lo sentía. Era lo único que importaba… no mis mezquinas emociones. Fowler viviría.

Ya podía escaparme de allí.

—Princesa Luna —la voz del rey tronó a través de la mesa reclamando mi atención—, Cullan ha respondido a nuestro mensaje esta misma mañana.

Me sobresalté un poco ante el anuncio. No había perdido el tiempo. Algo se aflojó y se desplegó dentro de mí. El rey Tebaldo había logrado lo que a mí me habría tomado semanas o tal vez más lograr. Tal vez nunca lo habría hecho.

Asentí una vez, decidida, consolada. Entonces era un hecho. Cullan sabía que yo estaba viva. Sabía que, aun cuando él hubiera matado a mis padres, no había destrozado todo lo que los rodeaba.

—¿Tan rápido? —preguntó una voz que reconocí como la de Frand.

El rey soltó una risita.

—Imagino que no quiso demorar su respuesta. Es probable que mi mensaje lo haya consternado.

—*Ciertamente*, Su Majestad —concordó el obispo. La palabra quedó flotando en el aire, cargada de significado. Él quería decir algo más, quería transmitir su desaprobación, pero había aprendido de la última vez en que el rey lo había echado del salón, del que el religioso había salido con el rabo entre las piernas.

Me aclaré la garganta.

—Su Majestad, ¿podría preguntarle cómo fue su respuesta?

—Como se esperaba. Afirma que eres una impostora y exige tu cabeza —a mi lado, Chasan se puso tenso y yo me volví ligeramente hacia él, curiosa ante su actitud. Un profundo silencio descendió sobre la mesa, a la espera de la siguiente declaración del rey—. También exige el regreso de su hijo.

Tragué saliva y me humedecí los labios.

—¿Quiere que Fowler regrese?

—Desde luego. Tú, la verdadera heredera de Helhok y el… —hizo una pausa como buscando la palabra apropiada—… *discutible* heredero.

¿Discutible? ¿De modo que el lugar de Fowler era ahora discutible? ¿Por mí? No debería haberme sorprendido, pero no lo había pensado.

—Ahora ya no puede continuar mintiéndome y postergando mi pedido de que presente a su hijo para que se case con mi hija. Si es que todavía quiero que eso suceda.

La *duda*. A mi lado, Maris soltó un gritito ahogado. Respiré profundamente. ¿Podría ya no desear que su hija se casara con Fowler? Porque me tenía a mí. ¿Qué significaba eso para Fowler? Específicamente, ¿qué significaba eso para su seguridad dentro del palacio? ¿Para su posición?

Sacudí la cabeza de un lado a otro. No. No podía seguir preocupándome por él. Tenía que escapar. Y una vez que me hubiera marchado, Fowler se convertiría otra vez en una mercancía. Tal vez era más importante que nunca que yo desapareciera.

—¿Qué harás, padre? —preguntó Chasan.

—Nada —respondió sencillamente el rey, sorbiendo la sopa del tazón.

–¿Nada, Su Majestad? –preguntó el obispo con cautela–. ¿No le responderá?

–Oh, a su debido tiempo. Lo haré esperar como él me hizo esperar todos estos años. Lo disfrutaré. Ha llegado el momento de que él sufra mientras yo llevo las riendas.

–*A su debido tiempo* –repitió Chasan como un eco–, ¿qué le contestarás?

Era irritante esperar que este hombre hablara. Él tenía todo el poder mientras nosotros estábamos pendientes de sus caprichos. Me dolieron los nudillos de sostener la cuchara.

–Creo que la próxima vez que me contacte con él será para invitarlo a la boda –repuso jovialmente, haciendo una pausa para tomar un trago de su bebida–. Dos bodas, tal vez. Es improbable que venga, pero ¿quién sabe? Viajar está plagado de peligros, pero no es imposible.

–¿Dos? –repetí, mientras me asaltaba un presentimiento.

–Sí. Será un año notable en la historia de Lagonia. Dos bodas. Dos celebraciones después de años de tantos… disgustos. Una luz en toda esta oscuridad. Un rayo de esperanza para todos.

–¿Quiénes van a casarse? –preguntó Chasan, y noté algo en su voz, algo que reflejó el desconcierto que se expandía dentro de mí.

–Supongo que la boda de Maris debió haberse realizado hace mucho tiempo –Tebaldo suspiró en una clara muestra de que no estaba emocionado con la idea, pero al menos no lo había descartado a Fowler por completo. Por mucho que me conmocionara la idea de que se casara con Maris, me tranquilizó saber que no corría peligro.

–Aun cuando ya no sea necesario, podría ser una sabia precaución. Solo para ayudar a reforzar nuestros lazos con Relhok, como para que nuestros derechos nunca se vean amenazados por alguna eventualidad.

A pesar de que sabía que eso iba a suceder –desde que Maris abrió la boca para confesarme que había estado esperando a Fowler toda su vida, supe que sucedería–, me resultaba doloroso.

–¿Y la otra boda? –preguntó Chasan–. Mencionaste dos.

–Sí –espetó el obispo–. Le ruego que nos diga: ¿a qué otra boda se está refiriendo?

Mis labios estaban entumecidos. Lo único que sentía era el corazón, latiendo frenéticamente, sufriendo y retorciéndose como un puño dentro de mi pecho. Todo lo demás parecía muerto.

–¿Acaso no es obvio? La boda de Luna es necesaria para nuestra familia. De seguro que lo entiendes, hijo mío. Y tú también, Luna. Tu casamiento con mi hijo une legítimamente a nuestro reino con Relhok. Con estos dos matrimonios, no puede discutirse, desde ningún concepto, que algún día Relhok se convertirá en una parte de Lagonia.

No podía quedarme aquí. No podía casarme con Chasan. No podía quedarme con los brazos cruzados mientras Fowler se casaba con Maris.

La cabeza me daba vuelta como si acabara de girar a toda velocidad. Olvidada del hambre, apoyé la cuchara mientras Maris saltaba alegremente a mi lado, golpeando las manos. Chasan permanecía mudo e inmóvil. De no ser por lo constante de su respiración, no habría sabido si todavía estaba allí.

Era completamente lógico que Tebaldo jugara sus cartas de esta manera. Era una jugada segura, inteligente, para ambos reinos. Hasta yo podía verlo.

Sin embargo, aceptar lo seguro e inteligente no era tan sencillo.

CATORCE

Fowler

Me desperté abruptamente con un grito ahogado. Había estado soñando que todavía me hallaba bajo tierra, corriendo, buscando, llamándola a Luna, que estaba perdida dentro de la telaraña de los moradores.

Parpadeé, mis ojos giraron con brusquedad a través de la extraña alcoba de techo abovedado y recordé, de inmediato, dónde me encontraba. Me había despertado una vez desde que el médico me cubrió con ese ungüento apestoso y ardiente. Una joven había estado aquí, sosteniéndome la mano, secándome la frente afiebrada. Había declarado ser Maris, la hija del rey. También me llamó con términos cariñosos que no dejaban duda de que se consideraba mi prometida. Yo había abierto la boca y tratado de explicarle que no podíamos estar comprometidos, pero en ese momento había perdido el habla.

–Me alegra ver que te estás curando –mi mirada saltó abruptamente hacia el hombre sentado en una silla junto a mi cama y supe que era la razón de mi repentino estado de vigilia. Le extendió al médico que rondaba a su alrededor el recipiente de sales que tenía en la mano. Cruzando las manos en forma ordenada sobre su regazo, el rey esbozó una sonrisa forzada–. Ya has dormido suficientemente, mi joven amigo. Es hora de que hablemos.

Los jadeos hincharon mi pecho como si en realidad hubiera estado corriendo a través de túneles y no simplemente soñando que lo hacía. Me incorporé en la cama con un gesto de dolor. Me sentía tan débil como un niño, pero no iba a mantener tendido en la cama una conversación con un hombre tan despiadado como mi propio padre.

Tebaldo observó con las cejas arqueadas mi vendaje, como si pudiera ver el brazo a través de él.

–Tu lugar debería haber estado con los moradores, pero, gracias a mí, todavía estás aquí –asentí lentamente, aunque por dentro pensaba: *Gracias a Luna todavía estoy aquí*–. Barclay, aquí presente, me dice que pronto deberías poder abandonar tu lecho de enfermo y caminar.

–Ya puedo caminar –al menos, me habría gustado intentarlo. No más lecho de enfermo. No más debilidad. No más permanecer acostado e indefenso mientras Maris me acariciaba como si fuera su nueva mascota.

Asomó nuevamente esa lenta sonrisa. No llegó a los ojos. Ni siquiera arrugó sus mejillas cenicientas. Se pasó un dedo por el borde de la barba esmeradamente recortada.

–Maris me ha dicho que eres terco. Aun estando enfermo, luchas y te resistes a recibir la ayuda que necesitas. Ahora lo veo.

Me puse tenso. De manera que sabía que su hija había estado visitándome. ¿Qué más le había dicho Maris de mí a su padre? Lo observé atentamente, cuidando mantener el rostro inexpresivo. Hasta era probable que él la alentara a visitarme. Después de todo, existía ese ridículo compromiso entre nosotros… hecho cuando yo apenas caminaba y Maris todavía estaba en la cuna. Tal vez pensaba respetarlo. O más bien, hacer que yo lo respetara.

Tebaldo continuó hablando.

–Descansa tranquilo. No te apures a caminar. Podrías sufrir una recaída y queremos que estés bien. Necesitamos que estés bien.

No malinterpreté el énfasis que puso en la necesidad. Era la única razón por la cual sobreviví… la única razón por la cual me habían llevado al castillo para que me atendiera el médico del propio rey. El rey y Lagonia me necesitaban. Maris también decía que me necesitaba. Recordaba eso de cuando se sentaba junto a mi cama. Pero eso estaba más relacionado con querer que con necesitar. Ella era una niña y yo era su juguete nuevo y brillante. Nada más que eso.

–Gracias –repuse porque me miraba con mucha atención, apremiándome a hablar.

Ladeó la cabeza levemente.

–Ah. La gratitud es algo bueno. Significa que las personas entienden… conocen su lugar dentro del orden del mundo.

Se reclinó en la silla y entrelazó los dedos.

–Este reino ha durado diecisiete años. Otros han caído. Y otros no son más que esqueletos de lo que alguna vez fueron –su mirada se concentró en mí–. Relhok está pendiendo de un hilo. Es verdad que tu padre gobierna con puño de hierro y sus sacrificios humanos sirven de oportuno alimento, que mantiene a los moradores controlados por el momento, pero ¿cuánto tiempo puede continuar eso antes de que su pueblo se subleve? ¿O los moradores se vuelvan más hambrientos?

No estaba diciendo nada en lo cual yo no hubiera pensado antes, e incluso nada que yo ya no le hubiera dicho a mi padre, tratando de persuadirlo de cambiar su forma de hacer las cosas.

Tebaldo prosiguió:

–Pero Lagonia sigue en pie. Estamos sobreviviendo dentro de estos muros. Mi legado continuará. Si solamente una casa reinante sigue en pie una vez que se levante el eclipse, será la mía. Puedes estar seguro –asintió con determinación, un brillo de fanatismo iluminaba sus ojos. Supuse que debería existir algo de fanatismo en cualquiera que estuviera resuelto a sobrevivir al eclipse–. La pregunta, Fowler, es si serás parte de esta casa reinante… si tu legado perdurará.

La amenaza era sutil: unirse a él o perecer. Y existía una sola forma de unión que él aceptaría. Nos quedamos mirándonos durante un rato prolongado.

–Tú no quieres que me case con tu hija –dije en voz baja, pensando no solo en mí, sino también en ella. Nunca podría amarla y ella lo descubriría pronto.

Aunque hubiera estado prácticamente loco de fiebre cuando ella me visitaba, ya sabía lo suficiente de la princesa. Maris era una muchacha consentida, infantil y sin ningún tipo de conciencia, miedo o respeto por la realidad de este mundo. Yo no podía estar con alguien así. Ella se daría cuenta de que yo no estaba verdaderamente con ella aun cuando estuviéramos juntos. Siempre habría alguien más, un fantasma rondando entre los dos. Una joven con estrellas en los ojos, llena de sueños, que no pertenecía a este mundo. Y Maris llegaría a odiarme por eso.

–Tienes razón. No quiero. Pero un gobernante debe hacer cosas que no siempre le agradan. Hay que elegir.

–Si tu hija realmente te importa, no fuerces este matrimonio entre nosotros.

Se encogió de hombros y agitó la mano con una mueca burlona.

–No seas sentimental. Maris es un instrumento, un arma para utilizar tanto en la guerra como en la paz. Igual que tú. Ambos tienen deberes que cumplir.

Su propia hija le importaba muy poco; no podía apelar a su amor por ella. No era muy distinto de mi padre. Eso debería haberme ayudado a comprenderlo. Yo debería haber podido predecir su próximo movimiento si simplemente pensaba en él en esos términos. Observándolo con atención, casi podía confundir sus ojos fríos con los de mi padre.

–¿Qué dices, Fowler? ¿Sabes cuál es tu lugar dentro del orden del mundo? –levantó uno por uno sus dedos entrelazados y luego los bajó con lentitud, como fichas de dominó que iban cayendo–. ¿He sido suficientemente claro? –arqueó una ceja.

Incliné la cabeza hacia un costado y lo fui estudiando con cuidado mientras la calma se instalaba sobre mí. Quería decir que esperaba mi fidelidad… a Lagonia, a él. No creí que existiera una distinción. Un sabor desagradable impregnó mi boca.

–Sí, sé cuál es mi lugar, Su Majestad.

Esbozó otra vez su sonrisa falsamente amistosa.

–Muchacho inteligente. Ya me voy –inteligente, sin ninguna duda. Yo sabía decir lo que él quería oír–. Imagino que Maris está merodeando por el pasillo, esperando que me vaya para poder caerte encima otra vez –me dio una palmada en la rodilla a través del cubrecama–. Ponte bien y comenzaremos a planear estas bodas. Maris está ansiosa. Ha estado esperando esto toda su vida –agitó la mano–. Tiene infinidad de ideas. No todas razonables, te advierto. Hasta el menú que propuso necesita unos ajustes.

Ella había estado esperando toda su vida para casarse conmigo. Mientras yo me encontraba Afuera luchando, tratando de no morir, viendo a otros morir de manera horrible, ella estaba soñando con un muchacho que no conocía y con una boda lujosa. Era la única prueba que necesitaba para saber que no podía vivir con ella. No podía vivir *acá*, bajo el poder de Tebaldo. Había tomado esa decisión años atrás, aun antes de conocerla.

Tenía que escapar de aquí al igual que había escapado de Relhok. Solo que de este lugar iba a ser más difícil. Después de que mi padre mató a Bethan, creyó que yo estaba destrozado. A nadie se le había ocurrido vigilarme. Nadie pensó que un día yo podría cruzar las puertas a media luz y no regresar nunca más. Aquí, vigilarían cada uno de mis movimientos.

Tenía la misma sensación de ahogo que en Relhok. Como si un gran peso me aplastara el pecho y empujara hacia afuera todo el aire de mis pulmones.

Recuperaría el aire perdido. Diría todas las mentiras que fueran necesarias. Fingiría lo que fuera necesario, pero me marcharía.

Y cuando lo hiciera, me llevaría a Luna conmigo. Al pensar en ella, capté algo que dijo el rey.

–Perdóneme, Su Majestad. ¿Usted dijo… bodas? –pregunté. ¿Quiso decir más de una? Con una mueca de dolor, me incorporé otra vez en la cama con esfuerzo.

De camino a la puerta, se detuvo y giró.

–Ah, sí. Luna también se casará y pasará a ser miembro de nuestra casa real –sonrió lentamente, los ojos brillantes de satisfacción–. Vamos, Fowler, ¿en realidad pensabas ocultarme quién era? Ah, por tu expresión, supongo que sí. Yo conocí a su madre, perdí muchas estaciones cortejándola. Con una sola mirada, supe quién era –chasqueó la lengua en señal de desdén y sacudió la cabeza–. ¿No pretenderás insultarme negándolo, verdad?

Él lo sabía. Aturdido, negué con la cabeza. Apenas pudiera ponerme en pie, nos alejaríamos de este lugar.

–Si sabes quién es ella, ¿por qué perder el tiempo conmigo?

–He adquirido la sabiduría de tener una segunda estrategia preparada. Tú eres una buena pieza de repuesto para tener cerca.

Lo miré fijo. Realmente me había quedado sin palabras. Mis brazos comenzaron a sacudirse y a arderme, y ya no pude mantenerme erguido por más tiempo.

Me desplomé en la cama. Mis manos se abrían y se cerraban a los costados del cuerpo mientras observaba las altas vigas del techo y escuchaba la risa débil del rey de Lagonia que desaparecía de mi alcoba.

QUINCE

Luna

Dormir era imposible. La cama era demasiado grande, la alcoba demasiado vacía. A mi alrededor, el castillo crujía y se asentaba, las piedras ancestrales suspiraban con sus ancianos huesos. Afuera, el viento aullaba y azotaba, empujando las hojas de vidrio de las ventanas como si fuera un ser vivo que trataba de entrar. Por un instante, creí escuchar el grito escalofriante de un morador a lo lejos… del otro lado del mundo.

Nunca había estado realmente sola. Siempre había tenido a Perla y a Sivo, si no en la misma habitación que yo, en la de al lado. Los ronquidos suaves y constantes de Perla me habían arrullado durante la infancia. Cuando finalmente abandoné la torre, lo había tenido a Fowler. Aun estando Afuera, en el gran espacio abierto plagado de peligros, él había estado junto a mí todas las noches.

El murmullo de voces en mi puerta me hizo sentar en la cama. Apoyé las palmas de las manos sobre el colchón, preparada para impulsarme y salir disparando de ser necesario.

La puerta se abrió con un crujido. Escuché un rumor de ropas y olí el leve aroma a incienso: el obispo.

Me puse de cuclillas encima de la cama.

—¿Qué hace aquí? —menos mal que tenía un guardia que me protegía.

Las articulaciones de sus tobillos chasquearon mientras avanzaba a más velocidad de la que yo habría creído capaz a un hombre de su tamaño.

Intenté bajar de la cama como fuera, pero él ya estaba ahí, como una alta montaña, bloqueándome el paso. Me eché hacia atrás, desesperada por evitar el contacto, apoyada sobre las palmas de las manos mientras mis brazos temblaban. Su intención era hacerme daño. Lo olí en su piel sudorosa, acre como la ceniza chamuscada.

—Nunca deberías haber venido —susurró, la voz enloquecida por el fanatismo—. Harás que la ruina caiga sobre nosotros.

Me estremecí ante el hedor de su aliento a cebolla sobre mi rostro… y también sentí el olor rancio de esa bebida que me había dejado mareada.

—Supongo que no cambia nada el hecho de que yo tampoco quiera estar acá.

Prosiguió como si yo no hubiera hablado.

–El rey no lo comprende, pero yo sí. Tú traerás guerra a Lagonia.

–¿Acaso ya no estamos en guerra? ¿Con este eclipse? ¿Con los moradores?

–Y ese es precisamente el motivo por el cual no necesitamos además una guerra con Relhok –se estiró y cerró las manos alrededor de mi cuello–. Podría abrir esas puertas y arrojarte por el balcón. Es una larga caída hasta abajo. Ni siquiera se puede ver el fondo a media luz. Nadie sabría nunca qué te ocurrió.

Lancé un grito ahogado ante sus dedos gruesos como salchichas clavados en mi garganta.

–Suélteme –dije con voz entrecortada, clavando los dedos en sus manos, que me apretaban lentamente. No había vivido demasiado, hasta el momento, como para permitir que todo concluyese así.

–Podría terminar ahora contigo y así salvar a todos. Dios me perdonaría.

Sacudí violentamente las piernas y arañé con las uñas el dorso de sus manos mientras él apretaba y me aplastaba la tráquea.

No podía respirar. Un rugido inundó mis oídos. Parecía lo peor. No el hecho de morir, sino de morir así. Había imaginado que sería a manos de los moradores.

De repente, la presión dentro de mi cabeza se volvió más ligera y sentí que erraba a la deriva. Ya no sentía las manos gordas y sudorosas en mi garganta.

Luego la levedad se desvaneció.

El dolor retornó cuando el aire llenó mis sedientos pulmones. Me llevé la mano a la ardiente garganta. Era una agonía dichosa, sin embargo, porque era una señal de vida. No estaba muerta. Esas manos demoledoras ya no se hallaban en mi garganta.

Gradualmente, retornó el sonido. Tomé aire por encima del ruido de escaramuzas y palabras duras. Escuché el crujido de huesos contra algo denso y sólido. Frand lanzó un grito estridente.

Me incorporé y escuché con atención, una mano todavía alrededor de la garganta, masajeando la suave piel.

—Por favor, Su Alteza, por favor —sollozó Frand, arrastrándose por el piso para alejarse del príncipe—. ¡Deténgase! ¡Se lo suplico!

Las botas del príncipe siguieron al voluminoso cuerpo, clavándose con fuerza en el piso de piedra. Su voz aterciopelada se deslizó sobre mí, inundándome de una extraña clase de alivio.

—Tienes suerte de que no me parezca en nada a mi padre, obispo Frand, o no dejaría esta habitación con vida.

—¡G-Gracias, Su Alteza! Es muy generoso de su parte —balbuceó el obispo y luego se escuchó el sonido de un beso blando y húmedo en la bota del príncipe.

—¡Apártate de mí antes de que cambie de opinión!

Frand lanzó un gemido y retrocedió, levantando las manos para cubrir su rostro lleno de lágrimas.

Chasan se agachó junto al hombre patético.

—Ahora préstame atención. Si algo, cualquier cosa, le ocurriera a esta joven, iré a buscarte. Tu cabeza en la punta de una lanza en la plaza: ese será tu destino... tu legado.

La brutalidad de su amenaza me sorprendió. Yo no había pensado que le preocupara tanto como para molestarse así. Cuando su padre anunció que deberíamos casarnos, no pareció más feliz que yo.

El obispo respiró con dificultad.

—Yo no debo ser el único que piensa en hacerle daño a la princesa, Su Alteza. Piense solamente en sus admiradoras... cualquiera de ellas o un miembro de sus familias podrían pensar en hacerle daño. ¡La mitad de los nobles de la corte le han arrojado a sus hijas para que les ofrezca matrimonio!

—Entonces más te conviene esperar que no le hagan daño —intervino diplomáticamente.

Tragué saliva e hice un gesto de dolor. ¿De modo que el obispo no era el único peligro que debía enfrentar? Había aterrizado en un nido de víboras.

—Su Alteza —murmuró el obispo, la voz cautelosamente deferente—, usted sabe que casarse con ella es declararle la guerra a Relhok...

—Esos asuntos de estado no te conciernen. Dedícate a lo que haces mejor: transmitir mentiras desde el púlpito mientras te dejas llevar por la glotonería y manoseas a las sirvientas. Jamás te cruces en mi camino. Algún día, yo ocuparé el trono. Nunca lo olvides. Ahora vete, antes de que decida arrojarte al calabozo.

Frand se puso de pie con lentitud y jadeando profusamente.

—Sí, sí. Por supuesto. G-Gracias, Su Alteza.

Su andar pesado se arrastró fuera de la habitación. La puerta se cerró tras él con un ruido sordo y quedamos los dos solos.

–¿C-Cómo… –me detuve, la voz brotó como un susurro áspero. Tragué y me encogí de dolor ante el roce de mi garganta herida–. ¿Cómo sabías que estaba en problemas?

–Cuando pasé por delante de tu puerta, el guardia rehuyó mi mirada. Me pareció extraño.

Asentí despacio.

–Gracias.

Se detuvo junto a mi cama. Me desplacé hacia el borde y dejé las piernas colgando del costado. No podía ponerme de pie sin quedar pegada a su pecho, de modo que permanecí sentada, tratando de ocultar que estaba temblando.

Cuando sus manos cayeron sobre mi garganta, pegué un salto. Debería haber presentido su inminente contacto, pero el dolor de cabeza nublaba mi mente. Inhalé su tibieza, el almizcle de su piel, su olor intenso y expuesto a los azotes del viento. Él había estado Afuera recientemente, después de que lo había hallado a la noche por última vez. Sentí una punzada de envidia de que él tuviera la libertad de ir y venir como quisiera.

Retrocedió con levedad, sus dedos rozaron mi cuello.

El aire crujió mientras sentía su mirada clavada en mí, tan cercana e inquisitiva. Contuve el deseo de estirar la mano y tocar su rostro, para saber cómo era, para sentir cómo era ese rostro que me miraba.

–¿Q-Qué haces?

–Solo observo tu cuello. ¿Debería llamar al médico…?

–No –espeté–. Cuantos menos sepan acerca de esto, mejor –no quería que nadie pensara que yo era un blanco fácil. Ahora que sabía exactamente que estaba en peligro, me cuidaría más de los ataques.

–Tienes razón, pero quiero asegurarme de que tus heridas no sean muy graves.

Me humedecí los labios.

–¿Estás de acuerdo conmigo? ¿Cómo es eso? –¿por qué habría de preocuparse por lo que me pasara, y mucho menos por lo que los habitantes de Ainswind supieran acerca de mí?

Se dejó caer a mi lado.

–Esto no debería haberte pasado. No quiero que nadie sepa que yo permití que algo así llegara a ocurrirte.

Lancé un resoplido.

–Tú no *permitiste* nada.

–Ocurrió –afirmó rotundamente, la tensión irradiaba de él–. No debería haber ocurrido. Hace que parezca débil. Tú eres mi prometida…

–No –insistí con un rápido meneo de la cabeza–. No lo soy.

Tomó una leve bocanada de aire, pero no dijo nada y continuó observándome, lo cual me puso muy inquieta. La falta de vista nunca me había hecho sentir tanta incomodidad.

–¿Qué es lo que hay en ti? –susurró.

Mi incomodidad aumentó.

–¿A qué te refieres?

–Tú no eres como los demás. Es como si… formaras parte del Afuera. De la noche.

Respiré hondo. Comprendía lo que él quería decir porque era como yo me sentía. Lo que yo era. Una criatura de la oscuridad, como los moradores.

–Aun ahora –continuó–. Es como si miraras a través de mí.

Las yemas de sus dedos se posaron en la curva de mi mejilla y me estremecí ante lo inesperado del contacto.

–Luna –su voz tan cerca que se enredaba con mi respiración errática sonaba cansada, desconcertada–, ¿puedes verme?

Un sonido débil y ahogado escapó de mi garganta. *Lo sabía.*

–No puedes –declaró, la voz tan segura–. No puedes ver.

–¿Es eso tan importante? –pregunté.

–Es que… me engañaste.

–No totalmente. Acabas de decírmelo –me encogí de hombros–. No miento acerca de eso. No es un secreto.

–Y, sin embargo, pasas como una persona que posee vista normal.

–La mayor parte del tiempo –solo Fowler se había dado cuenta. Casi inmediatamente, se había dado cuenta. El calor subió a mis mejillas al recordar cuando entré sin avisar y lo sorprendí desnudo. Mi falta de reacción me había traicionado.

–Estás llena de sorpresas –por una vez, Chasan no sonaba duro o desconfiado. De hecho, le faltaba su coraza habitual. Parecía más humano y no un príncipe arrogante.

Y su mano seguía en mi rostro.

Me aclaré la castigada garganta y me encogí de dolor.

–Es tarde. Deberías marcharte.

–Claro –bajó la mano y se levantó de la cama–. Ahora estarás segura, Luna.

Me dejó sola y salió cerrando la puerta detrás de él. Escuché su voz mientras hablaba con el guardia, arrogante e impasible otra vez. Descubrí que todos se ocultaban detrás de una fachada engañosa.

Acomodada de nuevo en la cama, pensé en lo que dijo: estaba segura otra vez.

Me froté la garganta magullada. De ninguna manera pensaba que eso fuera cierto pero, ¿era posible estar segura en algún lugar de este mundo? ¿Acaso Allu era solo una fantasía con la cual permití que Fowler alimentara mi necesitado corazón?

Por imposible que pareciera, Chasan como aliado ya no parecía algo tan malo.

DIECISÉIS

Luna

Durante el día, analicé mi situación dando vueltas los datos de la realidad en mi cabeza. Estaba encerrada ahí, una virtual prisionera, y el rey quería que me casase y pasara a formar parte de su familia. No me consultó. Simplemente me lo informó: lo afirmó como un hecho. Lo mismo ocurrió con Fowler. Tebaldo esperaba que contrajera matrimonio con Maris.

Tenía que encontrar a Fowler. Tenía que hablar con él para hallar una salida a todo esto. Pero nunca estaba sola. Escabullirme era muy difícil, si no imposible. Después de la comida del mediodía, me escoltaron a una terraza en la torre izquierda junto a varios nobles, donde realizaban una demostración de arquería. No pude contenerme. Al escuchar el silbido de las flechas, sentir el viento del Afuera en el rostro y el deseo se despertó. Tomé un arco. No era tan buena como Fowler, pero Sivo me había entrenado bien.

Le disparaban a un muñeco que colgaba de una soga. Los escuché lanzar las flechas y percibí los golpes suaves del momento en que estas daban en el blanco, señalando el objetivo.

Me adelanté, coloqué la flecha en la cuerda y la dejé volar. Mi pecho se hinchó cuando pegó en el blanco y me sentí inundada de placer. Mi mano buscó apresuradamente dos flechas más. En rápida sucesión, solté las dos y ambas dieron en el blanco.

Estalló el aplauso. Una mano caliente se cerró en mi codo.

—Bravo, princesa.

Al darme vuelta, me encontré con Chasan.

—¿Sorprendido?

—¿De que seas habilidosa con el arco y la flecha? En absoluto. Creo que eres muy capaz.

Sonreí ligeramente e incliné la cabeza a manera de agradecimiento.

—¿Y tú? ¿No participarás?

—Sé disparar flechas, pero no deseo hacerlo como entretenimiento para otros.

Lancé un resoplido y me pregunté si pretendía insultarme deliberadamente dado que yo acababa de hacer exactamente eso. A decir verdad, yo lo había hecho por la emoción y no para impresionar a otros. Lo hice para mí, pero consideré difícil que él lo comprendiera. No me conocía. Debió haber captado mi reacción porque flexionó su mano en mi brazo.

—No te juzgo —agregó—, si eso es lo que estás pensando.

Me encogí de hombros y aparté el brazo de su mano.

—La percepción que tienes de mí me parece poco importante.

—¿De veras? Pensé que podría importar, considerando la situación.

—Te refieres al hecho de que tu padre desea que nos casemos —concluí.

—Yo creo que es más que un deseo.

Me crucé de brazos.

—¿Crees que ocurrirá sí o sí? ¿Acaso mi opinión no es importante? ¿Y la tuya? ¿Qué es lo que deseas tú, príncipe Chasan?

No me tocó, pero sentí que se inclinaba hacia mí. Sentí el calor de su respiración en la frente, sentí el ardor que emanaba de él y supe que su alta figura estaba muy cerca de mí.

—Tú me interesas.

¿Porque era muy diferente de todos los demás? Eso era lo que me había dicho la última vez.

—¿Porque soy ciega? —le pregunté, con voz desafiante.

—Eso es solamente una parte de ti. Deseo conocerte mejor, Luna. Explorar todas las partes de ti —su voz cayó y el calor me golpeó el rostro. ¿Por qué sonaba como si estuviera hablando de algo físico?—. ¿Te opones a esa idea? —prosiguió con ese ronroneo—. ¿No deberíamos, al menos, conocernos más el uno al otro?

–Sí, eso podría... permitirlo –¿qué otra cosa podía decir? *No, estoy planeando escapar.*

–Trata de no sonar tan entusiasmada –comentó riendo por lo bajo–. Eres muy buena. Esto es tuyo. Consérvalo –me extendió el arco y las flechas con un movimiento brusco.

–¿Para mí? –deslicé la mano por la madera lustrosa siguiendo la forma del arco con admiración.

–¿Por qué no? De hecho, eres una de las pocas personas que saben cómo se usa –y casi como para validar sus palabras, alguien disparó otra flecha. El arquero apuntó muy hacia abajo y la saeta voló paralela al suelo, demasiado cerca de los espectadores, si es que los chillidos y aullidos podían servir de indicación.

–Gracias –dije abrazando el arco y las astas de las flechas.

–No es nada. Ni siquiera es un regalo. Al menos no el tipo de regalo que uno le entrega a su prometida.

Logré esbozar una tensa sonrisa, maravillada ante la facilidad con que me aceptaba como su futura esposa. Tal vez porque eso era lo que siempre había hecho: seguir las órdenes de su padre.

Alguien más apareció entre nosotros. Los pasos rápidos y cortos se detuvieron al lado del príncipe. Habló en voz baja, pero sus palabras no resultaron inaudibles a mis oídos.

–El jefe de cazadores querría tener unas palabras con usted –los pasos del sirviente se desvanecieron y quedamos nuevamente solos. Tan solos como podíamos estar en una terraza llena de gente.

–Saldrás del castillo –murmuré–. ¿A cazar moradores?

–Es lo que hago.

—No entiendo. ¿Por qué? Parece un riesgo innecesario.

—Ya no tengo que alejarme tanto del castillo como solía hacerlo para encontrarlos. Cada vez se acercan más a Ainswind, arriesgándose a transitar por terreno rocoso. Después de todos estos años, *nosotros* somos cada vez menos. Por lo tanto, sus cacerías son cada vez más audaces —sentí que se encogía de hombros—. Hay que eliminarlos.

—Pensé que tu padre no querría que abandonaras la protección de estos muros, y, aun así, te marchas de cacería.

—No le gusta, pero acepta que soy bueno para cazar. Todavía no me he muerto —bromeó.

—¿Ese es el requisito de que se es "bueno" en algo? —resoplé—. Muy sensato.

De repente, me tomó los dedos y levantó mi mano. Sus labios secos y frescos me rozaron la parte de atrás de los nudillos.

—Te veré esta noche en la cena, Luna. Entonces podremos continuar nuestra conversación.

Una venda invisible me envolvió el pecho. No quería otra conversación con él. No quería permanecer ahí un día más.

Logré asentir con esfuerzo. Pasó el pulgar sobre mis nudillos en un roce prolongado antes de soltarme la mano. Escuché que sus pasos se alejaban y respiré aliviada.

Todos continuaron acercándose para tener la oportunidad de disparar. En medio de las risas y los aplausos, me escabullí de la terraza. Como la puerta de mi alcoba tenía guardia nocturna, la mejor oportunidad de ver a Fowler era esta. Descendí deprisa la sinuosa escalera, pero mi partida no pasó desapercibida por mucho tiempo. La doncella que me había escoltado hasta la terraza me llamó desde arriba. Mi aterrado corazón se paralizó dentro de mi pecho.

Una vez que llegué al piso del pasillo, eché a correr, decidida a dejar atrás a mi escolta. Aferrando el arco con una mano y tanteando la pared con la otra para no desorientarme, doblé por el pasillo. Mis dedos tocaron un grueso tapiz y me oculté detrás de la tela y me quedé quieta, conteniendo la respiración, y escuché las pisadas de la mujer que pasaron de largo. Segura de que se había marchado, salí de atrás del tapiz y comencé a recorrer un pasillo tras otro, deteniéndome en las puertas para escuchar.

Pasé delante de mi alcoba y continué la marcha, suponía que Fowler estaría en la misma ala. Un príncipe prometido en matrimonio con la hija del rey de Lagonia no podría quedar relegado a nada que fuera menos que una alcoba en el palacio.

Tenía que ver a Fowler. Era algo más que asegurarme de que se encontraba bien. Egoístamente, tenía que verlo por mí misma. Necesitaba oír su voz. Necesitaba contarle lo que estaba ocurriendo y oírlo decir que existía un modo de salir de todo esto… que no tenía intenciones de casarse con Maris. Que podíamos escapar juntos. Fowler siempre había sido eso para mí. Mi consuelo cuando todo parecía perdido y en su momento más oscuro.

Unas risas se filtraron de una puerta a mi izquierda y me detuve, apoyando las palmas de las manos sobre la gruesa madera. Me incliné, aplasté el oído contra la puerta y escuché. De inmediato, reconocí la voz sonora y profunda de Fowler.

Mi corazón pegó un salto. Estaba despierto y hablando. Acerqué la mano al picaporte, deseosa de irrumpir en la habitación y tocarlo, de sentir la prueba de que estaba vivo bajo mis propios dedos. Su traición me pareció muy lejana. La conmoción se había apagado y había comenzado a pensar cómo debería haber sido para Fowler ser hijo de un hombre tan horrendo como Cullan. Era una víctima de nacimiento. Como yo: nacida en un momento de caos y habiendo perdido a mis padres antes de llegar a conocerlos. Los pecados de su padre no eran sus pecados. Fowler podría haberme contado la verdad, pero yo no le había confesado quién era hasta que otra persona lo descubrió.

—Oh, Fowler, tienes que comer esto. No te pongas difícil ahora. No me importa si realmente sabe a estiércol de caballo… y podrían ser solo suposiciones —Maris hizo una pausa y lanzó una risita tonta—. Tienes que recuperar la fuerza si quieres salir de esa cama.

Una risa ahogada de Fowler llegó a continuación. El sonido era profundo, aterciopelado y divertido. Era extraño escucharlo reírse, y ni hablar de reírse con Maris. Yo había escuchado esa risa solo unas pocas veces. Como era un sonido muy raro, lo había valorado. Se me oprimió el corazón al oírlo reírse tan libremente con Maris, aun cuando no tuviera derecho a sentirme herida. Era su risa y no la mía.

—Ya puedo ver cómo será nuestro matrimonio —bromeó Maris con una voz llena de cariño—. Tú, terco, pero siempre haciéndome reír —una larga pausa siguió a esas palabras. No escuché nada, salvo el tintineo de una cuchara en un tazón—. Espero con ansiedad nuestro futuro juntos, Fowler. Lo único que lamento es cuánto tiempo te tomó llegar hasta aquí.

Respiré dolorida. Me quedé esperando su respuesta, que negara o aceptara las palabras de Maris. Ninguna de las dos llegó. Pero, en realidad, su silencio era una respuesta en sí mismo. Su silencio era aceptación. ¿Tal vez el roce con la muerte había conducido a esto? ¿Tal vez la gratitud hacia Lagonia por salvarle la vida le había hecho cambiar de opinión?

Quizás se había olvidado de todo lo referido a su objetivo de llegar a Allu.

Quizás se había olvidado de mí.

Volteé la cabeza hacia mi habitación. Al diablo con todas estas suposiciones. No importaba. Él no era mío: ahora formaba parte de Lagonia. Tal vez yo tenía que aceptar el mismo destino y también formar parte de Lagonia.

Al menos, pertenecería a algún lugar.

Había destinos peores. Podía pasarme el día enumerándolos. El príncipe Chasan... Quizás algo podía crecer entre nosotros. Escuchándolos a Fowler y a Maris, quedaba claro que algo ya había comenzado a crecer entre ellos.

Me alejé de la puerta como si se tratara de algo tangible que podía saltar y morderme. La voz de Fowler comenzó a hablar otra vez y me marché con rapidez. No quería oír más. No era necesario. Ya había oído lo suficiente.

DIECISIETE

Luna

*E*staba casi dormida cuando el alarido me despertó. Era un grito lejano, que provenía de algún sitio profundo en las entrañas del castillo, pero igual lo oí. Permanecí inmóvil en la cama inmensa, contando en silencio para fijar la mente en algo más allá de la piel erizada y el frío que corría por mi espalda. Cerré los ojos y comenzaba a relajarme cuando lo escuché otra vez, solo un hilo tenue de sonido en el aire.

Me enderecé y aparté las mantas de la cama. Ya no podía dormir más. Manoteé la bata, me la coloqué con rapidez y salí sigilosamente de la alcoba.

Otro alarido sacudió el aire. Aguzando el oído, seguí el sonido.

Arrastré una mano por la pared y avancé a tientas, en ocasiones rozando tapices, retratos y ornamentados candelabros en mi misión de localizar el grito.

Una parte de mí reconocía que, posiblemente, esta no fuera la forma más sabia de proceder, pero después me recordé a mí misma que los alaridos que había escuchado eran humanos. Yo conocía los gritos de los moradores. Alguien estaba en problemas, sufriendo. Sabía muy bien cómo era ese sonido.

Mientras continuaba recorriendo el corredor, un rugido sordo surcó el aire. Se desvaneció para luego volver a surgir unos minutos después. Este segundo estruendo fue más débil y suave, pero esta vez no tuve problemas para identificarlo: aplausos, vivas.

¿Alguien estaba aterrorizado y sufriendo, y la gente gritaba jubilosamente? Sacudí la cabeza de un lado a otro. No tenía sentido.

Vacilé antes de continuar y luego apuré el paso. Al doblar la esquina, casi choqué con otra persona que ingresaba al mismo corredor, desde la dirección opuesta.

—Oh, perdóname, no vi hacia dónde iba —manos suaves aferraron mis brazos y el aroma a lavanda seca me hizo cosquillas en la nariz. Recordé vagamente el perfume de una de las damas de la corte. El día de mi llegada, recordé haber percibido su aroma al lado de Gandal, el hijo del médico. Su voz se convirtió en un susurro cómplice—. Me parece que tú y yo vamos en la misma dirección, ¿verdad?

—¿Eh...?

–Claro que sí. ¿Quién te avisó? ¿Maris? ¿El príncipe? No importa. Te espera un espectáculo muy poco frecuente, sin ninguna duda. Un gran entretenimiento, te cuento.

Decidí correr el riesgo de ser sincera.

–Escuché un alarido. Estaba viendo de dónde venía.

–Oh, qué audacia la tuya –rio tontamente. No era la reacción que esperaba, pero desde que había llegado a este lugar, nada era como yo esperaba.

–En serio, escuché alaridos…

–Por supuesto que sí, tonta. No tengas miedo. No es lo que piensas.

No estaba segura de lo que pensaba.

–Entonces, ¿qué es? –pregunté.

–Al rey le gusta comportarse como si estas cosas fueran un secreto. Es solo con invitación especial, pero conozco una forma de entrar –compartió esa información con un dejo de picardía–. Ven. Sígueme. Te llevaré a los mejores asientos.

Entrelazó su brazo con el mío y caminamos rápidamente por vastos corredores, nuestros pasos resonaban contra la piedra.

–Creo que aún no hemos sido presentadas oficialmente. Soy Riana. Mi padre es el embajador de Lagonia en tu propio país… Supongo que eso nos convierte en conciudadanas, aunque debo confesar que tenía dos años la última vez que puse un pie en el suelo de Relhok.

–Es un placer conocerte –repuse.

–Lo mismo digo –murmuró–. Tú eres la gran heroína al unificar dos reinos que han mantenido una relación ambigua durante generaciones. Lograste hacer lo que papá nunca pudo. Supongo que eso convierte a mi padre en alguien más bien inútil y a ti en una maravilla.

Respiré con dificultad. Por esa afirmación, no daba la impresión de mirarme con muy buenos ojos. Tampoco pensé que entrelazaría su brazo con el mío y se comportaría como si fuéramos las mejores amigas.

Me escuché preguntar:

—¿Y qué fue lo que hice?

—Por favor. Has unido a nuestros dos países... bueno, lo harás pronto. Ese será el resultado final de tu compromiso con el príncipe Chasan.

—G-Gracias —tartamudeé, dudando de su sinceridad, a pesar de su entusiasmo. Sin embargo, quería saber qué eran esos alaridos y a qué *secreto* se refería.

—Quizás mi papá pueda trabajar en la tesorería real. En Relhok, fue asistente del tesorero antes de ser nombrado embajador. Uno creería que ser bueno para los números es una ventaja. Hmm, pero lo gracioso de la cuestión es que ya no queda más dinero en Lagonia. La moneda, actualmente, es cualquier cosa considerada de valor en un día determinado. Tú, por ejemplo, eres moneda de cambio.

—¿Yo? —me puse tensa y me hubiera detenido si ella no me hubiera empujado para que continuara.

—Sí. El rey Tebaldo es súbitamente un hombre mucho más rico de lo que era antes de que tú llegaras. Tú eres dinero, ventaja, una mercancía. Es una cuestión semántica. Con tu casamiento con el príncipe Chasan... buena jugada, dicho sea de paso. Él sí que es un guapo sinvergüenza. Todas las muchachas de aquí, yo incluida, hemos estado durante años detrás de él. ¿Qué estaba diciendo? Ah, sí. Lagonia tiene por delante un futuro mucho más brillante ahora que tú estás aquí, pero perdóname. No hablemos de política. No cuando tenemos diversión por delante.

Mi cabeza daba vueltas mientras ella seguía guiándome. En un momento dado, se detuvo frente a una pared. Volteé la cabeza hacia izquierda y derecha.

–¿Qué es esto?

–No debería mostrártelo, pero ya que estamos compartiendo tantas cosas... este palacio está lleno de pasadizos secretos. Yo escucho todo tipo de cosas que no debería –hizo una pausa y sentí un cosquilleo en la nuca.

–¿Escuchas a escondidas?

–Es prácticamente lo único que impide que muera de aburrimiento.

Apoyé una mano en la pared y rocé la añosa piedra.

–¿Qué me podrías decir de las formas de *salir* del castillo?

–¿Quién podría querer salir del castillo? Es muy peligroso allá afuera.

También es peligroso acá adentro.

–Veamos. Quiero conocer todas las entradas y salidas de mi nuevo hogar –me estremecí ante la última parte de la frase. No sentía que este lugar fuera mi hogar.

Y nunca lo sentiría.

–Bueno, este castillo es eterno. En aquellos tiempos, era importante tener una manera de escapar en caso de ataque. No es que alguien haya logrado invadir este castillo. Por lo menos que yo sepa.

–¿De modo que existe una salida secreta?

—Sí, a través de la cocina. Una alfombra cubre el piso de la despensa más grande de todas, pero debajo de ella, hay una puerta.

El corazón me latía con fuerza. Traté de controlar la expresión de excitación, pues demostrar demasiada emoción podía traicionarme.

—Una puerta trampa… eso sí que suena interesante.

Riana suspiró.

—No es más que un túnel apestoso.

Un túnel que me sacaría de allí.

Su mano encontró un lugar oculto y empujó. La puerta se abrió a un pasadizo.

—Ven. Solo susurros. Las voces llegan lejos en estos túneles secretos —el sonido de sus palabras vibró contra la yema de sus dedos—. No tienen que descubrirnos. Tebaldo considera que esto no es apropiado para la sensibilidad de una dama.

—¿Qué? —inquirí mientras nos abríamos paso a través del espacio angosto y sinuoso. Sonó otra ronda de vítores. Esta vez, más cerca, más fuerte. El origen estaba justo delante de nosotras. Riana se detuvo, empujó la pared del túnel y abrió otra puerta.

Me condujo hacia un espacio más grande, donde el aire fluía libremente.

—No levante la voz. No debes advertirles que estamos observando —indicó y yo asentí curiosa—. Ponte de rodillas. Hay antorchas que rodean la fosa. No muchas, te aviso. Solo las suficientes para que los espectadores puedan ver claramente. Sigue. Baja por ahí. En realidad, es una cornisa, pero es perfecta para espiar. No debes ponerte de pie porque podrían levantar la vista y vernos.

Me apoyó la mano en el hombro y me agaché, al tiempo que sentía que su cuerpo también bajaba a mi lado. El alboroto aumentó y nos envolvió mientras nos arrastrábamos hacia el balcón. Jalé de mis faldas para evitar que se quedaran atoradas debajo de mí. Olí el fuego alimentado a aceite de las antorchas, que estaban distribuidas esporádicamente alrededor de la cornisa. Las llamas chisporroteaban en el aire.

Extendimos el cuerpo y quedamos apoyadas boca abajo. Un coro de voces superpuestas atestaba el aire.

–*¡Que venga el próximo! ¡Otro, otro!*

–¿Qué está pasando? –estiré el cuello y ladeé la cabeza para oír mejor, para intentar procesar lo que estaba sucediendo muy por debajo de nosotras.

–Mira hacia allá. ¿Ves a ese hombre?

Simulé que podía verlo, confiando en mis oídos y en ese sentido adicional, oculto en la profundidad de mis instintos.

–¿Qué está haciendo? –parecía una pregunta segura como para recopilar la información necesaria… en realidad, cualquier tipo de información.

Su voz chilló de excitación.

–Oh, ahora están abriendo las verjas.

De hecho, escuché el débil chirrido del metal mientras la verja se elevaba y se enganchaba en su lugar.

–Ahora está a punto de comenzar la diversión –susurró. Justo cuando comenzaba a llegar a la conclusión de que su idea de diversión no coincidía con la mía, lo escuché.

Lancé un grito ahogado cuando el estridente chillido de un morador surcó el aire, y empecé a retroceder frenéticamente sobre mi estómago hasta que Riana me aferró del brazo con una mano sorprendentemente firme, evitando que huyera de la cornisa.

—¿Q-Qué...? —el miedo ahogó mis palabras. Ya me había dejado cautivar por la falsa sensación de tranquilidad que me producía ese lugar.

Casi había llegado a creer por completo que estaba segura. Que ningún morador podía penetrar esos muros. La vida de la corte me había debilitado en muy poco tiempo. ¿Cómo podía haberlo olvidado? El mundo era así. No había cambiado por la simple razón de que yo me hubiera escondido detrás de esas gruesas paredes.

Un segundo morador respondió al llamado del primero y se me erizó la piel. Sentí que rondaban la fosa mientras sus receptores vibraban en el aire aclimatándose al nuevo entorno, al igual que yo. Se movían con pasos lentos y pesados. Incluso más lentos de lo normal.

Más de una decena de voces se alzaron en una gran ovación. Presté atención, tratando de examinar sus palabras. Nadie estaba asustado o alarmado; estaban exultantes y excitados ante la llegada de esos dos moradores. Escuché que alguien apostaba y una lluvia de voces masculinas respondió con sus apuestas.

Y había un hombre. Estaba con ellos en la fosa, sus pies corrían vertiginosamente alrededor del círculo, tratando de mantenerse fuera de su alcance. Su voz se elevó por encima de todos los aullidos y vítores, gritando y suplicando. Su miedo saturó el aire, tan denso como el hedor a arcilla de los moradores.

—¿Qué va a suceder?

–Yo creería que su destino es muy obvio.

–¿Lo dejarán morir? –me acerqué lentamente al borde, sintiendo la corriente de aire en el rostro al examinar con atención lo que tenía debajo, rastreando los movimientos frenéticos del pobre hombre.

–Sí, y disfrutarán de cada minuto. Eso es lo que les sucede a los delincuentes en Lagonia. A veces, ni siquiera tienes que ser un delincuente. Si pierdes el favor del rey, te mandan a la fosa –lo explicó de forma tan natural, como si refiriera algo insignificante.

–Es una salvajada.

Riana rio suavemente.

–¿Y en qué se diferencia eso de todo lo que ocurre en este mundo? Vivimos tiempos brutales. Tú tienes que saberlo, habiendo venido de afuera.

Y, sin embargo, yo pensé que las cosas serían distintas aquí dentro. Había comenzado a pensar eso. Había comenzado a tener esperanza de que así fuera.

El sonido de lo que estaba sucediendo me envolvió: los gritos y los jadeos; los golpes piel contra piel, hueso contra hueso. Y los olores. Olores y sabores familiares. El gusto acre del miedo en la lengua, el sabor metálico de la sangre caliente. El hombre aulló y la muchedumbre enloqueció. La primera sangre.

La respiración de Riana se aceleró.

–Dios mío –suspiró, sus palabras teñidas de asombro–. ¿Viste eso? –el sonido de carne y nervios que se desgarraban de los huesos hizo que se me revolviera la bilis–. Todavía está vivo.

Esa muchacha me desagradaba. Hablaba de un mundo brutal y, sin embargo, no lo había vivido en carne propia. Se limitaba a quedarse sentada y a observarlo con repugnante placer. Todos lo hacían. Todos los hombres que se encontraban allí. La sed de sangre bullía en el aire y, súbitamente, no supe quiénes eran los animales: ¿los moradores o los hombres que los observaban?

¿El rey estaba observando? ¿El príncipe Chasan? Se me hizo un nudo en el estómago. No podía soportarlo más. Empecé a retroceder para marcharme.

Con la rapidez de un látigo, Riana me agarró la muñeca. Tenía una fuerza considerable para ser una muchacha consentida. No era como Maris, me di cuenta. Era fuerte, tan huesuda como Digger o cualquier otro depredador con el que me hubiera topado Afuera.

–¿Cuál es el problema, princesa? ¿No tienes estómago para soportarlo?

Sacudí la cabeza.

–Déjame ir.

–Oh, vamos. No seas reticente. Ciertamente no lo fuiste con respecto al príncipe Chasan: reclamaste tu derecho sobre él sin titubeos.

–No lo estoy disfrutando –dije jadeando con los dientes apretados. El crujido de huesos ascendía desde la fosa. Los oscuros moradores lo estaban despedazando.

–¿Qué es lo que no disfrutas? El rey y el príncipe están disfrutando del espectáculo.

Sus dedos filosos me cortaban la sangre del brazo.

–Detente –susurré, pensando justo en ese momento en las palabras del obispo… en su insistencia en que otras personas podrían querer hacerme daño por quedarme con el príncipe. Claramente, esta muchacha desquiciada era una de ellas.

–No seas quisquillosa. Mira más de cerca –jaló de mí aprovechando que pesaba más que yo para arrastrarme justo hasta el borde.

–¿Qué haces…? –el resto de mis palabras murieron bajo una oleada de pánico mientras me empujaba con ambas manos.

Me resistí y forcejeé tratando de afirmarme, pero fue muy tarde. La fuerza de su empujón me arrojó por encima de la cornisa. Por un breve instante, conseguí sujetarme del borde, los dedos curvados con fuerza, aferrándome a la vida. Los puños de Riana cayeron violentamente sobre mis dedos y me desplomé como en una ráfaga de viento.

Choqué violentamente contra el suelo y el dolor se extendió por todo mi cuerpo.

Me hallaba en la fosa.

DIECIOCHO

Luna

El impacto me dejó sin aliento.

Les ordené a mis brazos y a mis piernas que se movieran. El dolor zumbaba por mis nervios y me volvían angustiosamente consciente del hecho de que acababa de caerme del lugar en donde estaba posada, como un pájaro derribado con una pata rota. Me hallaba en el suelo, incapaz de salir volando de esa fosa.

Me levanté con dificultad, me afirmé sobre el piso, separé las piernas y me coloqué en posición de pelea. Y súbitamente era otra vez yo, estaba otra vez en el Bosque Negro, fuera de mi torre. A los costados del cuerpo, mis manos se abrían y cerraban. *Esa* era la única diferencia, el hecho de que no empuñaba ningún arma. No tenía adónde escapar. Mis manos estaban desnudas, vacías. Pero no era ninguna novata. No era un pájaro roto e indefenso delante de ellos. Era yo.

El primer morador se dirigió hacia mí, arrastrando los pies sobre el suelo de la fosa. El otro continuó con su trabajo, babeando encima de su víctima. El hombre había cesado de gritar. Ya no podía emitir sonido alguno.

Vagamente, registré los gritos y chillidos de arriba. Gritaron mi nombre, pero no respondí. Concentré toda la atención en el morador que se abalanzaba contra mí.

Esquivé a la criatura, giré y le di patadas desde atrás, arrojándola de cara contra el suelo. Incliné la cabeza hacia un costado para escuchar al otro, ubicarlo y verificar que todavía estuviera muy ocupado como para venir por mí.

Satisfecha, salté encima del morador que había lanzado al piso mientras este se ponía en cuatro patas. Sujetándolo de atrás de la cabeza, utilicé la fuerza de mi cuerpo y la estampé contra el suelo. No era el monstruo más grande con el que me había topado y, por eso, masyullé una oración de agradecimiento.

Una y otra vez aplasté su cabeza contra el suelo de piedra de la fosa, los dedos doloridos y blancos por el esfuerzo. Los brazos me temblaban y me ardían por el empeño, pero continué luchando. El olor de la toxina empapaba el aire cuando los receptores se estrellaban contra el suelo.

No me detuve. Aun cuando la criatura dejó de moverse, no me detuve. Tal vez estaba actuando en forma demente o tal vez solo estaba siendo cautelosa. Sivo siempre decía que nunca se era demasiado cauteloso. Los cuidadosos, los cautelosos... ellos eran los sobrevivientes.

–¡Cuidado! –ese único grito desgarró mis oídos, se elevó por encima de todos los demás. Era una voz masculina, profunda y suave como el terciopelo, aun a esos decibeles. Yo conocía esa voz... lo conocía a él–. ¡Luna!

Jadeando, di vuelta y caí de espaldas. Me arrastré para alejarme, arañando la dura piedra que tenía debajo. Mis uñas se rompieron y se quebraron bajo la presión. El otro morador rasgó el dobladillo de mi camisón y agarró mis pies, mis tobillos, mis pantorrillas mientras iba subiendo por mi cuerpo, sus garras afiladas se hundían en mi piel.

Resistí el deseo de pegarle. Un golpe en la cara podía desembocar en una mordida. Una sola gota de toxina podía ser mi ruina. ¿Quién podía afirmar que yo sería tan afortunada o tan fuerte como Fowler y sobreviviría a la infección?

Mis piernas se retorcieron, trabajando y pateando para liberarse. De repente, se escuchó un ruido fuerte y sordo de pies que aterrizaban en la fosa junto a mí.

–¡Luna! –las botas de Chasan atronaron el aire y se dirigieron hacia mí justo cuando el morador desplazaba lentamente su sólido peso sobre mí. Siempre eran más pesados de lo que parecían. Gruesos y densos con su piel gomosa.

Giré la cara de costado y gemí mientras su cabeza rondaba muy cerca de mí. Olí la toxina dulce y pegajosa. Los receptores flotaron delante de mi rostro, perturbando el aire. Metí las manos entre los dos, que se hundieron en su cuerpo carnoso e intenté apartarlo de mí. Este era más grande y no conseguí moverlo.

De pronto, estaba libre. El morador fue arrancado con violencia de arriba de mí y emitió un gruñido inhumano. Se oyó un sonido de succión cuando una daga penetró su pastosa piel.

El único sonido que percibí fue el gorgoteo de la sangre que brotaba lentamente del morador hacia el piso de piedra.

Pisadas se precipitaron hacia mí. Unas manos me aferraron con brusquedad los hombros y me levantaron.

—¡Luna! ¿Estás herida? ¡Luna! —Chasan me agitó levemente.

Moví la cabeza intentando dar a entender que no era así y me sacudí el estado de trance en el que me hallaba.

Con manos trémulas, estiré la parte delantera del camisón, tratando de recobrar la compostura, frente a tantos ojos posados en mí. Sentí todas sus miradas, su asombro. No sabían qué pensar de mí: una joven que cayó en una fosa y, sin ayuda de nadie y sin un arma, mató a un morador. Les había mostrado a la chica del Bosque Negro. Ahora la conocían.

—¿Qué estás haciendo aquí? ¿Cómo…?

—Me empujaron —susurré a través de mis labios entumecidos—. Ella me empujó —la incredulidad tiñó mi voz. Todavía no podía creer que alguien hiciera lo que ella me había hecho. Afuera, existía gente mala. Yo la había conocido, la había enfrentado… había sobrevivido a ella a duras penas. Sin embargo, allá afuera la gente era más coherente. Las situaciones desesperadas la habían moldeado, pero aquí dentro, todo estaba bien. Nadie debería recurrir a algo semejante.

—¿Ella te empujó? ¿Quién? —la voz inundada de indignación.

Estaba furioso y me di cuenta de que la vida de Riana no valdría nada si yo revelaba lo que había hecho. Por más terrible que fuera, no quería tener su muerte sobre los hombros, y sabía que el rey reaccionaría con un castigo semejante.

Me mordí el labio y meneé la cabeza.

—No, nada —balbuceé—. Solo me caí.

—¿Te caíste? —preguntó en tono de duda.

—Exactamente —insistí.

—Además, ¿qué estás haciendo aquí? —inquirió, aparentemente decidido a no presionarme—. ¿Cómo descubriste la existencia de las fosas?

Me estremecí de la cabeza a los pies. ¿De la conmoción? Tal vez solo estaba dejando salir tanta excitación, el haber estado tan cerca de convertirme en alimento de los moradores.

—Por favor. Ahora solo quiero regresar a mi alcoba, estoy muy cansada.

Flexionó las manos sobre mis brazos, los dedos bien estirados como si tranquilizarme a mí también lo tranquilizara a él.

—Claro, claro, comprendo. Te acompaño.

—No, no tienes que hacerlo. Puede encargarse otra persona —traté de liberarme de sus brazos. No quería tenerlo cerca. Había saltado a la fosa para salvarme, pero formaba parte de esto.

Él era quien salía a cazar moradores y los traía para estas repugnantes demostraciones: para la excitación de hombres arrogantes y privilegiados. Él planificaba esos repugnantes juegos donde la gente perdía la vida.

—¡Chasan! ¡Ven acá! —llamó el rey desde arriba. No sonaba contento. No estaba segura de si era porque yo estaba ahí, porque casi había muerto o porque Chasan se había arriesgado para salvarme.

El príncipe lanzó un leve suspiro. Sus manos se apartaron de mí, pero se acercó más, su respiración sopló en mi mejilla mientras susurraba:

–Todavía no terminamos con esto.

Sacudí la cabeza suavemente, cuestionando su afirmación en silencio. Sí, ya habíamos terminado. Yo había terminado. Con esto. Con él. Con este lugar.

Un sonido estridente rasgó el aire. De no haber sido por la catarata de sollozos que siguieron, habría pensado que pertenecía a otro morador.

Chasan lanzó una violenta maldición.

–¿Qué? ¿Qué pasa?

–Riana –espetó–. Parece que fue ella quien te empujó.

Giré la vista hacia donde se encontraba su padre con otras personas y escuché los sonidos de Riana, que era arrastrada hacia adelante. Por encima de sus sonoros ruegos y lamentos, se alzó suplicante la voz de otro hombre.

–¡Por favor, Su Majestad! Es solo una niña.

–Un ataque a la princesa de Relhok es un ataque a Lagonia –rugió el rey por arriba de los sollozos de Riana al tiempo que su mano golpeaba con fuerza el brazo del asiento–. Yo espera-ba algo mejor de su hija. Ambos son de Relhok. No lograste inculcarle lealtad por tu patria o por Lagonia, que ha sido tu hogar durante tantos años.

Me moví y aferré el brazo de Chasan.

–¿Qué le hará?

Un ligero temblor sacudió el cuerpo de Chasan. Des-apareció apenas lo sentí y, por un instante, me pregunté si realmente había ocurrido. Ignorándome, desprendió mi mano de su brazo y volteó para dirigirse a un guardia que apareció a mi lado.

–Acompáñala a su alcoba y envía una doncella para que la atienda. También al médico, si es necesario…

–¡No, espera! ¡No estoy herida! –interrumpí. Me dolía el cuerpo de la caída y no tenía la menor duda de que al día siguiente sufriría los efectos de lo ocurrido con más fuerza, pero me encontraba bien–. ¡No me respondiste!

Me empujó hacia los atentos guardias, pero yo no pensaba rendirme. Le sujeté la mano frenéticamente.

–¿Qué está ocurriendo? –lo interpelé.

–¿Acaso importa? –me contestó con brusquedad–. Ella trató de matarte. Mi padre no perdonará algo así –aun mientras lo decía, la frustración hizo temblar su voz. No le agradaba la situación.

–Sí importa –susurré, el corazón oprimido.

–Tú sabes lo que tiene que pasar –respondió justo cuando escuché el silbido del acero en el aire. Yo conocía ese sonido.

–No –dije moviendo los labios sin proferir la palabra.

–Llévensela de aquí –le rugió Chasan al guardia.

–Sí, Su Alteza –el hombre comenzó a jalar de mí justo cuando los sollozos de Riana alcanzaron un tono febril. Su propio padre también gritaba.

Me estaba costando respirar. Una parte de mí quería huir, pero otra, la más importante, tenía que quedarse.

–Ahora –ordenó el rey, la única voz calma y firme.

Una espada escindió el aire. *Pum.* Pegué un salto y lancé un grito ahogado. El sonido reverberó en el espacio cerrado. Algo golpeó contra el suelo con un ruido sordo y luego rodó por la piedra. Recorrió un par de metros en el repentino silencio.

–Oh –me atraganté, la bilis subía por mi garganta y aparté la mirada como si pudiera verlo todo. La cabeza cortada del cuerpo. La sangre, los coágulos. La expresión de satisfacción en el rostro del rey. Nada de eso podía ver y, sin embargo, lo vi en mi mente.

El guardia volvió a tomarme del codo para escoltarme hasta mi habitación. Esta vez, dejé que lo hiciera. Temblando como la última hoja quebradiza que cuelga de una rama, dejé que me condujera lejos de la sangre y de la muerte. Lejos de Chasan. Lejos de la fosa. Lejos era lo único que importaba.

DIECINUEVE

Fowler

Me erguí bruscamente en la cama, había un grito ahogado alojado en mi garganta.

El sueño ligero era algo habitual en mí. Los años pasados en el Afuera me garantizaron que no pudiera dormir muy profundamente.

Algo me despertó.

Empapado de sudor, aparté las mantas. Estiré el brazo ignorando el dolor sordo y buscando instintivamente el arco, que ya no se hallaba junto a mí. Mi mano tanteó el aire. Al no encontrar nada, mis dedos se enroscaron en un puño.

Balanceé las piernas por encima del borde de la cama y eché un vistazo al oscuro dormitorio en busca de mi arma y confirmé que me encontraba solo. Nada acechaba en las sombras.

Y, no obstante, algo me había arrancado del sueño. No lo imaginé. Mis instintos no estaban muertos, no había olvidado cómo era estar Afuera. No había bajado la guardia. De hecho, aquí dentro, me sentía más inquieto, como un animal enjaulado.

Mi oído no era tan agudo como el de Luna, pero era suficientemente fino. Al pensar en Luna, largué una bocanada de aire. Parecía que habían pasado siglos desde la última vez que la había visto. Maris me dijo que estaba ocupada. Yo sabía que debía ser así: todos querrían algo de ella. Ya sabían quién era y debían estar llenando sus horas con cuestiones relacionadas con la vida cortesana. El rey desearía que pasase la mayor cantidad de tiempo posible con su hijo. Apreté las manos con fuerza, las articulaciones frías y dolorosas. Nunca dejarían que se marchara.

A continuación, lo escuché… el sonido que me había despertado. Un grito interrumpido casi tan abruptamente como había comenzado. Yo conocía el ruido que hacía un ser humano en apuros. Una vibración violenta reverberó en el sonido. Eso también lo conocía. Lo había escuchado muy a menudo antes de llegar acá, pero era diferente estando encerrado dentro de estas paredes de piedra, donde el aire era fino y viciado.

Me dirigí a la puerta, resuelto a investigar. Ya no podía dormir. Si estaban lastimando a alguien dentro de este castillo, tenía que averiguar qué estaba pasando.

El picaporte giró justo en el momento en que mi mano se posó sobre él. Retrocedí y me preparé. Los moradores no giraban picaportes, pero, de todos modos, esa no era la única amenaza.

La luz de una linterna bañó la alcoba cuando la puerta se abrió de par en par. Una cabeza rubia se asomó lentamente en el interior.

—Fowler —susurró una voz familiar.

—¿Maris? —bajé el brazo y descubrí en ese instante que había llevado el brazo hacia atrás, listo para atacar.

Esbozó una franca sonrisa y paseó la mirada entre mi puño apretado y mi rostro.

—¿Te sorprendí?

—Podría decirse que sí.

—Oh —se encogió de hombros, claramente indiferente. La joven no entendía el peligro—. Solo quería verte y decirte hola. Hola —me saludó como si no estuviera dentro de mi habitación, en camisón, en medio de la noche, el cabello suelto y flotando a su alrededor.

—¿Qué haces aquí? —inquirí—. Deberías estar durmiendo.

Me observó de arriba abajo y no se le escapó mi rigidez. Sus grandes ojos parpadearon.

—¿Realmente me hubieras golpeado?

Ignoré la pregunta.

—¿Qué haces *aquí* en medio de la noche? —enfaticé, como si eso fuera a ayudarme a conseguir una explicación. No era apropiado. Nunca habíamos estado solos. Ella no debería venir a mi dormitorio sin una dama de compañía.

—¿Ya estabas despierto o fui yo quien te despertó? —preguntó sin aliento mientras su mirada bajaba de mi rostro,

deteniéndose en mi pecho desnudo–. Esperaba despertarte…
sorprenderte, en realidad.

Observé su camisón, con sus adornos y volados, y me pregunté precisamente qué tipo de sorpresa habría planeado. Sacudí la cabeza y me dije que no importaba. Podría estar desnuda frente a mí y no importaría. Su virtud estaba a salvo conmigo.

Miré por encima de su hombro y escudriñé entre las sombras del corredor, a sus espaldas.

–¿Escuchaste algo? ¿Algún sonido?

Arrastró sus brillantes ojos azules desde mi pecho otra vez hacia mi rostro.

–Estoy segura de que no fue nada. Es un castillo viejo. A veces, las piedras hacen ruido. O quizás fue el viento.

–No eran piedras que se acomodaban ni era el viento. Sonaba muy lejos, pero dentro del castillo. Aquí, entre estos muros.

Meneó la cabeza levemente, una emoción inundó sus ojos, que no concordaba con su euforia habitual.

–Probablemente era el cocinero que estaría matando a un cerdo.

La estudié con atención y contemplé el delicado trabajo que hacía su garganta para tragar. Estaba mintiendo.

–No era un cerdo.

Se balanceó sobre los pies y echó una mirada por encima del hombro, con aspecto incómodo.

–A veces, algunos se quedan hasta tarde de juerga en sus habitaciones privadas. Todos necesitamos con qué entretenernos.

Me acerqué más a ella, dispuesto a utilizar mi cercanía para manipularla. Ella había aprovechado cada oportunidad de tocarme. En general, me alejaba lentamente, pero esta vez le di lo que quería.

La vida en la corte podía ser tan complicada y peligrosa como la vida Afuera, y la manipulación no era una práctica desconocida. Consentir favores a menudo decidía destinos. Yo sabía eso por formar parte de la familia de mi padre. Acá no sería diferente. Para mí, probablemente era peor. En cualquier momento y por cualquier motivo, podía perder el favor del rey, si es que en realidad lo tenía. Podía estar comprometido con Maris, pero eso no impediría que me cortaran la cabeza si Tebaldo lo decidía.

Le aparté un rubio y sedoso mechón de pelo del hombro. Emitió un gritito ahogado y se apoyó sobre mi mano.

–¿Por qué me mientes, Maris? –susurré–. Una chica inteligente como tú conoce todo lo que sucede dentro de este castillo.

Sus labios se movieron antes de que encontrara las palabras.

–Se oyen toda clase de cosas en este castillo por la noche. Es mejor ignorarlas.

–Cuéntame, Maris.

–No andes husmeando, Fowler –por primera vez, no parecía una niña pequeña. Se la veía nerviosa. Bajé la mano, sintiéndome repentinamente mal por tocarla y manipular sus sentimientos.

Se inclinó hacia adelante como si quisiera atrapar esa mano.

–Regresa a la cama, Maris –le ordené–. No deberías estar aquí.

–¿Y por qué no debería? –dio un paso adelante, hasta que nuestros cuerpos casi se tocaron–. Vamos a casarnos. ¿Qué tiene de malo que estemos juntos?

Con esa lógica, nada. No tenía nada de malo.

Excepto que no íbamos a casarnos.

Muy pronto, ella se despertaría y yo me habría marchado.

Contrariamente a lo que le dije a Tebaldo, no iba a concretar los planes de mi padre y casarme con Maris.

Apoyó un dedo sobre mi corazón y lo fue bajando por mi pecho. La emoción ardió en sus ojos mientras me observaba. Yo no podía tomar lo que me estaba ofreciendo. No sería semejante canalla. La vida era dura, estaba llena de decepciones y de pérdidas. Ella todavía no había experimentado mucho, pero ya lo haría. Yo prefería no ser quien le transmitiera esa experiencia.

Coloqué las manos en sus hombros y la alejé de mí, ubicándola deliberadamente fuera de la puerta de mi alcoba.

–Ve a tu habitación, Maris.

Hubo una chispa en sus ojos que debería haberme servido de advertencia. ¿Desafío? Determinación. Se puso de puntillas y puso una mano alrededor de mi cuello. Inclinándose hacia adelante, apretó torpemente sus labios contra los míos.

Apoyé las manos en sus brazos y traté de apartarla de mí con suavidad. Ella se aferró, la mano apretada contra mi cuello y los labios aplastados con más fuerza sobre los míos, con un gemido de determinación. Mis ojos continuaron abiertos mientras luchaba por romper el beso de la forma más delicada posible. No debía herir su ego excesivamente. Lo último que quería era que se fuera corriendo a su padre para quejarse de mí. Tebaldo no confiaba en mí. Bastó que nuestras miradas se encontraran para saberlo, pero necesitaba que él pensara que yo estaba dispuesto a casarme. Necesitaba a Maris de mi lado. Al menos, hasta que me hubiera ido… y después ya no me importaría.

Por el rabillo del ojo, capté un movimiento fugaz.

Con un poco más de urgencia, le di un empujón final y aparté a Maris para poder echar una mirada por el corredor. Luna y un guardia se encontraban a unos pocos metros.

El hombre soltó una risita y nos observó de arriba abajo con una mueca lujuriosa.

—¿Adelantándose a la noche de bodas, eh?

Maris soltó un grito ahogado y emitió una risita susurrante.

—Cuide su lengua, guardia —lo reprendió sin verdadero enojo.

La sonrisa del guardia se desvaneció de su rostro.

—Mis disculpas, Su Alteza —dijo, el tono inmediatamente circunspecto.

Luna emitió un sonido débil y ahogado. Una infinidad de emociones cruzaron por su rostro.

—¿Fowler?

Di un paso adelante y extendí la mano como para tocarla.

—Luna… —mi voz se apagó al ver que ella daba un súbito paso hacia atrás. Ladeó la cabeza y se quedó mirándome con esa asombrosa manera tan típica de ella. Como si realmente pudiera *verme*.

La traición estaba allí, escrita en su rostro. Por supuesto que había escuchado ese beso. Luna escuchaba todo. Por supuesto que malinterpretó la situación. Pensó que era mutuo.

–Luna –intenté hablar otra vez, pero me detuve en seco y me quedé mirando de manera incómoda a Maris y al guardia. No podía revelar que había sido víctima de los avances de la princesa. Si la irritaba iría corriendo a su padre y yo no quería ponerlo sobre aviso de que no estaba dispuesto a casarme con su hija. Podía descubrirlo el día que se despertara y se enterara de que yo ya no estaba.

Maris me devolvió la mirada apoyando los dedos sobre los labios y levantando los ojos hacia mí entre las pestañas, con una expresión insinuante.

–Es bueno que estés caminando otra vez, Fowler –dijo Luna, su voz era la de una extraña.

–¿No es cierto? –intervino Maris deslizando una mano sobre mi pecho de manera íntima, posesiva.

Paseé la mirada entre el guardia y Luna, notando que ella no estaba vestida correctamente. ¿Tenía desgarrado el camisón? Me acerqué un poco más.

–Luna, ¿algo anda mal? ¿Por qué estás fuera de la cama?

–Nada para preocuparse. Solo una pequeña riña con un morador.

–¿Qué? –inmediatamente tenso, miré a mi alrededor como si una de las criaturas fuera a saltar súbitamente sobre nosotros.

–Sí. Parece que eso es lo que hacen por aquí para entretenerse: arrojar víctimas a una fosa para que se las devoren los moradores.

Mi mirada se dirigió violentamente hacia Maris.

–¿Es eso cierto?

–Y-Yo… no tengo nada que ver. Mi padre y los demás hombres lo disfrutan… como deporte, ya sabes.

–No. No lo sé –gruñí, pensando también en el riesgo que implicaba introducir moradores dentro del castillo. Era estúpido e innecesario. Luna podría haber muerto. Y, además, ¿quiénes eran las víctimas elegidas? ¿Qué habían hecho para merecer semejante destino?

Maris debió haber leído algunos de mis sentimientos en mi rostro. Agregó la otra mano sobre mi pecho, la voz suavemente persuasiva.

–No tiene por qué continuar siendo así. Cuando tú y yo estemos casados, podemos cambiar las cosas. Mejorarlas. Como tú quieras.

Nada me atraía menos que permanecer allí y luchar por cambiar las cosas en un lugar donde no deseaba estar. Por no mencionar que Maris era un poquitito inocente si pensaba que me darían algo de poder. Aun cuando ya no hubiera que preocuparse por su padre, quedaba Chasan. Él sería el próximo rey. Nunca se sometería a su hermana o a mí. Nadie haría cambios sin su consentimiento.

Recordando lo que Luna había dicho, inquirí:

–Espera. ¿Dijiste que tuviste una riña con un morador?

–Hum. Caí dentro de la fosa, de casualidad.

–¿*Caíste* dentro de la fosa? –la miré de arriba abajo, buscando heridas. Apartó el rostro y supe que la historia era más larga–. ¿Te lastimaron?

–Estoy bien. Solo tengo unos pocos magullones. Nada comparado con ese pobre hombre al que los moradores sacrificaron y nada de lo que deberías preocuparte –esas últimas palabras las pronunció con intencionada hostilidad. Su mensaje era muy claro: yo no debía preocuparme por ella. Endurecí la mandíbula. Era muy tarde para eso. No iba a salirse con la suya en esta cuestión. Habíamos llegado muy lejos, yo ya estaba demasiado involucrado como para renunciar a ella.

El mentón ladeado con arrogancia, Luna se volvió hacia el guardia.

—Estoy cansada. Vámonos.

Continuaron caminando, alejándose de mí. La observé, incapaz de perseguirla con Maris mirando, las manos todavía aferradas a mí como si nunca fuera a soltarme.

VEINTE

Luna

Me hallaba muy cerca de la puerta de mi recámara cuando se escucharon pasos detrás de nosotros. El corazón latía deprisa, me di vuelta, la traicionera esperanza se agitó en mi interior al desear que se tratara de Fowler, que se había alejado de su princesa y había venido detrás de mí. Patético, en especial sabiendo que él estaba claramente abocado a su relación con la princesa Maris, pero no podía obligar a mi corazón a dejar de sentir lo que sentía.

—Déjanos solos —le soltó con dureza el príncipe Chasan al guardia que estaba a mi lado.

–Sí, Su Alteza.

Mientras el hombre se marchaba, abrí la boca para protestar, pero unos dedos tibios rodearon mi muñeca y, de un tirón, me hicieron entrar en la habitación.

–Príncipe Chasan –dije con voz ahogada–. ¿Qué estás haciendo? No deberías estar aquí. No es correcto.

La puerta se cerró detrás de nosotros y nos quedamos solos. Una señal de alarma se deslizó por mi espalda.

–¿Qué hacías arriba de la fosa?

–Escuché los gritos.

–¿Y seguiste la dirección del sonido? ¿Cómo pudiste pensar que era una buena idea?

Respiré profundamente.

–Tú sabes que estamos evitando la cuestión más importante.

–¿Y cuál es esa cuestión? –me desafió mientras continuaba sosteniéndome el brazo. Jalé varias veces hasta que finalmente me soltó.

–¿Por qué? –inquirí, frotándome el brazo en el lugar donde me había sujetado–. ¿Cómo puedes permanecer ahí y gritar y apostar mientras despedazan a una persona delante de tus ojos? ¡Y después dejaste que tu padre ejecutara a esa joven… Riana! ¿Qué te pasa? ¿A ti y a todos los demás? –yo sabía que Afuera existía gente mala y ocurrían cosas horrendas, pero aquí adentro, debería haber sido diferente. Era esa convicción la que había comenzado a disuadirme y a convencerme de que podía quedarme aquí, ser la esposa de alguien a quien no conocía, olvidarme de Fowler… como él aparentemente se había olvidado de mí.

Chasan no respondió. No escuché nada más allá del ritmo enérgico de su respiración.

La emoción comenzó a inundar mi garganta mientras pensaba en el hombre que había muerto esa noche, el sonido de sus gritos, el ruido que hicieron sus huesos cuando los moradores lo despedazaban. El ruido sordo de la cabeza de Riana y el aullido de su padre.

—No digas nada —asentí ferozmente—. No existe ninguna excusa ni ninguna defensa que puedas ofrecer —tragué contra el nudo que tenía en la garganta—. Yo no puedo casarme con una persona así.

—¿No? —replicó con rapidez, la voz despiadada como un látigo—. ¿Y con quién te casarías, Luna? —su voz se retorció en algo duro y malvado—. ¿Con tu adorado Fowler? Acabo de pasar delante de él y de mi hermana, en el corredor. Estoy seguro de que tú también los viste. Cuánta intimidad la de esa pareja.

Sabía exactamente dónde estaba más herida, dónde me dolía más, y me pegó ahí, con un golpe certero.

—No tengo que casarme con nadie —le espeté.

—Si piensas así, entonces eres realmente una tonta. ¿Crees que puedes oponerte a mi padre? Nunca permitirá que te marches de aquí y si no haces lo que él te pide, pasarás el resto de tu vida como huésped en nuestro calabozo. O algo peor.

Sus palabras bullían como toxina en mis venas. Llevé el brazo hacia atrás y le pegué en el pecho con el puño.

—¿Por eso cazas moradores? ¿Porque tu padre lo ordena? ¿Por ese motivo los atrapas y los traes aquí? ¿Porque él te lo dice? ¿Qué más haces que él te ordena hacer? ¡Ah, cierto! ¡Te casas con princesas perdidas!

—Luna, ya basta.

–Dime algo, Chasan, ¿quiénes son esas personas que tienen que morir para que ustedes se diviertan? ¿Qué han hecho para merecer eso?

–Se han convertido en enemigos de mi padre… de Lagonia.

Meneé la cabeza.

–No quiero esto. No quiero estar aquí. No formo parte de este mundo donde sacrifican a la gente. Eres un cobarde –me alejé, pero me sujetó y me arrastró hasta quedar frente a él.

Me sacudió levemente para que mi cabeza se concentrara en él.

–Tú *eres* parte de este mundo, lo quieras o no. Formarás parte de él y no dirás lo contrario, a menos que quieras que mi padre descargue toda su ira sobre ti y, créeme, no es algo muy agradable. ¿Entiendes?

Mi respiración se volvió lenta y ardua.

–Di que me entiendes, Luna –había un dejo de pánico en su aterciopelada voz, que no había oído nunca antes–. Dilo –insistió, fijando las palabras con otra sacudida–. No puedo permitir que te lastimen. No puedo.

Sus palabras, lo dicho como lo no dicho, aflojaron mi furia.

–Le tienes miedo –susurré.

–Es un monstruo –admitió, dejando caer las manos. Y, por primera vez, tomé en cuenta lo que decía. Lo tomé en cuenta a él. Pensé lo que sería ser criado por un hombre semejante… cuán atrapado debías sentirte cuando tu propio padre era una pesadilla que tenías que enfrentar día tras día. *No muy distinto del caso de Fowler.*

Nos quedamos en silencio por un momento prolongado. Lo único que había entre los dos era nuestra respiración. Él cerró el espacio que nos separaba, su cuerpo más grande que el mío irradió calor y vitalidad al deslizarse hacia mí.

–No tenemos que vivir con miedo para siempre. Solo tenemos que soportar un tiempo más, Luna –su frente cayó sobre la mía, los dedos se cerraron sobre mis brazos–. Solo tenemos que esperar que suceda.

Esperar que Tebaldo muera. Era eso lo que estaba diciendo. Teníamos que esperar a que ya no estuviera en el poder y pudiéramos hacernos cargo del reino.

–Tienes un buen corazón, Luna –continuó, su voz se introdujo en mis sinuosos pensamientos–. Mejor que el mío. Mejor que el de nadie que yo haya conocido. Quieres hacer lo correcto, aunque te hiera. Pero no quiero verte herida –sus labios rozaron apenas los míos. Emití un grito ahogado ante el leve contacto.

No tuve tiempo de apartarme de su casi-beso. Terminó tan pronto como había empezado, pero todavía tenía contraída la parte baja del estómago. El remordimiento susurró en mi interior. Podría haberme pegado por semejante pensamiento. ¿Por qué debería sentir lealtad hacia Fowler cuando él ya se había olvidado de mí?

–Quiero tratar de parecerme más a ti, Luna. Juntos, contigo, creo que puedo. Podríamos ser una buena pareja. Podríamos ser buenos para Lagonia y Relhok.

Sus palabras serpentearon dentro de mí, un hechizo seductor que se hundió profundamente. ¿Hablaba en serio? Evalué la posibilidad. Relhok y Lagonia unidas, sin Cullan ni Tebaldo al mando. El eclipse negro y los moradores aún existirían, pero la situación no tendría que ser tan desesperante.

Casarme con Chasan significaba no vivir para mí misma, pero también significaba realizar un cambio positivo en la vida de los demás. Yo podía lograr que este fuera un mundo mejor. ¿No era eso para lo cual Sivo y Perla me habían criado? Ellos habían creído que ese era mi destino. Y también a mí me enseñaron a creerlo.

—Puedo ver que lo estás pensando, Luna —sus manos cayeron a los costados con un suspiro. Asentí una vez, aliviada ante la distancia que nos separaba, porque así podía pensar sin que sus manos me tocaran—. Bien. Considéralo. Tienes tiempo. Un poquito de tiempo —corrigió. El tiempo que su padre nos diera.

Se alejó hacia la puerta, sus pasos suaves y firmes resonaron en el gran espacio de mi habitación.

—Pronto volveremos a hablar.

Después me quedé sola en el vibrante silencio de mi alcoba, el clamor de mis pensamientos como única compañía.

VEINTIUNO

Fowler

Me tomó un poco más de tiempo de lo esperado separarme de Maris y enviarla de regreso a su propia habitación. Era tenaz. Tenía que reconocerlo. Había estado esperándome toda su vida. No en específico a mí, sino al príncipe que le habían prometido. Había una diferencia. Ella no me conocía. No le importaba conocerme y definitivamente no me amaba. Yo era solo el premio que había estado pendiendo delante de su nariz todos estos años. Ahora que yo estaba aquí, ella no sabía lo que significaba controlarse a sí misma.

Me escabullí de mi habitación. Primero asomé lentamente la cabeza y me sentí aliviado al comprobar que no había ningún guardia en mi puerta ni en el corredor. Me deslicé despacio en la dirección que habían tomado Luna y su escolta. Escuché tras las puertas, esperando alguna señal que me indicara cuál dormitorio podría ser el de ella.

Una puerta se abrió con un crujido un poco más delante de donde yo me hallaba. Me agaché hacia un costado y me aplasté contra el otro lado de una viga que sobresalía de la pared. Al espiar alrededor del poste, vi salir a Chasan de una habitación. Se dio vuelta para mirar dentro de la alcoba antes de cerrar la puerta y luego salió al corredor. En ese instante, logré entrever a Luna de pie, no muy lejos de la puerta, observando en dirección del príncipe mientras él se marchaba.

¿Qué estaba haciendo Chasan en su dormitorio? Me envolvió una oleada de impotencia al pensar en la posibilidad de que fuera demasiado tarde, de que ella ya hubiera cambiado de opinión con respecto a mí.

Aparté bruscamente el pensamiento de la mente. Luna acababa de toparse con Maris delante de mi alcoba: yo no tenía derecho a abrigar esos sentimientos. Celos, enfado… el oscuro impulso de sujetar a Chasan y pisotearlo no era algo a lo cual debía entregarme. No era algo que yo quisiera sentir.

El príncipe se dio vuelta y me apoyé rápido contra la pared, apretándome con fuerza contra la piedra, tratando de hacerme invisible. Chasan pasó de largo sin echar una mirada a su izquierda y luego dobló la esquina.

Respirando profundamente, me serené y me alejé de la pared. Caminé con pasos largos hasta la habitación de Luna, impulsado por la determinación. No podía ser demasiado tarde.

Llamé una vez a la puerta con suavidad, para no asustarla, y luego entré.

Ella giró mientras yo cerraba la puerta detrás de mí. Hubo un destello de pánico en su rostro y me odié por hacerla sentirse así. Hasta donde ella sabía, yo era un extraño que irrumpía en su habitación.

Inhaló con fuerza –era de esperar que no fuera para gritar– y la alarma se desvaneció de su rostro. Por el olor o el sonido, supo que era yo.

–¿Qué haces aquí dentro?

–¿Acaso Chasan visita tu habitación con frecuencia en medio de la noche? –no pude contenerme. La desagradable bestia que había despertado dentro de mí al verlo salir de la habitación de Luna insistía en aflorar a la superficie.

–No lo sé. ¿Acaso Maris te visita a ti?

Suspiré.

–Eso no era lo que parecía –me quedé mirándola, esperando que me asegurara lo mismo. Nunca lo hizo. Cruzó los brazos sobre el pecho y enarcó una ceja.

Me balanceé sobre los talones reprimiendo el impulso de exigirle que me respondiera por qué Chasan se encontraba en su habitación, como si estuviera en mi derecho. Era una batalla perdida.

–¿Por qué estaba aquí?

–¿Me lo estás preguntando en serio? –la indignación brotó en cada palabra. La implicación era clara: ¿cómo podía yo preguntar eso cuando ella acababa de encontrarme con Maris?

–Chasan *no* es Maris. Él no es un inofensivo pretendiente. Es manipulador y astuto como su padre –y yo había visto la forma en que miraba a Luna.

–No me digas. ¿Y cuántas veces lo has visto exactamente? ¿O hablado con él? Apenas te has levantado de tu lecho de enfermo, donde Maris te atiende diligentemente.

–Lo vi en sus ojos. Conozco a los de su clase.

Cuando tomó aire con suavidad y echó hacia atrás los hombros, supe que había pronunciado las palabras equivocadas. No había tenido la intención de que sonara como si yo la considerara *menos* por ser ciega, pero eso era exactamente lo que había hecho.

–Ah, claro. Soy meramente una chica ciega. No puedo ser buena para catalogar a la gente.

La palabra *meramente* no podía aplicarse a Luna, en ningún sentido.

Ella siempre sería todo.

Claro que, si se lo decía en este momento, no me creería.

Suspirando, pasé una mano por mi pelo.

–No vine aquí para pelearme contigo.

–Simplemente no deberías haber venido.

–Ah, yo no debería, pero es aceptable que Chasan te visite en medio de la noche, ¿no?

–Quería asegurarse de que estuviera bien después de lo que pasó. Esta noche me salvó la vida.

¿Él le salvó la vida? Eso hizo que me molestara todavía más. Yo debería haber estado ahí para ayudarla. No quería pensar que ella podría necesitarlo.

–Ni siquiera lo conoces –le disparé.

–Es mi prometido –replicó en tono calmo, pero había una rigidez en su voz, que era imposible no percibir.

Me quedé helado. Escucharle decir eso me cortó la sangre.

–¿Es eso cierto? ¿Te casarás con él? –mi corazón se puso a latir a toda prisa ante la posibilidad de que ella hubiera aceptado que ese era su destino.

–¿Acaso no es esa la expectativa general?

No era precisamente una respuesta.

–Nunca me importaron demasiado las expectativas de los demás –y había pensado que a ella tampoco. Había imaginado que estaría desesperada por abandonar este lugar. Pero si tuviera que creerle ahora, Luna no se marcharía conmigo.

Lanzó un resoplido y se alejó más de mí.

–Acabo de encontrarte besando a Maris y ahora pretendes que yo defina mi relación con Chasan –arrojó sus palabras como una flecha perfectamente dirigida y chasqueó la lengua con expresión despreciativa–. Muy poco razonable.

–*Ella* me besó a *mí* –era la verdad, pero sonó débil aun a mis oídos.

Luna soltó un resoplido con una risa hueca y sacudió la cabeza, claramente no impresionada por mi excusa.

–No me debes una explicación. No soy dueña de tus labios.

La respiración tensa me hinchó el pecho.

–Tú sabes lo que siento por ti. No he ocultado mis sentimientos…

–Por favor, no, Fowler.

–Tenemos que hablar –insistí mientras seguía su figura, que se replegaba hacia el interior de la habitación. Solía escucharme, pero ahora la sentía distante.

Continuó alejándose de mí, la cabeza ladeada en un gesto de recelo.

—Si llegan a encontrarte aquí dentro…

—Nos están separando —la perseguí de manera obstinada, mis pasos se hundieron en la mullida alfombra que cubría el piso de piedra—. Tienes que reconocerlo. Desde que llegamos. No quieren que estemos solos.

Se encogió de hombros y retorció las manos dentro de la voluminosa tela de su camisón.

—No es importante. No hay nada que tengamos que decirnos que justifique correr el riesgo de disgustarlos a ellos…

—¿Disgustarlos a *ellos*? ¿Escuchas lo que estás diciendo? Suenas asustada… abatida. ¿Dónde está la Luna que yo conozco?

—Tal vez no me conoces. Tal vez nunca lo hiciste. Yo definitivamente no te conozco —su pecho subió ante una rápida inhalación. Yo sabía que estaba pensando en mí con Maris en el corredor, y el remordimiento me clavó un puñal en el pecho.

—Estás equivocada —me adelanté y le toqué el rostro. Ella se estremeció, pero no retrocedió. Me aferré a eso: todavía podía llegar a ella—. ¿Sientes mi mirada posada en ti? ¿Sientes mi corazón, Luna? Es tuyo. Te pertenece. Tú me *conoces* —coloqué la otra mano sobre su cara, sosteniéndola entre mis manos tan suavemente como a un pájaro, cuidando de no quebrar sus alas.

Sus ojos oscuros como la tinta se humedecieron. Su voz brotó en un susurro ronco.

—Pensaba que sí. No te culpo por tu nacimiento. Ya no estoy enojada por eso. No es tu culpa quién es tu padre. Pero eso no cambia el hecho de que igual no te conozco. No sé qué es lo que verdaderamente te moviliza, no sé por qué huyes de tu padre, no sé por qué estás dispuesto a quedarte aquí y casarte con Maris…

–Tú. *Tú* me movilizas. No solía ser así. No puedo explicar exactamente cuándo o cómo ocurrió. Pero es así.

No habló durante unos instantes, un sinfín de emociones titilaron en su rostro. Bajó la vista hacia el suelo como si sintiera el peso de mi mirada y necesitara escapar de ella.

–¿Qué? –le pregunté–. ¿En qué estás pensando? Dímelo, Luna. Háblame.

Agitó levemente la cabeza.

–Maris…

–No significa nada para mí –terminé la frase por ella–. Sé lo que parecía. Es como necesito que parezca.

–¿Qué dices? ¿En realidad no quieres quedarte aquí y casarte…?

–Lo que digo es que tenemos que largarnos de aquí. Lo que digo es que todavía podemos ir a Allu. No es un sueño imposible y distante. Podemos estar juntos, Luna, pero ellos tienen que creer que queremos estar aquí. Tienen que creer que estamos contentos y, cuando no sospechen, nos escapamos.

Siguió una pausa muy larga. La desolación atravesó su rostro.

–¿Y qué hay de Relhok? ¿Mi reino? Si ninguno de los dos se casa con un miembro de la familia real de Lagonia, le dejaremos Relhok a Cullan. No sé si puedo hacer eso. Sé que semanas atrás pensé que podía –se encogió ligeramente de hombros–. Pensé que el sueño de Allu era lo único que importaba, pero ahora…

La frustración se agitó dentro de mí. ¿Cuánto entregaría de sí misma? ¿Cuánto sacrificaría? Todavía estaba dispuesta a abandonar todo por un país que ni siquiera conocía.

Me negaba a permitir que hiciera algo así.

Continué insistiendo, desesperado por llegar a ella.

–¿Por qué te sientes tan unida a Relhok? No tienes recuerdos de allí –meneé la cabeza. Ella se mordió el labio, claramente en conflicto–. ¿Tanto deseas ser reina que te casarías con un extraño?

–No es eso –espetó con rapidez mientras el color inundaba sus mejillas–. No soy tan superficial ni estoy tan sedienta de poder. Nunca quise eso. Si aseguras conocerme, ¡deberías saberlo!

–Entonces qué es. Dímelo, Luna. Porque no puedo quedarme aquí y ver que te casas con él.

La humedad que se había acumulado en sus ojos se derramó y chorreó por esas mejillas pálidas y pecosas. Le sequé las lágrimas con los pulgares. Como no se detuvieron, me incliné hacia ella y apoyé la boca contra cada mejilla y besé las huellas saladas con mucha más mesura de la que sentía. La necesidad de agarrarla y apretarla contra mí, atraerla en mi interior, era irresistible. Nunca había sentido nada igual.

–Mi padre sabe que estás viva –susurré con voz ronca, haciendo una pausa para que absorbiera mis palabras, esperando que entendiera por completo lo que le decía–. ¿Pensaste lo que eso significa?

Tomó una bocanada de aire. Su boca estaba tan cerca, húmeda por las lágrimas y ese dulce rocío que emanaba de ella.

–Significa que se levantó la orden de matar a las jóvenes. Eso es lo único que importa.

–Sabes a qué me refiero –presioné los pulgares un poquito más profundamente, como si pudiera obligarla a reconocerlo–. Ahora no permitirá que sigas con vida. Enviará a alguien. A un asesino, soldados, un ejército completo. Eres una amenaza para su corona. No puede dejar de responder a tu reclamo. No podemos quedarnos aquí. Aun si quisiéramos, no es posible.

–Haces que parezca tan fácil –se frotó el centro de la frente como si sintiera el comienzo de un dolor de cabeza. Experimenté una punzada de culpa. Acababa de sobrevivir a un enfrentamiento con moradores y ahí estaba yo, persiguiéndola, exigiéndole que aceptara poner su vida en mis manos y escapar conmigo de ese lugar. Pero si no aceptaba, era muy probable que muriera allí. No existía un sitio seguro cerca de Tebaldo: era un tirano despiadado. Y, tarde o temprano, mi padre vendría por ella. Ni siquiera los moradores lo detendrían.

–Necesitaremos una estrategia, pero podemos escapar de aquí.

Luna volvió a quedarse en silencio. Estaba pensativa, preocupada. Respiró temblorosamente y por fin habló.

–Tengo algo que confesarte.

La inquietud me oprimió el pecho.

–¿Qué?

–Nunca tuve intención de quedarme aquí –se detuvo y respiró profundamente–. Bueno, nunca lo consideré por más de un instante.

Mi pecho se relajó.

–Oh. ¿Entonces por qué estamos discutiendo…?

–Yo estaba planeando escapar… pero no contigo.

No contigo.

La observé durante un momento, sosteniéndole el rostro aun mientras pronunciaba esas palabras que me atravesaron el corazón. Iba a escaparse sin mí. Otra vez. Maldición. Supongo que, a esta altura, ya debería estar acostumbrado a que me hiciera a un lado, pero nunca me resultaría agradable. Nunca sería inmune a eso.

Una furia desoladora ardió en mi interior. Quité las manos de su rostro y de toda esa piel sedosa, casi arrojándola lejos de mí.

–¿Otra vez? –la acusé.

Asintió.

–Sabía que si te quedabas y te casabas con la princesa, Relhok se aseguraría una clase de gobernante que fuera justo y bueno.

–¿Tú crees que eso estaría *asegurado*? ¡Ja! Casarme con Maris no cambia el hecho de que mi padre todavía esté ocupando el trono.

–Pero no para siempre –arguyó.

Negué con la cabeza.

–Suponiendo que el canalla de mi padre muriera mañana, Tebaldo reinaría sobre los dos reinos. Después de él, seguiría su hijo. Y hasta donde yo sé, Chasan es exactamente igual de despiadado que su progenitor.

Luna palideció. Quedaba claro que no lo había pensado demasiado. La duda cruzó por su expresivo rostro.

–Pensé que, estando aquí, tu influencia podría hacer cosas buenas –su voz se apagó. Levantó el mentón, había fuego en sus mejillas–. Tienes razón. Estaba equivocada.

La tensión de mis hombros se suavizó. Finalmente estaba empezando a ver las cosas a mi manera.

Luego agregó:

–Pero hay que detener a Cullan.

–Podemos escapar juntos y olvidarnos de todo esto. Construiremos una vida en Allu. Tú y yo –era raro pensar que, unas semanas atrás, lo único que quería era estar solo, pero ahora no podía imaginarme la vida sin ella.

Bajó la cabeza y escondió la cara para que yo no la pudiera ver claramente.

–Luna –susurré. Ella me volvía loco e insensato. Me estiré hacia ella, cerré las manos sobre sus brazos y la atraje hacia mí. Como si pudiera absorberla dentro de mí mismo… recordarle lo que pasaba entre nosotros. Recordármelo a mí. La realidad de lo que era apretarla entre mis brazos se había ido debilitando.

Alzó la cabeza hacia mí, la expresión sombría.

–Escaparé contigo, pero iré a Relhok. Contigo o sin ti.

La besé y absorbí su suspiro en lugar de continuar discutiendo con ella. Quizás una parte de mí quería convencerla, seducirla, hacerle decir que iría a cualquier lado conmigo, pero había olvidado cómo era besarla. El primer roce de sus labios me cautivó.

Me aparté y, con su rostro entre mis manos, observé sus rasgos mientras los gravaba en mi alma. Esperé, dándole tiempo para alejarse si eso era lo que realmente quería.

No se alejó. Sus manos rodearon mis muñecas y me atrajeron hacia ella, de modo que la besé otra vez, deslicé los dedos por su cabello recortado y apoyé las palmas de las manos sobre su cabeza. Su pulso se escurrió dentro de mí a través de la conexión de nuestras bocas, el ritmo pasó a través de las palmas de mis manos.

Había bloqueado todo pensamiento y dejé que las sensaciones me inundaran. La nuca se me contrajo y se me erizó la piel de todo el cuerpo. Una fuerte opresión se acumuló en la parte baja de mi espalda mientras retrocedíamos juntos. No levanté los ojos. Mi mirada estaba clavada en su boca. En su aroma. En las callosidades de sus pequeñas manos. Registré vagamente un leve obstáculo al llegar a la cama.

Y después ya estábamos en la cama y toda la desesperación, todos los problemas cercanos escalaron hasta convertirse en esta necesidad del uno por el otro. Habíamos superado lo imposible y estábamos todavía vivos y todavía juntos. Quizás no podía durar, quizás no duraría, pero por el momento teníamos esto.

Solos. Manos. Bocas. La luz caliente del farol doró su piel mientras yo deslizaba hacia abajo el borde del camisón y dejaba a la vista la suavidad de su hombro. Mi boca rozó su piel y ella suspiró. Luego sus manos se metieron entre mi pelo, sus uñas rasguñaron suavemente entre los mechones y llegaron a mi cuero cabelludo, haciéndome estremecer.

Retrocedí levemente, solo para mirarla, para verla debajo de mí. Sus rasgos tan suaves, su piel blanca ahora enrojecida por encima de las pecas. Mientras yo respiraba con fuerza, ella acercó los dedos a mis labios, los tocó y delineó su forma.

Besé cada uno de ellos; la palma de la mano, la muñeca, los nudillos.

—Luna, ¿cómo haces para oler así? —respiré contra su cuerpo mientras mi lengua lamía y saboreaba su piel.

Su respuesta fue un suspiro y llevé otra vez mi boca a la suya y la besé más intensamente. Sus dientes se inclinaron contra los míos con fogosidad y me consumieron. Ella sabía cómo besar, cómo conmoverme. Nuestra respiración chocaba y estallaba. Sus manos se movían con rapidez, rozando mis brazos, mi espalda, hundiéndose cada vez más.

Mi corazón golpeaba dentro de mi pecho como un pájaro salvaje. Todo parecía nuevo. Con Luna, era amor. Avivaba mi necesidad, hacía todo más desesperado, más febril. Ella creyó que no necesitaba esto. Que no me necesitaba a mí.

Después, todo fluyó con más celeridad. Palabras a media voz, manos buscando a tientas, bocas que se demoraban. Intenté contenerme, pensando que era muy rudo, que me movía muy rápido, pero ella me mordió los labios con un gruñido y luego nos olvidamos de todo. Yo me olvidé de todo.

No había más que piel resbaladiza, olor y sabor. El sonido de mi nombre en sus labios; sus uñas arañando mi piel; su aliento ardiente en mi oído.

Hundí las manos en su cabello, acaricié su cabeza, sujetándola contra mí y besándola hasta que mis labios quedaron hinchados y magullados. Me aparté y me quedé mirándola, sin perderme el oscuro ardor de sus ojos. Sus dedos se clavaron en mis hombros y mi nombre rechinó en sus labios de una forma que me encendió un fuego en el estómago.

Acomodé mi peso en el tibio capullo de su cuerpo y devoré su beso, su quejido. A *ella*. Creí que me liberaba de mi piel. Ella me hacía eso… me hacía sentir como si volara. Me hacía sentir libre.

VEINTIDÓS

Luna

Me acosté boca arriba, los brazos de Fowler me rodeaban suavemente. Podía oler su piel, limpia, con olor a almizcle. Sabía que tendría que marcharse pronto. El castillo se despertaría y una doncella vendría a mi alcoba. No era bueno para ella encontrar a Fowler aquí. Eso crearía una nueva cantidad de problemas que esperábamos poder evitar. Aun sabiendo eso, me acurruqué más entre sus brazos.

Sus dedos recorrieron mi cabello, que terminaba cerca de mis orejas. Que fuera tan corto me causaba una rara sensación. Cada vez que Fowler comenzaba a acariciar las raíces y bajaba por los mechones, me recordaba que ese cabello ya no existía. Apropiado, supuse. Esa chica tampoco existía.

—Me molesta que pienses que no me conoces —su voz retumbó a mi lado y me estremecí levemente.

—Estaba enojada cuando dije eso.

—Porque si tú no me conoces, nadie me conoce. Y ahora eso es importante. Alguien tiene que conocerme o, de lo contrario, es como si ni siquiera estuviera aquí. Como si no existiera.

Tomé aire y lo largué en una bocanada constante. Me agradó escucharlo decir eso. Cuando lo conocí, no le importaba lo que le sucedía a nadie… incluso a sí mismo. No quería preocuparse por mí. Y ciertamente no quería amarme. Pero lo hizo. Deslicé un dedo por el medio de su pecho.

—Conozco una forma de salir del castillo.

Sus dedos dejaron de moverse entre mi cabello. Flexionó un codo junto a mi cabeza y se inclinó sobre mí.

—¿Perdón?

Una sonrisa tentó mis labios.

—Hay una puerta secreta en la cocina, que sale del castillo. Al menos eso es lo que me dijeron —yo sabía que tal vez debería dudar de la fuente, pero ella no tenía motivos para mentirme. Yo le creí. O al menos creía que valía la pena investigar.

Fowler rio ligeramente y apoyó su boca sobre la mía. Apartándose para respirar, murmuró:

—No debería sorprenderme que sepas eso.

Entrelacé los brazos alrededor de su cuello y dije con altivez:

—Bueno, yo fui quien se sumergió bajo tierra y quien te rescató de una horda de moradores.

–Sí, así fue, y ahora encontraste una manera de escapar de aquí. Eres capaz de todo, Luna.

–Tienes razón –repuse en tono burlón–. No lo olvides.

–No te preocupes. No podría olvidarme de ti.

Mi sonrisa se desvaneció. Yo no era la única muchacha que él encontraba inolvidable. Existía otra. Otra muchacha que él no podía olvidar. Me humedecí los labios y decidí que era hora de preguntarle. Después de todo lo que habíamos pasado juntos, después de esta noche, si yo no podía decir lo que pensaba, entonces era una cobarde.

Finalmente, logré proferir las palabras.

–Háblame de Bethan.

Su mano se quedó inmóvil y yo me puse tensa durante el rato que se extendió el silencio, y cada segundo que pasaba, me convencía de que no iba a contarme nada. O iba a cambiar de tema. La desilusión me agobió.

–Y-Yo nunca hablé de ese tema –lanzó una risa breve y forzada–. No es que haya tenido una montaña de amigos desde que abandoné Relhok. Es solo que, a veces… la culpa… me carcome por dentro.

–¿La culpa? ¿Por qué te sientes culpable?

Se tomó su tiempo antes de responder. Su voz resonó en la oscuridad.

–Bethan murió por mi culpa. Durante semanas quería escapar e ir a buscar la isla de Allu. Creía en todas las historias que había escuchado sobre ella. Era de lo único que hablaba. Quería huir. Tenía mucho miedo de permanecer en la ciudad de Relhok, pero yo no la escuché. Pensé que teníamos tiempo…

–¿Por qué tenía miedo de permanecer allí? –en mi mente, los muros que rodeaban a Relhok tenían que ofrecer un poco de tranquilidad. Más protección que cualquier cosa que pudiera encontrarse Afuera.

–Le temía a mi padre. Sabía que él no aprobaba nuestra relación. Y le temía al sorteo. Cada quince días, mi padre ofrecía a una persona como sacrificio a los moradores –su penoso suspiro se deslizó dentro de mí, haciéndome estremecer–. Debí haberla escuchado. Ella tenía razón. Mi padre no iba a permitir que yo amara a alguien que no significara un beneficio para él. Era muy fácil arreglar el resultado del sorteo para que saliera su nombre. No pude detenerlo. No pude salvarla.

Sus palabras reverberaron a nuestro alrededor en la vastedad de mi habitación. Una ola de silencio se levantó entre nosotros antes de que yo dijera:

–No puedes culparte por los actos de otros. Tu padre es culpable, no tú.

Suspiró otra vez.

–Lo sé. Me ha tomado un tiempo aceptarlo, pero lo sé. No me siento culpable por eso.

–¿No? –me aparté levemente, sin comprender.

–No.

–¿Entonces por qué te sientes culpable?

–Ella me pidió que me fuera con ella y no pude. No lo hice –respiró hondo, sus dedos volvieron a moverse por mi cabello, examinando los mechones y haciendo que me derritiera–. Pero tú… tú puedes pedirme cualquier cosa y yo lo haré, Luna. Por ti, yo haría cualquier cosa. Por eso me siento culpable –el corazón se me oprimió ante su confesión–. Te quiero más de lo que he querido a nadie.

Me quedé sin palabras. Todos esos pensamientos celosos y egoístas que había tenido acerca de esa joven misteriosa me hicieron sentir pobre y avergonzada. Ella estaba muerta. Yo no tenía derecho a sentirme molesta por su relación con Fowler. De la misma manera que no tenía derecho a sentirme tan eufórica ante su confesión.

Como no podía decir nada, hice lo único que podía hacer. Lo besé.

VEINTITRÉS

Fowler

Ahora que se me permitía abandonar la cama, durante los dos días siguientes, llevé a cabo un discreto reconocimiento del palacio. Maris era mi sombra constante, pero eso no me impidió evaluar y sopesar posibilidades, y considerar la mejor manera para que Luna y yo llegáramos a la cocina sin que nos detectaran.

Con la apariencia de paseos con Mari, estaba aprendiéndome el plano del castillo. La cantidad de guardias; la cantidad de sirvientes; los hábitos y las rutinas de todos los que vivían dentro de estos muros se estaban volviendo tan familiares para mí como la palma de mi mano. Tenía que conocer este lugar y todo su ir y venir… especialmente si pertenecían a la cocina. Solo tendríamos una oportunidad. No podía haber sorpresas.

Luna y yo no tuvimos una oportunidad de hablar a solas desde que había estado en su habitación dos noches atrás. Como no confiaba en poder mantener ocultos mis sentimientos por ella, luchaba por mantener la distancia. Igual que Maris estaba siempre cerca de mí, Chasan rondaba cerca de Luna.

Y, sin embargo, todo había cambiado entre nosotros. No necesitaba pronunciar una palabra alrededor de ella para saberlo. Luna también lo sabía. Presentía cada vez que yo estaba cerca. Sus rasgos se suavizaban. El brillo de su piel insinuaba secretos. Sus labios contenían sonrisas cuando oía mi voz o cuando yo deslizaba la mano por su brazo o su cadera. Nadie notaría los roces casuales. Pero ella sabía, y yo también.

De noche, permanecía despierto, la mente ocupada soñando con Luna e imaginando nuestra fuga. Si nos íbamos sin que nos detectaran, mientras todos dormían, podríamos tener varias horas de ventaja.

Aun cuando debería haber estado durmiendo y almacenando fuerzas, lo único que podía hacer era pensar. Luché contra el deseo de volver a entrar sigilosamente en su habitación. Una vez era riesgo suficiente. No podía atreverme a hacerlo otra vez. En cambio, me quedaba recordando cómo era abrazarla, besarla. Ella fue mi primer sorbo de agua después de una larga sequía.

Una mano se agitó delante de mis ojos.

–¿Hola? Fowler, ¿estás ahí?

Me sobresalté y bajé la mirada hacia Maris, que se encontraba a mi lado. Su mano se apoyaba cómodamente sobre mi brazo mientras entrábamos juntos al gran salón. Todo esto no era más que un subterfugio necesario, me recordé a mí mismo. El rey nos observaba con aprobación cuando estábamos juntos. Si hubiera estado yo solo deambulando por el castillo, estaba seguro de que me mirarían con sospecha.

–Discúlpame. ¿Qué estabas diciendo? –ella siempre *decía* gran cantidad de cosas, en su mayoría acerca de nuestra inminente boda y nuestro futuro en común. Era difícil concentrarse cuando su boca estaba funcionando.

–¿Soñando despierto otra vez? –comentó–. ¿Es esto lo que debería esperar para nuestro futuro? ¿Tú soñando despierto mientras yo parloteo? –sonrió, pero había algo en sus ojos, un dejo de impaciencia en su sonrisa, que me advirtió que estaba enojada. En ese momento me recordó a su padre. Ella no era tan tonta como yo había creído al principio. Presentía que yo no correspondía a su nivel de interés y no le agradaba.

Esbocé una sonrisa forzada, cubrí su mano con la mía y le di un apretón para infundirle seguridad.

–Todavía me siento con poca energía por las heridas, supongo. Nada que una siesta no pueda ayudar a corregir.

Reprimí una mueca ante la completa estupidez de esas palabras. Necesitaba mantenerla contenta. Si no se sentía feliz, podría recurrir a su padre y, mientras estuviera aquí, no me convenía tener al rey examinándome, cuestionando mi verdadero compromiso hacia Maris y hacia Lagonia.

Asintió comprensivamente, pero algo acechaba detrás de sus ojos. No estaba convencida.

–Por supuesto. Papá y yo estábamos discutiendo cuándo deberíamos hacer nuestros votos. Contrariamente a todas las bromas acerca de una doble boda, me siento más bien egoísta. Quiero el día de mi boda para mí sola –extendió el labio inferior y se encogió de hombros con una decidida falta de remordimiento–. Me lo merezco, ¿verdad?

–¿Yo estoy invitado? –bromeé.

Me dio un golpe en el brazo con una risa cantarina.

–Por supuesto, tonto. Me refería a *nuestra* boda. ¿Qué te parece la semana próxima? Debería ser tiempo suficiente para planear una fiesta apropiada. Ya tengo el vestido. Lo tengo listo desde hace un tiempo para cuando llegara este día.

Por supuesto que sí. Toda su vida había estado esperando este día.

Agitó los dedos contra mi mejilla y me arañó levemente el mentón.

–Tú no tienes que hacer nada –se inclinó por encima del espacio que nos separaba y me besó la mejilla–. Me muero de ganas de ser tu novia –susurró.

–La semana próxima –repetí. Mi mente trabajaba y maquinaba mientras observaba a través de la mesa a Luna, sentada junto a Chasan.

Maris asintió y su mano continuó dando vueltas.

–No es demasiado pronto. La semana próxima suena bien –concordé.

Para entonces, Luna y yo nos habríamos marchado.

El olor de las cebollas que se habían usado en el apetitoso guiso de la cena todavía permanecía en el aire mientras nos deslizábamos por la cocina.

A estas horas, todo el mundo dormía. Sirvientes exhaustos por un largo día de trabajo o nobles cómodamente acostados en sus camas, satisfechos después de tanta comida y bebida.

Unas llamas chisporroteaban en el fogón. Varias ayudantes de cocina dormían delante del calor, sus suaves ronquidos se entrelazaban en el aire. Yo fui adelante, Luna detrás, arrastrando la mano por encima de la pared y de las superficies hasta que llegamos a la habitación que olía a productos secos. Yo la había observado brevemente cuando Maris me había llevado a recorrer el castillo unos días antes. Levanté el picaporte y entré con suavidad, e hice pasar a Luna delante de mí. Luego cerré la puerta con cuidado.

Solté a Luna y examiné el piso de la despensa.

–¿Es esta la habitación? –susurró.

–Estamos a punto de averiguarlo –respondí. Me puse a trabajar arrastrando canastas de productos y cajas de provisiones hacia los rincones más lejanos del recinto. Una rústica alfombra de paja cubría el suelo; tenía una gruesa capa de polvo y hollín. Si había una puerta secreta oculta debajo, no parecía haber sido usada en mucho tiempo. Arrojé la alfombra al extremo más alejado del lugar, lo que levantó una tormenta de tierra. Tosiendo, aparté las partículas con la mano y contemplé una reja de hierro. Quité el cerrojo, alcé la pesada puerta, la di vuelta y la apoyé con cuidado, para que no hiciera ruido.

Me puse de pie, tomé la mano de Luna, el contacto de sus dedos fríos y delgados propagó calor por mi pecho.

—Es acá —dije innecesariamente mientras examinaba el hueco irregular que se abría en el piso de piedra. Era un agujero inmenso y oscuro, que me trajo a la memoria el momento en que los moradores me habían arrastrado bajo tierra.

—Está frío allá abajo —susurró Luna, los ojos posados en el hueco como si pudiera ver cuán profundo era.

Subieron remolinos de aire frío, que rozaron mis manos. Ajusté el morral que había empacado con gran cantidad de comida y suministros, y froté el pulgar contra el interior de la muñeca de Luna con mi mano libre, para tranquilizarla tanto a ella como a mí. Me lanzó una sonrisa valiente y acomodó el arco que llevaba en el hombro. Un regalo de Chasan, había dicho cuando le pregunté de dónde lo había sacado. Reprimí el impulso de exigirle que lo dejara. Como arma, resultaba útil. Yo estaba armado con la espada y el arco, que ellos habían considerado conveniente devolverme… lo cual implicaba que nadie sospechaba que yo haría algo como esto. Pensaban que me sentía totalmente satisfecho con la idea de casarme con su princesa y convertirme en su marioneta.

Pero lo cierto era que… el arco le pertenecía. Yo no tenía derecho a decirle qué debía hacer con él.

—Hará más calor una vez que estemos Afuera.

Luna asintió.

—Vamos. Es hora de ponerse en movimiento.

Le solté la mano.

—Yo bajo primero. Hay una escalera en la pared del costado —descendí deslizando las manos y los pies por unas agarraderas talladas en la piedra. Mientras bajaba, eché una mirada hacia arriba y observé cómo se achicaba su pálido rostro.

Todavía no había llegado al fondo cuando me detuve–. Ya puedes comenzar a bajar –le indiqué.

Pasó las piernas por arriba del borde. Una vez que encontró el primer punto de apoyo, empezó a descender. La temperatura seguía bajando durante el descenso. El agujero era muy profundo, como si estuviéramos deslizándonos hacia las mismísimas entrañas de la tierra. Casi esperé escuchar a los moradores, sus escalofriantes chillidos resonando por las paredes del túnel. Ese aullido que te rompía los tímpanos, que habíamos escuchado con Luna, el que había distraído a todos los demás moradores y nos había salvado la vida, probablemente podía escucharse desde esta distancia. Me pregunté si Luna todavía escuchaba ese chillido en sus sueños, como yo. ¿Acaso se preguntó qué había del otro lado?

La oscuridad nos tragó por completo, pero continuamos el descenso. Después de varios minutos, finalmente llegamos al fondo.

Luna cayó a mi lado y se frotó los brazos con las manos, de arriba abajo, mientras nos aclimatábamos al espacio helado.

Le tomé la mano y comencé a recorrer el túnel. Siguiendo su consejo, arrastré una mano por la fría pared de piedra. Luna tembló a mis espaldas y le di un apretón en los dedos. Era bueno tocarla otra vez. Si no hiciera tanto frío, si la urgencia no golpeara como un martillo en mi interior, la envolvería entre mis brazos y sentiría su aroma otra vez. Pero no había tiempo para eso, había que esperar un poco. Cuando estuviéramos en un lugar seguro, donde pudiera besarla y convencerla de olvidarse de su plan de ir a Relhok.

Nos movíamos con rapidez. Yo contaba con que nadie descubriría que habíamos escapado hasta que fuera de mañana. Los que trabajaban en la cocina se despertaban antes que todos los demás para comenzar a preparar la comida de la mañana. Ellos descubrirían la reja abierta de la despensa y alertarían a los soldados, pero, para entonces, ya estaríamos lejos. Comencé a trotar y Luna me siguió el ritmo. La corrida nos ayudó al menos a calentarnos la sangre y ella dejó de temblar.

–¿No parece que estuviéramos descendiendo? –jadeó Luna detrás de mí.

–El túnel debe abrirse al pie de la montaña –recorrimos deprisa el suelo rocoso, cada paso nos acercaba más–. Les llevaremos varias horas de ventaja para cuando salgan a perseguirnos.

Finalmente, el túnel se terminó y una pared se irguió frente a nosotros. Tanteé la superficie con las dos manos, extendiendo con amplitud los brazos y descubriendo un espacio angosto, suficientemente grande como para que pasáramos de a uno. Tenía que ser la salida.

–Por aquí –le tomé la mano otra vez y me metí en el pasadizo. Luna se deslizó con facilidad después de mí. En lo que a fugas se refiere, esta no era tan difícil, pero probablemente no existía nadie en este castillo que quisiera aventurarse Afuera. Ainswind estaba fortificada contra los invasores. La gente quería entrar. Los moradores querían entrar. Nadie quería salir, excepto nosotros.

Mi respiración se aceleró. Me desagradaba sentir que las paredes me aplastaban. Resultaba evidente que esa ruta de escape no sería para cualquiera. Quien tuviera una cierta altura o corpulencia no lograría atravesarla.

–¿Estás bien? –preguntó Luna al detectar mi incomodidad, acercándose lentamente detrás de mí. Emití un bufido como confirmación mientras notaba el aumento de la corriente de aire delante de mí–. Ya casi llegamos, Fowler –claro que Luna tenía que saberlo. Si yo sentí el cambio del aire, también lo sintió ella.

De repente, éramos libres. Como si acabáramos de sumergirnos en un estanque de agua, salimos tambaleando al espacio infinito del Afuera.

A mi lado, Luna respiró profundamente.

–Lo logramos –su voz tembló y soltó una risita nerviosa.

El resplandor de la luz de la luna delineó sus rasgos y me recordó la primera vez que la vi: armada con un arco, un momento después de salvarme la vida. Parecía una especie de ninfa de los bosques oscuros, y yo me había preguntado si era real.

Todavía le agarraba la mano. Fue muy fácil estrecharla entre mis brazos. Ella cayó contra mí, ensamblándose contra mi cuerpo como una pieza de rompecabezas perdida hacía mucho tiempo. Me zambullí sobre sus labios, reclamándolos con fuerza, hablando contra su boca.

–No poder tocarte, fingir que no ardía por ti…

Se puso de puntillas y se inclinó hacia mí, y me permití abrazarla por un momento.

–Te agradecería que quitaras tus manos y tus labios de mi prometida.

Nos separamos de un salto. Por un instante, me sentí otra vez como un niño cuando mi niñera me atrapaba en alguna travesura. Hasta que recordé que Luna y yo hacíamos lo *correcto*. Esto no era un error. Volví a tomarle la mano y enfrenté a los dos hombres que nos esperaban mientras desenvainaba mi espada en un rápido movimiento.

Chasan se encontraba frente a nosotros con su jubón de cuero y las manos en la cadera. A su lado, se encontraba Harmon, esa mole de soldado, que había estado junto a él el primer día que llegamos a Ainswind.

Luna, como era de esperarse, sabía que se trataba del príncipe.

—¡Chasan! ¿Cómo supiste...?

—Hace días que vengo observándolos. Fue divertido, debo reconocer. Tratan de comportarse como si no estuvieran interesados el uno por el otro. *Tratan* es la palabra clave —se encogió de hombros—. Me pareció mejor asignar a mi hombre aquí presente para que los vigilara. Menos mal que lo hice.

Debería haberlo sabido. Chasan no podía despegar los ojos de Luna. Si había alguien que podía haber notado las miradas prolongadas y los roces persistentes, tendría que haber sido él.

Luna levantó el mentón.

—Nos marchamos —anunció—. No puedes detenernos.

Chasan sonrió y la observó de arriba abajo como si fuera una comida que quisiera devorar.

—Puedo y lo haré.

—Lo siento, Chasan —Luna apretó mi mano y se acurrucó a mi lado—. No puedo casarme contigo. Y no puedo quedarme aquí.

Harmon desenvainó su monstruoso sable. Podía cortar a un hombre en dos partes. El rostro impávido como la roca, lo levantó listo para la pelea. Chasan se cruzó de brazos y adoptó una mueca de satisfacción: era la sonrisa de un hombre que sabía que había ganado. Excepto que *yo* no lo sabía. No lo había aceptado. Nunca lo haría.

Apreté con más fuerza la mano de Luna y levanté mi propia espada, señalando a Harmon con un movimiento de la cabeza.

–¿Nos matará? Eso frustraría el objetivo, ¿no es cierto? De llevarnos contigo de regreso a Ainswind.

Chasan ladeó la cabeza.

–Lo que pase *contigo* no me importa en absoluto –clavó la mirada en Luna y vaya que algo se encendió en sus ojos–. Es a ella a quien quiero.

Torcí el labio.

–Es fácil lanzar amenazas y hacer declaraciones teniéndolo a él –señalé a la enorme mole que estaba a su lado.

Chasan deslizó una sonrisa.

–¿Así que quieres terminar con esto?

Me quedé mirándolo durante un momento prolongado, los suaves sonidos del Afuera se arremolinaban embriagadores a nuestro alrededor. Cada zumbido de un insecto, cada chillido de murciélago y cada piedra movediza tenían una presencia en el aire tan densa como la melaza.

A lo lejos, se escuchó el grito de un morador, un sonido agudo y metálico en el viento.

–Tú y yo –le mantuve la mirada–. Hace tiempo que lo espero –desde el momento en que lo vi relacionarse con Luna, aun estando completamente consumido por la fiebre de la toxina, esto había estado hirviendo en mi interior.

Sin quitar los ojos de mí ni por un instante, Chasan apoyó una mano en el brazo de su soldado, instándolo a bajar la espada.

–¿El que gana se queda con todo?

–De acuerdo –respondí y señalé al gigante–. Y él no intenta impedir que nos marchemos.

–¿Tan confiado estás de vencerme? –Chasan comenzó a quitarse el jubón de cuero, dejando al descubierto la fina camisa de lino que tenía debajo. Le extendió la prenda a Harmon.

–¿Tan confiado estás de que no te venceré? –lo refuté.

–Sin armas –respondió Chasan mientras se enrollaba las mangas hasta los codos–. Solo uno de nosotros sale con vida.

La mano de Luna se cerró sobre mi bíceps mientras yo arrojaba la espada.

–¡No, Fowler! ¿Qué estás haciendo?

Cubrí su mano con la mía, la apreté levemente y luego la aparté de mi brazo. Levanté el arco y se lo alcancé para que lo cuidara. Sus grandes ojos oscuros clavados en mí, su boca partida en una pequeña "o" de asombro cuando incliné la cabeza y le di un beso fuerte y rápido en los labios.

–Sé lo que hago.

–No estoy segura de que así sea –susurró como respuesta, mientras su cabeza perseguía mis labios y yo quedaba fuera de su alcance.

Me di vuelta y enfrenté al príncipe.

Era la única opción.

VEINTICUATRO

Luna

Afuera, en ese ambiente tan familiar; el corazón, un frenético tambor en mi pecho dolido, deseé, sorprendentemente, estar de nuevo dentro del castillo. Si eso significaba que Fowler estaría a salvo y no trabado en una pelea por su vida con el príncipe Chasan, entonces sí. Era eso lo que deseaba.

El aire se llenó de gruñidos y el brutal sonido de puños que golpeaban contra piel y huesos. Cayeron al suelo, rodaron, forcejearon. No podía distinguir quién era quién. Solo se oían jadeos penosos y resoplidos profundos.

Ya había presenciado otras peleas de Fowler. Sabía cuán despiadado podía ser, cuán implacable. Era como si apagara la parte de él que sentía miedo y dolor. Pero el príncipe tampoco era un debilucho. Eran buenos oponentes.

Harmon se ubicó a mi lado, su aliento fogoso y pestilente se sacudía de excitación mientras observaba el desarrollo del combate.

De pronto, sonó un crujido de huesos y Chasan gritó. Me estremecí. Harmon lanzó un bufido y sentí la tensión de su cuerpo como si estuviera a punto de intervenir.

Manoteé su brazo y lo aferré mientras él daba un paso adelante, como si yo sola pudiera detener al gigante de alguna manera.

–¡Detente! –le ordené–. No te acerques.

Harmon se sacudió mi mano, pero no volvió a avanzar.

–La próxima vez, no será un dedo lo que rompa –masculló Fowler al tiempo que se arrojaba encima de Chasan. Chocaron contra el piso con un estruendoso golpe, los brazos y las piernas se agitaron violentamente mientras rodaban y forcejeaban tratando de aferrar al otro. Chasan golpeó a Fowler. Olí el chorro de sangre y lo oí pegar contra el piso.

–¡Basta! ¡Deténganse! –grité, nadie tenía que morir. Ninguno de los dos tenía que morir–. ¡Regresaremos al castillo! ¡Regresaremos contigo!

La voz de Perla se deslizó sigilosamente dentro de mí. Las palabras que solía decirme cuando era una niña. *La vida está llena de opciones… pero es probable que no te guste ninguna.*

En aquel momento no me pareció importante. Yo creía que cualquier riesgo valía la pena siempre y cuando pudiera *elegir*. Lo único importante era haber abandonado la torre y haber buscado algo, cualquier cosa. Yo había encontrado esa libertad. Había encontrado a Fowler. Pero Perla tenía razón. Cada elección conducía a esto. No importaba lo que hicieras. Era inevitable.

–¡Luna! –gritó Fowler en medio de resoplidos justo cuando Chasan descargaba el puño sobre él.

–Deje que terminen –gruñó Harmon–. Ya está decidido. Uno de los dos no saldrá vivo de aquí. Yo apuesto a que gana el príncipe Chasan –el júbilo teñía su voz.

Sacudí la cabeza mientras lágrimas de amargura hacían arder mis ojos y la cabeza de Fowler se estampaba contra el piso por la fuerza de un golpe.

–¡Fowler! –el sonido de su nombre debió haber tocado algo que estaba suelto en su interior. Con un aullido de furia, se levantó de un salto y arrojó a Chasan lejos de sí.

El príncipe aterrizó a más de un metro de distancia. Fowler se lanzó con toda su fuerza arriba de él y un bufido de dolor brotó de Chasan. De inmediato, estaban trabados otra vez, retorciéndose y arrojando golpes.

Me incliné hacia adelante para escuchar, lo único que me impedía saltar en el combate era la enorme mano que tenía en el hombro.

Estaba completamente concentrada en los dos muchachos que se estaban pegando con todas sus fuerzas. Seguí sus salvajes movimientos, ladeando la cabeza, escuchando, concentrándome en su posición hasta que, de repente, la mano se levantó de mi hombro. Harmon se había ido, arrancado de mi lado.

Un nuevo grito se entrometió en el alboroto. Me di vuelta, tratando de localizar la impactante figura de Harmon.

–¡Luna! –gritó Fowler.

Harmon chocó contra mí, su voluminoso cuerpo me lanzó por el aire antes de golpear contra el suelo.

Tomé aire, preparada para ordenarle que me explicara qué le sucedía cuando obtuve la respuesta.

–¡Luna! –Fowler se agachó junto a mí y me ayudó a levantarme mientras el sonido de un morador que despedazaba a Harmon impregnaba el aire.

Por una vez, no había percibido las clásicas señales, demasiado absorta en lo que estaba sucediendo entre Fowler y Chasan: era eso o el breve tiempo que había pasado en Ainswind había apagado mis sentidos más de lo que pensaba. Me había debilitado y, por ese motivo, no había notado que había un morador que se acercaba furtivamente sobre nosotros. Otra razón más por la cual tenía que escapar: el castillo me estaba ablandando.

Podía considerarme afortunada de que la criatura hubiera elegido a Harmon y no a mí.

–¡Son demasiados! –gritó Chasan por encima de un creciente alboroto y entonces los escuché: no solo al que estaba destrozando a Harmon, sino a todos los demás.

Arriba de sus gritos había un ejército de veinte o más moradores que trepaban la pendiente con determinación. Veinte. Tal vez, más. La sangre subió violentamente a mi cabeza mientras escalaban con sus pesados miembros, pulverizando la piedra debajo de los pies con el avance. Para aventurarse tan lejos de la comodidad del suelo suave y blando, debían estar desesperados.

Me quedé paralizada por un instante, en estado de pánico, mientras reflexionaba cómo evadir a tantos. Entrando súbitamente en acción, aparté la mano de Fowler y preparé el arco. Dejé volar una flecha, que pegó en un morador con un sonido hueco, que me resultó gratificante.

−¡Al túnel! −gritó Chasan−. Es la forma más rápida de regresar al castillo.

Fowler me tomó la mano antes de que pudiera disparar otra flecha y nos deslizamos por la estrecha abertura. Primero yo, después Fowler y por último Chasan.

Jadeando en medio del pánico, esperamos del otro lado para ver si alguno vendría detrás de nosotros.

−Los más grandes no podrán pasar −susurró Chasan con la respiración entrecortada.

−Es de esperar que así sea −masculló Fowler−, o acabas de mostrarles una ruta directa para entrar al castillo.

−Era esto o conducirlos a las puertas de entrada al castillo −repuso bruscamente−. Al menos, no pueden irrumpir en manada aquí dentro. El espacio es muy angosto.

−Fue una buena decisión −intervine, intentando mediar entre ellos.

−¿Escuchaste? −lo provocó Chasan.

−Ya cállate −repuse abruptamente−. Si no hubieras insistido en pelear, el ruido nunca los hubiera atraído. Tú tienes la culpa de lo ocurrido.

Fowler me tomó la mano y le dio un tranquilizador apretón. Tomé aire y me me estremecí.

De hecho, estaba apartando la marea de emoción que me asaltaba en ese instante.

Los dos muchachos apestaban a sangre y sudor. Al menos, esto había hecho que concluyeran con su peleíta mortal. Era algo para valorar.

Unos arañazos sonaron delante de nosotros. Pies pesados se arrastraron por el terreno y el pulso me subió hasta la garganta. Lo supe antes de que nadie hablara: nos estaban siguiendo.

La respiración áspera atravesó súbitamente la barrera de la pared. Los receptores emitieron chasquidos y silbidos, las serpientes ponzoñosas que se extendían y buscaban víctimas.

Con una maldición, Fowler manoteó la flecha que yo todavía sostenía en la mano. Empujándome detrás de él, arremetió hacia adelante utilizando la punta filosa para clavarla en la cabeza del primer morador que logró atravesar la pared.

–¡Ahora! –gritó; su voz, un estruendoso estallido en el reducido espacio–. ¡Llévala al interior del castillo!

Arranqué otra flecha de mi carcaj, dispuesta a ayudar.

–¡Yo no me voy!

De un tirón, Fowler extrajo la flecha de la cabeza del morador y la clavó en el próximo que asomó.

–¡Están ingresando con rapidez!

Tenía razón, eran como agua que brotaba de una espita.

–¡Luna, vámonos! –Chasan sujetó mi mano y comenzó a arrastrarme lejos de los moradores que invadían el túnel.

–¡No! ¡Fowler! –me esforcé por liberarme de su mano.

–¡Voy enseguida!

–¡Deja que los demore un poco! –Chasan jaló de mi mano

y ambos nos adentramos en el túnel–. Estará bien.

Me moví, un poco tironeada por Chasan, mientras el corazón me golpeaba con fuerza. Los gruñidos y la respiración rasposa de los moradores se incrementaban detrás de nosotros. Después de un rato, ya no pude escuchar más los ruidos secos y veloces de Fowler clavando y desclavando las flechas.

–¡Fowler! –grité.

Chasan jaló de nuevo de mi mano.

–Él puede cuidarse solo. Si lo hubieran atrapado, lo habríamos escuchado gritar.

Si lo hubieran atrapado...

Acababa de abandonarlo. En nuestras luchas juntos, nunca nos habíamos separado.

No iba a abandonarlo ahora.

Con un gruñido, le di una patada a Chasan detrás de la pierna. Largó un aullido y aflojó la fuerza con que me sujetaba. Di media vuelta y flexioné la sudorosa palma de la mano alrededor de la flecha que todavía sujetaba. El estruendoso repiqueteo de mis botas resonó a mi alrededor mientras corría a toda velocidad. Las criaturas estaban cerca y llenaban el espacio de humedad. La toxina goteaba de sus caras, el gusto dulce del cobre se asentaba en mi lengua como si fuera metal.

–Fowler –susurré, tratando de oírlo o sentirlo en medio de los moradores que se afanaban en llegar hasta mí–. Fowler –intenté otra vez, levantando el arco y colocando la flecha, lista para hacerla volar.

Una mano golpeó el arco hacia el costado.

–¿Por qué regresaste? –Fowler no esperó la respuesta. Me hizo girar y echamos a correr, tratando de mantenernos a la cabeza de los atacantes. Enseguida nos encontramos con Chasan.

—Se suponía que la sacarías de aquí —lo acusó Fowler.

—Me pateó —gruñó Chasan.

Volteé la cabeza hacia Fowler mientras proseguíamos la marcha.

—No pensaba abandonarte. No vuelvas a pedirme que lo haga.

No dijo nada y quedamos en silencio mientras disparábamos por el túnel, nada más que corazones palpitantes y respiración agitada, tratando de adelantarnos todo lo posible.

Poco después, llegamos al final del pasadizo. Fowler me tomó de la cintura y me alzó. Deslicé las manos en los agujeros de la piedra y comencé a trepar. Me moví con rapidez, una mano detrás de la otra, impulsándome con las piernas. Los chicos venían detrás, sus respiraciones cargadas se elevaban hasta mí, alentándome a subir con más rapidez.

La memoria me avisó que estaba cerca de la salida. Estiré una mano para tantear el espacio abierto arriba de mi cabeza. En su lugar, me topé con el metal duro de la puerta de hierro.

Se me contrajo el corazón.

Miré hacia abajo aterrada.

—¡Alguien la cerró!

Por unos instantes, ninguno de los dos dijo nada. Solo escuché el rugido de la sangre en los oídos y el ruido de los moradores más abajo, echando espuma como un guiso en una olla.

Me volví hacia la puerta y la golpeé con fuerza. Era un callejón sin salida. No podíamos continuar hacia arriba y los moradores nos esperaban abajo.

Estábamos atrapados.

VEINTICINCO

Fowler

Eché un vistazo a través de la oscuridad hacia el enjambre de moradores y deseé que no comenzaran a trepar súbitamente. Aferrado a las agarraderas, los músculos tensos, levanté los ojos hacia Luna. Su cuerpo se sacudía mientras golpeaba con frenesí la reja.

–Sigue pegándole –gritó Chasan desde abajo.

–¡Eso hago! –chilló Luna, su voz se quebró de una manera desconocida para mí.

–¡Más fuerte! –agregó–. ¡Alguien tiene que oírte!

Luna comenzó a gritar y todos nos unimos pidiendo ayuda.

La mirada ciega de Luna se desplomó mientras su cabello oscuro flotaba salvajemente alrededor de su pálido rostro. Los hombros agitados por el esfuerzo.

–¿Cuánto tiempo más podremos aguantar?

Fue entonces cuando noté que no temblaba solo de golpear la puerta.

–Ni se te ocurra soltarte –le advertí y un nudo se alojó en mi garganta–. Te mantendrás aferrada por el tiempo que sea necesario.

–Fowler –profirió con voz ahogada por encima de los gritos de Chasan, que no dejaba de insistir.

–¡Luna! –quité una mano de la piedra y la usé para sostenerla, afirmándola por debajo del muslo.

–¡No lo hagas! ¡Te caerás!

–¡No voy a caerme –exclamé con dificultad a través de los dientes apretados– y tú tampoco!

De pronto, un chirrido de metal seguido de un fuerte sonido metálico cruzó por encima de los gritos de Chasan. La débil luz de un farol brilló sobre nosotros a través de la irregular abertura. Los ojos muy abiertos de una criada nos observaron detenidamente desde arriba, el rostro salpicado de harina debió ser la visión más agradable que haya contemplado en mi vida.

Luna lanzó un grito ahogado y comenzó a subir, impulsándose a través del hueco con la ayuda de la muchacha. Yo ascendí deprisa detrás de ella y me dejé caer en el piso de la despensa con un suspiro. Chasan atravesó el hueco, cerró la puerta de un golpe y le puso el candado. El dedo en alto, se volvió hacia la joven:

–Nadie debe saber que nos viste acá. ¿Entendido?

La criada asintió y le hizo una inclinación de cabeza.

–Sí, Su Alteza. Ni una palabra –con una mirada indecisa a cada uno de nosotros, salió apresuradamente de la despensa, tomando una bolsa al salir.

Chasan se desplomó en el suelo llevándose el brazo a la frente. Después de un momento prolongado, dijo:

–Nadie tiene que enterarse de lo de esta noche.

Durante unos cuantos segundos, ninguno de nosotros se movió ni habló.

Me humedecí los labios resecos.

–¿Qué quieres decir? –pregunté finalmente.

–Mi padre… si él llegara a saber de su intento de fuga, los consideraría traidores a ambos. Quiero que Luna sea mi esposa y no que se consuma en un calabozo.

Pensé en eso durante un instante, moviendo la cabeza para mirarla, captando todavía su cercana respiración. Brillantes manchas de color salpicaban sus mejillas. Yo tampoco quería verla consumiéndose en un calabozo.

–Él no se enterará por nosotros –indiqué.

Y en cuanto a que Luna se casaría con Chasan, eso no habría de ocurrir. Busqué la mano de Luna y le di un apretón, comunicándoselo en silencio. Considerando que nuestro intento de fuga acababa de ser desbaratado, tendríamos que pensar en una nueva estrategia.

No pensaba darme por vencido.

Afortunadamente, no nos cruzamos con nadie en el pasillo de camino a nuestros aposentos. Las llamas titilaban en los candelabros alineados en el corredor, proyectando sombras bajas y largas mientras caminábamos. Primero depositamos a Luna en su alcoba.

Ansiaba quedarme, hablar con ella, abrazarla, pero con Chasan rondando y la mañana avecinándose cuando todos despertarían, era muy arriesgado. En su lugar, la abracé fuerte antes de dejarla ir. Respiré su olor, apreté mi boca contra su cabello y susurré:

–Iré a buscarte. No te preocupes. Ya se nos ocurrirá otra forma de salir de aquí.

Asintió una vez, cabizbaja, los mechones negros y cortos de su cabello caían de costado, oscurecían sus mejillas. Se deslizó dentro de su habitación. La puerta se cerró detrás de ella y sentí que ese débil ruido reverberaba en mi interior.

Con una sola mirada dura a Chasan, continué hacia mi alcoba. Sabía que su habitación estaba en la dirección contraria, pero echó a caminar a mi lado.

–No eres justo con ella.

Meneé la cabeza.

–¿De qué hablas?

–Déjala ir.

Lancé un resoplido.

–¿Para que tú puedas quedarte con ella?

–Si la dejas, ella podría ser feliz conmigo.

–¿Eso crees? –solté una risa breve y áspera–. No la conoces en absoluto.

–La conozco –asintió de forma tan soberbia, tan engreída que quise darle otro golpe en la cara.

—Aparentemente no, o sabrías que ella nunca podría ser feliz aquí —hice un gesto hacia el espacio que nos rodeaba—. Este lugar no es para ella.

—¿Y allá fuera sí? ¿Cuántas veces estuvo a punto de morir allá contigo? Aquí dentro, no tendría que volver a ver nunca más a un morador.

—Y solo tendría que casarse contigo para tener todo eso.

—Esa parte es lo que realmente te molesta. Que Luna esté *conmigo*.

Me detuve y lo enfrenté.

—Ah, y a ella también le molesta. Puedes estar seguro —alcé de golpe el mentón—. ¿Sabiendo que es a mí a quien quiere, que es en mí en quien piensa cada vez que estás con ella? ¿Podrías soportarlo?

Chasan cruzó los brazos, la sonrisa arrogante nuevamente en su lugar.

—Puedo hacer que se olvide de ti. Puedo hacerla feliz. Con el tiempo.

El miedo se agitó dentro de mi corazón. Miedo de que tuviera razón. Abrí y cerré las manos a los costados del cuerpo.

—Eso no sucederá —dije con mucha más convicción de la que sentía.

—Podrías intentar no comportarte como un miserable egoísta. Empieza a pensar en ella. Sé que Lagonia te importa un comino, pero deberías preocuparte por Relhok. Piensa en tu país. Según Breslen, las cosas no andan muy bien por ahí —su suspiro repiqueteó en el aire—. Nuestros padres no gobernarán eternamente. Si Luna se casa conmigo y tú te casas con mi hermana, se unirán los dos reinos. Mostraríamos un frente más fuerte.

Quería decirle que me importaba un comino Relhok, pero después vi el rostro de Bethan. Sus padres y su hermanito menor. Todas las personas que yo había conocido en Relhok y que no eran terribles. Ellas merecían algo mejor. Luna también estaría de acuerdo en eso. Ella siempre ponía a los demás por delante de sí misma.

Quizás yo tenía que intentar hacer lo mismo.

La noche siguiente, el salón desbordaba de gente: nobleza y alta burguesía por igual, había asistencia completa. Los sabuesos trotaban en medio de las mesas engullendo alegremente los restos arrojados a su paso, gruñendo y tirando tarascones cuando unos se interponían en el camino de los otros. Solo aquí la gente rechazaba comida mientras los campesinos de Ainswind se sentían animados al pensar que su próxima comida estaría compuesta por las sobras arrojadas a ellos, una vez que el rey y su corte cenaran.

Me movía con rigidez, todavía dolorido por la pelea del día anterior con Chasan. Lo único que me hacía sentir mejor era que él tenía un aspecto muy similar al mío.

Eludí a un perro del tamaño de un oso mientras acompañaba a Maris a la mesa principal sobre la tarima. Mi rigidez no se debía solamente a mis dolencias: me parecía forzado tocar a Maris y fingir que no quería tomar a Luna y envolverla entre mis brazos.

No necesitaba mirarlo para sentir los ojos de Chasan clavados en mí. La amenaza estaba ahí. Él quería acabar con lo que comenzamos Afuera. Y además podía hacerlo. Podía acabar con Luna y conmigo con solo decirle una palabra a su padre. Saber eso me mantenía bajo un cauteloso control. Una segunda fuga no sería fácil. Chasan estaría esperándola, pero igual sucedería. Tenía que suceder.

Maris estaba despampanante, resplandeciente con un vestido azul que me hacía recordar mi último vistazo del cielo antes de que todo quedara envuelto en la oscuridad.

Colgada de mi brazo, saludaba a los amigos que la llamaban y la observaban pasar con ojos ávidos. Supongo que mucho de esto se debía a la corona de oro entrelazada en su cabello, que hacía juego con los mechones dorados. Esa corona la distinguía por encima de todos los demás. Yo tenía un vago recuerdo de lo que era ser admirado, sentir que cualquier cosa podía ser tuya, porque generalmente era así. Me había sentido invencible.

Había sido una ilusión. Perder a Bethan no había sido el primer indicio, pero fue el que me expulsó de allí, me hizo salir corriendo apresuradamente hacia un mundo repleto de monstruos porque eso, al menos, era real. Y yo prefería la realidad a las ilusiones.

Mi mirada vagó por la mesa hasta donde se encontraba Luna: ella se había convertido en mi realidad.

Tebaldo ya se hallaba sentado a la cabecera de la mesa principal. Me hizo una inclinación de cabeza con expresión altiva. Mi mirada regresó a Luna, que estaba sentada al lado de Chasan. Los estudié con brevedad, aunque me dolía físicamente hacerlo. La imagen se imprimió en mi mente: Luna deslumbrante con un vestido rojo, el cuello y los hombros desnudos, el cabello oscuro recogido y adornado con joyas. Lucía como correspondía que luciera… como estaba destinada a lucir desde la cuna. Parecía una reina: dolorosamente bonita, pero intocable. Excepto para Chasan.

Él podía tocarla y tomarla del brazo mientras caminaban. Él podía rozarle la mano con los dedos. Hacía que me rechinaran los dientes.

No podía observarla excesivamente sin atraer indebida atención. Aun ante mi breve mirada, un leve tono rosado se extendió por su escote y su cuello. Luna sintió mi mirada atenta… me sintió a mí. Eso era suficiente por el momento.

Bajé la cabeza mientras Maris continuaba parloteando, quejándose de que su queso favorito no estaba en la mesa. Fingí interesarme por la comida que se desplegaba frente a mí, pero fue sobre todo para ocultar mi sonrisa.

Mi *fingido* interés por la comida se vio interrumpido cuando Tebaldo se puso de pie y golpeó una cuchara contra la copa de metal, para atraer la atención de todos los presentes.

Maris fue la última en callarse. Apoyando una mano sobre mi brazo como si temiera que fuera a esfumarme cuando ella miraba hacia otro lado, desvió la vista hacia su padre con escaso interés.

–Amigos –el rey extendió los brazos, las largas mangas de su túnica eran grandes alas púrpuras a los costados del cuerpo–. Tenemos mucho que celebrar. Estamos seguros dentro de estos muros. Nuestras fortificaciones no han sido franqueadas por nadie en estos largos años.

En respuesta a sus palabras, estalló una ovación. Luego todos hicieron silencio mientras el rey proseguía.

–Y nuestra prosperidad continuará en la generación que nos siga con el casamiento de mi hija con el príncipe Fowler –hizo una pausa esperando la explosión de otra ronda de aplausos. Yo me moví incómodo y esbocé una sonrisa forzada. Varias copas chocaron contra las mesas a manera de aclamación–. Lagonia no solo sobrevivirá, sino que también prosperará gracias a un segundo casamiento que reforzará todavía más la unión de los dos reinos –el rey levantó la copa en alto y otros gritaron y vivaron. Hasta un sabueso aulló, uniéndose al bullicio.

Todos bebieron largamente. Yo los imité, intentando de modo deliberado no mirar en dirección a Luna, para ver su reacción. Esas palabras, ¿le aguijonearían la conciencia y la harían sentirse obligada a quedarse y casarse con el príncipe Chasan?

La voz del rey continuó deslizándose por el salón como un vapor caliente, apartándome de mis pensamientos.

–Levanten otra vez sus copas y brinden por *mis* esponsales con la reina de Relhok.

El anuncio fue recibido con atónito silencio. Yo parpadeé y eché una mirada a mi alrededor, evaluando las expresiones, preguntándome si realmente había escuchado lo que escuché. Todos los demás se veían tan desconcertados como yo.

Maris fue la primera en hablar.

–Padre, ¿quisiste decir el casamiento de Chasan con Luna, verdad?

Tebaldo sonrió y sus mejillas se redondearon por arriba de la barba.

–No –negó con la cabeza–. No, hija, no me confundí. Me refería a *mi* matrimonio. Cambié de opinión. Ya han pasado unos años desde la muerte de tu madre y todavía no soy un anciano. Estoy seguro de que una novia joven me revitalizaría. Una rosa fresca como Luna es el tónico perfecto.

Por un instante, la vista se me nubló y la ira circuló por mis venas como si fuera alquitrán.

–Padre –gruñó Chasan con un tono de voz que nunca antes lo había escuchado usar con su padre–, no lo hagas –el príncipe aferró el cuchillo que tenía al costado del plato, sus ojos se entrecerraron sombríos y, por un instante, pensé que podía clavárselo a su progenitor. No lo culparía por hacerlo. De solo pensar en las manos de ese hombre viejo sobre Luna me despertaba un impulso similar.

Mi reacción fue física: se me revolvió el estómago. Luna se había puesto pálida, se esfumó el rosado tenue que había matizado sus mejillas. Me levanté abruptamente, la sangre se abalanzó hacia mis oídos mientras la silla repiqueteaba con violencia detrás de mí.

La gente me observó. El rey me observó, pero no me importó. Ya había dejado de importarme, ya había dejado de ser el dócil y sumiso príncipe de Relhok.

Chasan también se levantó, dejando caer la servilleta.

–Ella no se casará contigo.

El rey volvió la mirada hacia Chasan.

–Ten cuidado, hijo.

Me aclaré la garganta y me obligué a mantener la calma.

–No creo que sea una buena idea.

El rey dirigió su sonrisa cruel hacia mí.

–Príncipe Fowler, temo que hayas olvidado la conversación que mantuvimos –comenzó a decir mientras se sentaba–. ¿No te hice una advertencia, acaso? Y afirmaste haber entendido cuál era tu lugar.

Asentí una vez mientras tomaba un poquito de aire a través de la nariz y luchaba por controlar mi ira.

–Conozco mi lugar.

Chasan apuntó un dedo hacia el piso.

–No pondrás tus garras podridas sobre ella, viejo. Jamás. Ella nunca se casará contigo.

Un terror profundo cayó sobre el salón. Maris abrió la boca y luego bajó rápidamente la cabeza y ocultó los ojos.

El rey Tebaldo dejó de tamborilear los dedos en el brazo de la silla y se acarició la barba grisácea.

–Corres un grave riesgo, hijo, al levantarte y decirme semejantes palabras. Sabes que hay hombres que han muerto por mucho menos.

Y, sin embargo, Chasan no se amilanó.

–Lo sé.

Maris aferró los brazos de su hermano y jaló de ellos, tratando de lograr que se sentara.

–Chasan, no…

Él se apartó.

El rey se inclinó hacia adelante.

–Lo sabes y sin embargo me hablas así. Eres muy valiente o muy estúpido. De cualquier manera, casarme y engendrar a un heredero que sea más respetuoso de su progenitor me parece que es realmente una buena idea.

Luché contra el deseo de lanzarme a través del espacio que me separaba del rey y poner las manos alrededor del cuello del viejo. Lo miré fijamente, luchando por contenerme.

Maris susurró el nombre de su hermano en tono de súplica. Él no le hizo caso, simplemente la ignoró.

Mis ojos buscaron a Luna, aún en extremo pálida. Su expresiva boca temblaba como si cargara con demasiada presión. Llevé la mirada al rey y luego otra vez a ella. Sus rasgos estaban tensos y contraídos en un esfuerzo desesperado para que yo me mantuviera en silencio. Meneé la cabeza y abrí la boca.

—Chasan, tal vez desearías retirarte por esta noche. Te ves muy enrojecido y agitado. Se ve que no te sientes bien. Normalmente eres mucho más sereno —el rey arqueó una de sus tupidas cejas ofreciéndole a su hijo una salida a la situación, una última prórroga.

Yo bullía por dentro, las manos apretadas con fuerza a los costados del cuerpo. De alguna manera, había logrado contener la lengua durante el intercambio de palabras. Tenía que mantener la calma; no podía perder la confianza del rey. Especialmente si quería sacar a Luna de ahí antes de que la obligaran a casarse con él.

El rey chasqueó los dedos y aparecieron los guardias.

—Encárguense de que Chasan llegue a sus aposentos. No queremos que se desmaye por el camino —volvió a sonreír, pero sus ojos seguían fríos y sin vida. Tebaldo conseguía transmitir absoluta amenaza aun cuando solo palabras amables cayeran de sus labios.

Los guardias se ubicaron a ambos lados de Chasan, que le echó a su padre una última y larga mirada y luego abandonó el gran salón.

Era como si, como *siempre*, Luna pudiera verme. Sintiendo su mirada, volteé hacia ella, esperando transmitirle que no tenía nada de qué preocuparse. Igual nos escaparíamos de ese lugar… más temprano que tarde. No iba a casarse con Tebaldo, de la misma manera que no iba a casarse con Chasan.

Sacudió la cabeza con fuerza hacia mí, las cejas se hundieron sobre los ojos, ordenándome no hacer nada.

Asentí una vez, más para mí mismo que para ella, ya que no podía verme.

Permanecería en silencio y fingiría que el hecho de que Luna se fuera a casar con un hombre viejo que me recordaba tanto a mi padre no me sublevaba por completo.

La cena continuó, esta vez con el rey babeando por Luna. Cuando le dio de comer con la mano con sus dedos regordetes y cubiertos de sortijas, no pude soportarlo más y me levanté de la silla.

Maris me tocó el brazo.

–¿Adónde vas?

–Temo que no me haya recobrado por completo de la caída que tuve –refiriéndome a la excusa que había dado por mi aspecto. No sabía cuál era la excusa que había dado Chasan, pero nadie me había presionado para que explicara por qué tenía aspecto de haberme enredado con un lobo arbóreo. Me puse de pie y presté atención al rey, que ahora me miraba con atención–. Perdóneme, Su Majestad.

–¿Te retiras tan pronto, príncipe Fowler?

–Sí, no me siento muy bien.

–Desde ya, descansa. No queremos que te nos enfermes otra vez. Mi hija está muy ilusionada con celebrar la boda la semana próxima.

Incliné la cabeza.

—Por supuesto, Su Majestad. No querría decepcionarla en absoluto.

—Y así debería ser —a pesar de la sonrisa, la amenaza estaba implícita.

Era una amenaza en la que medité mientras regresaba caminando a mi alcoba, abriendo y cerrando los puños con fuerza a los costados del cuerpo mientras la furia crecía dentro de mí.

Él pensaba que me tenía... a mí *y* a Luna. Dos cachorritos maltratados bajo su control.

Pero se equivocaba, y yo se lo demostraría con creces.

VEINTISÉIS

Luna

Escuché a Fowler mientras se marchaba, su paso se fue apagando hasta convertirse en un golpeteo sordo sobre el piso de piedra del gran salón. Luché contra la desesperada necesidad de llamarlo. Era mejor que no estuviera aquí en este preciso momento. Lo sabía. Sentí su furia y supe que estaba a punto de perder el control.

A pesar de saberlo, tuve que recurrir a todas mis fuerzas, para no llamarlo. Si no se hubiera marchado cuando lo hizo, él podría haber perdido la frágil confianza que había establecido con Tebaldo.

Yo no pensaba casarme con el rey, pero no podía proclamarlo. Tenía que conservar esa verdad encerrada dentro de mí. Tenía que mantener la compostura y soportar esa comida, soportar a Tebaldo y sus dedos movedizos.

El corazón me latía con furia en el pecho. Me zumbaba la cabeza, el anuncio del rey se repetía una y otra vez dentro de mi mente. Él tenía la intención de casarse conmigo.

Después de la partida de Fowler, la conversación se reavivó en el gran salón. Giré la cabeza de derecha a izquierda, asimilando todo lo que creía poder percibir. Me ardían los ojos, pero no dejé caer ninguna lágrima. Enderecé los hombros, los llevé hacia atrás y me recordé que era fuerte. Había sobrevivido a tanto. También sobreviviría a esto.

Aguanté hasta el postre. Cuando Tebaldo intentó hacer que comiera un dátil confitado, ya no pude tolerar más y me levanté de la silla.

—Lo siento, Su Majestad. Tanta emoción me ha agotado. Al fin y al cabo, no todos los días un rey le propone a uno matrimonio. Estoy muy… abrumada —de alguna manera, logré no atragantarme al decir esa mentira.

—Por supuesto, querida mía —se estiró y me agarró con una de sus manos duras y cuadradas. Jaló de mí hacia abajo, sus manos me pellizcaron la piel. Hice una mueca de dolor, la articulación del hombro se me forzó por el tirón.

Sus labios rozaron mi mejilla. Su barba, tan áspera como las cerdas de un pincel y con un leve olor a carne rancia, me pinchó la piel.

—Años atrás, no me habré ganado a tu madre, pero ahora sí te tendré a ti.

La repulsión bulló dentro de mí. Su mano me apretó con más fuerza y solté un gemido. Caliente y putrefacta sobre mi piel, su respiración se acercó bruscamente a mi rostro. Lo excitaba mi dolor.

Tenía que marcharme.

–Espero con ansias que llegue ese momento –en ese instante, habría dicho cualquier cosa.

Retorcí el brazo hasta que logré liberarme. Frotándome en el lugar donde me había sujetado, levanté mis faldas con el puño y salí con rapidez por atrás de la tarima.

Caminé a toda prisa, prestando mucha atención al bajar de la plataforma. A esta altura, sabía de memoria la ruta a mi alcoba. Nadie me detuvo; me dejaron ir. Eso me llenó del miedo más desolador de todos.

Pensaban que no podía hacer nada. Pensaban que no tenía dónde ir. En el fondo de mi corazón, empecé a temer que tuvieran razón. Tal vez, nunca me marcharía de ahí.

La noche estaba silenciosa. Mi doncella había venido y se había ido después de cepillarme el cabello y ayudarme a prepararme para ir a la cama, como si no fuera algo que yo había hecho por mí misma cientos de veces. Como si esta fuera una noche de tantas y no la primera noche de mi muerte. Casarme con Tebaldo sería como estar muerta en vida. La idea de casarme con Chasan ya había sido suficientemente mala. ¿Pero Tebaldo? Me corrió un escalofrío por la espalda.

Crucé las manos encima del estómago con la intención de dormir. Por alguna razón, pensaba que nunca dormiría bien o profundamente en este lugar. En especial después de esta noche. El recuerdo del contacto con Tebaldo, sus palabras… ¿cómo podría permanecer aquí cuando este sitio me hacía sentir incómoda dentro de mi propia piel? Prefería el Afuera con todos sus peligros.

La puerta de mi habitación se abrió con un crujido y me incorporé con brusquedad, el corazón me latía con violencia. De inmediato pensé dónde había dejado el arco y cuán rápido podía llegar hasta él. Después de la conmoción de esta noche, no dudé ni por un segundo de que mi visitante nocturno sería Tebaldo.

–Luna –ante la voz susurrante de Fowler, me relajé con alivio.

–Fowler –exclamé y luego me contuve y bajé la voz–. No deberías estar aquí –susurré.

Cruzó la habitación y cerró las manos sobre mis brazos.

–Vístete. ¿Dónde están tus zapatos? ¿Tus botas? No puedes ir Afuera en escarpines. Los destrozarías en pocos minutos.

Me soltó y atravesó deprisa la alcoba. Un frío me traspasó. Sus botas tenían una forma característica de golpear contra el piso. Ya se había cambiado: podía oler el cuero de su jubón. Lo escuché moverse alrededor del armario, la puerta golpeó contra la pared. Revolvió la ropa que había adentro.

El frío no se disipó. Me froté los brazos de arriba abajo y me abracé con fuerza mientras me trasladaba hacia el borde de la cama.

–Fowler, ¿tienes un nuevo plan? No podemos salir otra vez por la despensa, ¿verdad? –me puse de pie y caminé lentamente hacia adelante–. No podemos aventurarnos en la noche como si nada…

Fowler se dio vuelta y avanzó hacia mí, la voz teñida de pesimismo.

–No podemos quedarnos aquí y esperar que el rey nos dé más sorpresas. Por lo que sabemos, planea casarse contigo mañana. O quizás ni siquiera espere a la boda. Podría estar en camino para reclamar lo que le pertenece esta misma noche. ¿Lo has pensado?

La bilis brotó en mi garganta. Claro que lo había pensado. Recordaba esa mano sobre mí, sujetándome con fuerza y lastimándome. Pensé en lo que había dicho acerca de mi madre. Acerca de mí.

Aparté ese pensamiento sacudiendo la cabeza. No podía pensar en eso.

–Estás alterado.

Rio con dureza.

–Luna, este lugar es una torre de papel a punto de derrumbarse ante el primer viento. No podemos quedarnos –me llevó hasta el armario–. ¿Te vas a cambiar sola o tengo que ayudarte?

Sabía que no hablaba en serio. A pesar de la gravedad de sus palabras, nunca me obligaría a hacer algo. Necesitaba mi conformidad. No podíamos salir caminando alegremente por la puerta principal como si nada.

Di un paso adelante y le acaricié la mejilla con la palma de la mano.

—Tan violento. Tú no eres así –comenté. Él nunca había sido impulsivo. Fowler era inteligente y calculador. No había sobrevivido Afuera estos últimos años gracias a la suerte.

Su pecho se levantó con una respiración entrecortada.

—Tebaldo te quiere para él. No se detendrá hasta que seas suya.

Asentí y hablé en un tono apaciguador.

—Pero ¿no crees que tendremos una mayor posibilidad de sobrevivir si nos detenemos y pensamos un plan? Tal vez Chasan podría ayudarnos. Él tampoco estaba contento...

Fowler lanzó una risa sarcástica, de sonido áspero.

—Sí, él se ayudará a sí mismo.

Antes de que pudiera prever su próximo movimiento, me envolvió entre sus brazos y hundió la nariz en mi cabello, su boca contra mi oído.

Moviendo la cabeza hacia mi cuello, aspiró mi olor antes de apretar la boca contra mi piel.

—Luna –susurró–, pensar en ti y Chasan juntos ya fue suficientemente malo. Pero tú con el rey...

Llevé las dos manos a su cabeza y revolví la tupida mata de pelo.

—Entonces no pienses.

Su boca en mi cuello hizo que mis pensamientos comenzaran a rebotar por mi mente. Mi corazón latió enloquecidamente cuando sus labios y sus dientes rozaron mi piel, me cortaban el aliento. Las rodillas amenazaron con ceder y su brazo me sujetó de la cintura, apretándome más hacia él y evitando que cayera. Él sabía cómo contenerme. Excepto cuando me apartaba de sí con brusquedad. Una mano, un beso de él producían eso en mí.

El chirrido de goznes se abrió paso sigilosamente a través de la bruma de mis pensamientos. Ya no estábamos solos.

VEINTISIETE

Fowler

Demasiado tarde, escuché el clic de la puerta y me di cuenta de que ninguno de los dos había pensado en trabarla.

Se oyó un grito ahogado. Era desagradable y repulsivo, como si hubiera brotado de las profundidades del alma de una persona. La paz de nuestro santuario, nuestra intimidad, quebrantada.

Nos habían descubierto. Aun así, sentí como si estuviera renunciando a una parte de mí al separarme de Luna y mirar hacia la puerta.

Maris se encontraba allí, observándonos de arriba abajo con su mirada infantil herida.

–¿Fowler? ¿Qué estás haciendo? –sus rasgos perfectos estaban paralizados del horror mientras nos miraba desde el umbral. Hizo la pregunta, pero ya lo sabía.

Los labios de Luna se prepararon para hablar y dio un paso adelante. Sacudí la cabeza, ya no quería fingir, ya no podía continuar con los engaños. Tomé la mano de Luna y la atraje a mi lado.

–Lo siento, Maris. Tú y yo nunca íbamos a ser una pareja. Luna y yo vamos a marcharnos.

Luna soltó un débil grito de aflicción y volteó la cabeza hacia mí.

–Fowler…

–¿Tú y Luna? –preguntó Maris con un chillido mientras sus ojos paseaban como dardos entre nosotros–. ¿Cuándo? –balbuceó y su mirada cayó en nuestras manos entrelazadas–. ¿Cómo?

De repente, figuras con túnicas brotaron de atrás de la princesa. Una mano enjoyada cayó sobre su hombro y la apartó hacia un costado para que se acercaran los otros. Tebaldo ocupó el lugar de su hija, una figura imponente con sus ropajes color púrpura, una máscara de ira contenida en el rostro.

Ingresó despacio en la alcoba, relajado, casi elegante. Hizo un gesto distraído, estirando una mano hacia Luna y hacia mí.

–Siempre estuvieron juntos. Desde antes de su llegada, ¿no es cierto?

Observé al hombre mayor con los ojos entornados. Sus ojos pequeños me devolvieron la mirada, fríos, sin emoción. Intenté arrastrar a Luna detrás de mí, pero se resistió y permaneció firme a mi lado, su hombro rozaba mi brazo. Levantó el mentón en ese ángulo que yo conocía tan bien.

–No me casaré contigo. No me casaré con tu hijo.

El rey sonrió con lentitud; una raya finita de dientes amarillentos brilló en medio de la barba.

–Gracias por esa pizca de verdad. Al fin –su mirada se dirigió bruscamente hacia mí–. Aprecio su sinceridad. Al menos podemos dejar de fingir entre nosotros.

–Es hora de que nos marchemos –dije.

–¡Padre! –Maris golpeó el pie contra el piso y cruzó los brazos encima del pecho, lanzándonos una mirada asesina a Luna y a mí. Luego volvió los ojos otra vez hacia Tebaldo, como si él pudiera hacer algo, cambiar los hechos. O detenerlos.

El rey no observó a su quejosa hija, me miró directamente a mí.

–Apreciamos tu hospitalidad y que hayas permitido que tu médico se ocupara de Fowler –agregó Luna apresuradamente, como si los buenos modales fueran a servir de algo. Yo ya había aceptado lo que ella todavía no había llegado a comprender.

El rey se balanceaba sobre los talones y observaba las altas vigas de madera del techo como si le resultaran completamente fascinantes.

–Sí, salvar a Fowler. Eso tal vez fue un esfuerzo inútil –bajó la mirada y la posó de nuevo en nosotros–. Algo sin sentido si consideramos que probablemente morirá dentro de los próximos quince días. Las condiciones de los calabozos son muy poco favorables. Nadie dura mucho tiempo allí. Y si mi calabozo no termina contigo, las luchas en la fosa lo harán tarde o temprano —Tebaldo alzó la mano y chasqueó los dedos.

Un escalofrío me recorrió el cuerpo junto a una sombría aceptación.

—¡No! —Luna me agarró el brazo como si pudiera retenerme junto a ella.

Los guardias rodearon a Tebaldo y avanzaron hacia mí. Cubrí la mano de Luna con la mía y la miré.

—Shh —froté sus dedos suaves y fríos, infundiéndole tanta serenidad como pude en el movimiento—. Todo estará bien. Ya lo verás. No luches contra ellos.

—¿Cómo puedes decir…?

—Escúchame, Luna. Todo va a estar bien —eran palabras. Tenía que decirlas… y esperaba que fueran ciertas. Apreté los labios contra su mejilla en un beso fugaz, deslizando la boca cerca de su oído para susurrarle—: No dejes que te quiebren. Sé fuerte; sé la muchacha audaz que conozco. Saldrás de esto. Tú sabes cómo sobrevivir —quedaban la salida de emergencia y Chasan. Luna tenía razón. Chasan odiaba tanto a su padre como para tratar de ayudarla.

Retorcí la mano intentando despegar los dedos de Luna de mi brazo. Pero me apretó más y se aferró a mí con la fuerza conferida por el terror.

—¿Y qué te pasará a ti? —susurró volteando el rostro hasta que nuestras narices casi se tocaron, los labios se rozaban ante la pronunciación de cada palabra.

Me abstuve de responderle que *yo* no importaba, que ya estaba perdido. No le brindaría ningún consuelo. Era muy probable que la inundara de pánico y yo necesitaba que se mantuviera en calma. En ese estado, no podría pensar ni defenderse y, por encima de todo, yo necesitaba que estuviera alerta y lista para protegerse.

–Mientras tú estés bien, mientras estés viva… y sigas adelante… entonces yo estaré bien. Siempre estaré contigo.

Los guardias tomaron mis armas. Mi mansa aceptación se esfumó y me resistí. Me acerqué a Luna con esfuerzo y la tomé del rostro. Me agaché y le robé un último beso de los labios, intenso y veloz. Algo que llevarme conmigo.

Las lágrimas brotaron desenfrenadas por sus mejillas mientras se aferraba de mis muñecas, tratando de conservar mis manos en su rostro. Tratando de conservarme a mí.

–No, no.

–Esto es repugnante –exclamó Maris, destilando veneno.

–¡Deténganse! ¡Deténganse ya! ¡No se lo lleven! –las manos de Luna resbalaron de mis muñecas mientras los guardias me arrastraban fuera de allí.

Uno de los guardias se colocó delante de ella, para impedir que viniera tras de mí.

El rey se encontraba en la entrada de la alcoba, sonriendo. Los guardias se detuvieron cuando estuvimos frente a frente.

–Espero de verdad que permanezcas un largo tiempo en mi calabozo, príncipe Fowler. Estoy seguro de que disfrutaría mucho viéndote luchar en la fosa.

Esbocé una sonrisa forzada que hiciera juego con su escalofriante sonrisa. Al verla, frunció levemente el ceño y eso me dio una inmensa satisfacción. Que se preocupara. Que viera quién era realmente yo. Basta de fingir y actuar como alguien distinto a mí mismo.

–No te preocupes –le prometí–. Pienso seguir acá por un largo tiempo –asentí una vez con seguridad; estaba convencido de lo que decía–. Volveremos a vernos.

En ese instante, regresó su sonrisa: los labios cubiertos de pelo se retrajeron y dejaron al descubierto los dientes amarillentos.

–Admiro tu osadía, muchacho –rio por lo bajo–. Me recuerdas a mí mismo.

–Tú y yo no nos parecemos en nada. Yo nunca obligué a una joven a hacer algo en contra de su voluntad.

Su sonrisa desapareció.

–Crees que eres mucho mejor que yo.

–No lo creo: sé que lo soy –uno de los guardias me lanzó un golpe directamente al estómago. Me doblé por la cintura ante la fuerza. Luna gritó.

–Veamos cómo estás en una semana, muchacho. Algo me dice que no vas a ser tan arrogante.

Lancé una amplia sonrisa.

–Podría sorprenderse.

–Lo dudo –hizo una mueca de desprecio y agitó la mano hacia la puerta en señal de despedida–. Llévenlo al calabozo.

Me empujaron fuera de la habitación y me arrastraron por el corredor con tanta rapidez que mis pies apenas conseguían apoyarse en el piso.

Se oyeron unas pisadas raudas a nuestras espaldas. Maris nos alcanzó y se plantó frente a nosotros, las lujosas faldas azules levantadas, el rostro brillante y con manchas rojas. Los guardias se detuvieron por temor a chocar con ella.

–Fowler –gruñó y sus palabras salieron volando como dagas–, deberías haberme amado. Deberías haberte casado conmigo.

Quizás debería haber sentido un poco de compasión por ella, pero con solo ver su expresión amarga me recordó a su padre. Era consentida y superficial, deseaba que yo estuviera en el calabozo. Y, como para confirmarlo, agregó:

–Espero que te hagas amigo de las ratas; tal vez ellas te den calor.

Se alejó y me alegré. No quería ver más su rostro ni escuchar sus palabras. Deseaba llevarme conmigo el recuerdo de Luna. Su voz. Su beso. *Su amor.*

Estaba seguro de lo que le había dicho a Tebaldo. Esto no se acababa aquí. Pensaba continuar viviendo por mucho tiempo. Volvería a ver al rey y la próxima vez no habría guardias armados entre nosotros.

VEINTIOCHO

Luna

Mientras se llevaban a Fowler de mis aposentos, borré toda evidencia de lágrimas. No podía mostrarme débil. La fuga dependería de mí… y también dependería de mí sacar a Fowler del calabozo. Por un instante, el descubrimiento me inquietó, pero después recordé todo lo que había hecho hasta este momento. No podía ser más difícil que infiltrarse en la cueva de los moradores, y ya lo había hecho antes.

Enderecé los hombros y enfrenté al rey.

—Perdónale la vida. Te lo suplico —las palabras se me atragantaron: suplicarle algo a *él*, pero conseguí pronunciarlas.

Se escuchó un rumor de telas.

—Déjennos —anunció Tebaldo a sus hombres.

Me mordí el labio, aplastando el impulso de decirles que regresaran, mientras se marchaban de mi recámara y nos dejaban a solas.

Los pies calzados con escarpines de Tebaldo se deslizaron despacio sobre la piedra y se acercaron a mí con pasos moderados. Acarició el costado de mi rostro con dedos regordetes. Me estremecí, pero me mantuve en el lugar.

—Eres tan bonita cuando suplicas, princesa Luna. Me agrada mucho tu expresión cuando lo haces. Es más suave. Usualmente eres muy distante; estoy acostumbrado a mujeres más complacientes. Tienes que recordarlo. Tengo expectativas.

Porque no tenían opción. Él era el rey.

Prosiguió:

—Tu madre fue la única persona que alguna vez me rechazó. Estaba cerca de aceptar mi petición hasta que conoció a tu padre.

Reprimí un escalofrío. Era cierto que no había conocido a mi madre, pero Perla y Sivo me habían hablado tanto de ella que la idea de que este hombre *casi* hubiera estado con ella me hizo sentir ligeramente mareada. Me llevé la mano al estómago para ahuyentar las náuseas.

Tebaldo continuó hablando con tono feroz:

—Una vez que tu padre comenzó a cortejarla, nunca más me miró —aquí su voz se tiñó de desconcierto—. Es gratificante tenerte aquí… sometida a mí. Es gracioso cómo todo se repite.

—¿Qué tengo que hacer? —alcé levemente el mentón, decidida a tratar de agradarle—. ¿Qué quieres?

Hizo un chasquido con la lengua.

–Tú conoces la respuesta, mi inteligente jovencita.

–Podemos unir nuestros reinos sin que yo tenga que casarme contigo. Podemos forjar una alianza…

Rio con dureza.

–Eres una niña. ¿Acaso sabes cuántas alianzas se han establecido entre Lagonia y Relhok a lo largo de las generaciones? No duran. La única manera de unir las dos casas reinantes es mediante el matrimonio –su voz se volvió más grave y se transformó en algo más oscuro e intenso–. Tú sabes lo que quiero.

Los ojos comenzaron a arderme y me resultó difícil respirar. Tomé una gran bocanada de aire y fue como si se deslizaran cuchillas por mi garganta. Luché para mantener el mentón en alto.

–Lo sé.

–Puedes acceder –dijo, la voz clara y ligera, y sus dedos volvieron a rozar mi mejilla. Vamos, acepta graciosamente como una buena niña, y Fowler vive. Enfréntame, y yo gano. No será agradable para ti.

Iba a salirse con la suya. No había forma de detenerlo. No si quería salvar a Fowler. Me estremecí al pensar en él en esa fosa.

Yo podía decir lo que quisiera y hacer lo que quisiera que Tebaldo igual ganaría. Pero si Fowler sufría y moría… esa decisión era totalmente mía.

Eso me dejaba una sola alternativa.

VEINTINUEVE

Fowler

Resultó ser que Maris tenía razón acerca de las ratas, excepto que no me dieron calor. Correteaban por los oscuros rincones, acercándose lentamente con sus chillidos hambrientos y sus bigotes retorcidos hasta que las pateé con la bota y huyeron espantadas.

Me dieron una celda para mí solo, excluyendo a las ratas, por supuesto, pero eso no impidió que otros prisioneros me gritaran a través de los barrotes con insultos y burlas sobre mis finos ropajes, limpias botas y cuán rápido habría de morir allí abajo. Reí una vez, con dureza y sin alegría, la cabeza reclinada contra la viscosa pared de piedra. Debería haber muerto mucho tiempo atrás. Sin embargo, me hallaba aquí. Eché un vistazo alrededor de la celda, tratando de convencerme de que saldría de ahí.

El tiempo se detenía dentro de esas paredes.

Clavé la vista en la oscuridad mientras mi mente vagaba y tanteaba en la negrura, y chocaba con la esperanza de que saldría de allí. Sobreviviría una vez más. Buscaría a Luna y escaparíamos juntos. Seríamos libres. Podía llevar allí abajo una hora o un día. Era imposible distinguir si la media luz venía o había pasado. El eclipse podría haber concluido. No había forma de saberlo.

El ruido de fuertes pisadas sonó fuera de mi celda. Levanté la vista, una pierna estirada y la otra flexionada contra el pecho. Apareció la cara de Chasan, iluminada por la luz de una antorcha que él mismo llevaba.

Emití una risa áspera por lo bajo.

—Ah, ¿vienes a disfrutar de mi hospedaje? Debería haberlo imaginado.

Chasan apoyó el hombro contra los barrotes, la cabeza ladeada hacia un costado. Había una calma en él que insinuaba que le estaba costando contener la violencia.

—No estoy muy de humor como para disfrutar de nada.

—Ah, claro. Tu padre te traicionó, ¿verdad? —flexioné los dedos alrededor de la rodilla—. Sé lo que se siente. Búscate una celda; podemos lamentarnos juntos.

—Hará que desees estar muerto, ¿sabes? —su voz sonó inexpresiva, como si estuviera haciendo un comentario del tiempo—. Te mantendrá vivo durante semanas, meses, tal vez más. Te hará pasar hambre. Te torturará. Te hará actuar para él en su fosa. Si te enfermas, te cuidará solo lo suficiente como para mantenerte con vida.

Asentí una vez, imaginando claramente la situación. Conocía a hombres como Tebaldo. Mi propio padre era de esa misma calaña. Era de Chasan de quien no estaba seguro. Quién era... *qué* era. Qué quería aquí, conmigo. No podía decirlo. No lo había descifrado.

Chasan se inclinó hacia adentro y colocó los dedos alrededor del barrote.

–No tienes más que decirlo, y haré que todo termine de una vez por todas para ti.

Me quedé mirando sus rasgos ensombrecidos.

–¿Estás ofreciendo matarme? Muy generoso de tu parte.

–Sería un favor.

Reí por lo bajo.

–¿Lo crees? Porque hemos sido tan buenos *amigos*.

–Puedes pedírmelo en cualquier momento; yo me encargaré de que se haga. No disfruto torturando a la gente. Este mundo ya es suficientemente desagradable.

El silencio se instaló entre nosotros, la tensión chisporroteaba en el aire. Este mundo era desagradable, pero no estaba todo perdido. Todavía no estaba dispuesto a darme por vencido. La gente se aferraba a la convicción de que el eclipse terminaría porque, de acuerdo a la leyenda, ya había sucedido antes. Ya había concluido en el pasado. La humanidad había sobrevivido y lo haría otra vez. ¿Por qué no podríamos ser Luna y yo esos sobrevivientes?

–¿Realmente quieres hacerme un favor? –pregunté–.

Podrías dejarme salir de esta celda. Dejar que me lleve a Luna y escapemos.

Fue su turno de reír. Lo observé a través de los barrotes mientras meneaba la cabeza.

—No puedo hacer eso.

—Muy bien —apreté los dientes—. Tus favores solo llegan hasta aquí. ¿Y con respecto a Luna? ¿Cómo la ayudarás? —pregunté. Yo sabía que quería ayudarla. Solo tenía que convencerlo de que podía.

Chasan apartó la vista y clavó la mirada en un punto fijo de la oscuridad.

—No puedo ir en contra de mi padre.

—Tus sentimientos por ella eran reales —continué—. *Son* reales. No puedes engañarme. Te gustaba. Todavía te gusta. Pensabas que podrían haber sido una buena pareja. ¿Hasta felices, tal vez? Lo creías —me encogí de hombros—. ¿Quién sabe? Quizás eso podría haber pasado alguna vez... pero tu padre mató esa posibilidad, ¿no crees?

Tal vez, dentro de unos años, ella se olvidaría de mí. O, al menos, se acordaría de mí, de *nosotros*, como algo que sucedió en un sueño. Un capricho de juventud cuando juntamos nuestros esfuerzos y nos ayudamos a salir adelante. Por más amargo que fuera eso para aceptarlo, era mejor que imaginarla con Tebaldo. Podía verla con Chasan, bajo el sol, rodeados de niños.

Podía afrontar la fosa. Podía morir con esa imagen grabada en mi mente y sentirme satisfecho.

Chasan sacudió la cabeza.

—No lo sé...

–¿Permitirás que tu padre se quede con ella? La destrozaría –mi voz se volvió más profunda al imaginarme lo que sucedería–. Poco a poco, destrozaría todo lo que ella es hasta que ya no quede nada de ella –Chasan suspiró y tomé ese sonido como un incentivo para continuar hablando. Solté la rodilla y me incliné hacia adelante–. Si no quieres liberarme, entonces déjala ir. Ella puede sobrevivir sola allá afuera –agité la mano–. Solo tienes que arreglar las cosas como para que pueda escapar del castillo.

La mirada de Chasan volvió de nuevo a clavarse súbitamente sobre mí.

–No es tan sencillo.

–Lo es. Es así de sencillo. Dale una oportunidad. Sabes que quieres hacerlo.

Chasan soltó los barrotes y retrocedió como necesitando alejarse un poco de mí y de todo lo que yo le estaba pidiendo que hiciera.

–El ofrecimiento sigue en pie. Hazme saber si quieres que te ahorre el sufrimiento –dijo. Se dio vuelta, se alejó caminando de forma envarada y se perdió en la oscuridad, dejándome solo en la celda fría.

Me quedé ensimismado en mis pensamientos, preguntándome en qué momento algo de esto podría haberse evitado. Parecía tan inexorable. Todo volvía a repetirse.

Años atrás, había estado en una celda, impotente, mientras mi padre le quitaba la vida a Bethan. Sentía que estaba viviendo otra vez la misma pesadilla. Solo que estaba vez no se trataba de Bethan, sino de Luna.

El dolor, el miedo… todo era diferente. Peor.

Se acercaron dos guardias. Destrabaron la puerta de la celda, entraron al espacio húmedo y arrojaron una cubeta con algo repugnante con consistencia de sopa. El recipiente se volcó de costado y el asqueroso líquido se derramó por el piso.

—Termínate la comida, príncipe. Necesitarás fuerza para cuando llegue tu turno en la fosa —el guardia rio y me propinó una violenta patada, por el mero placer de hacerlo. Tomé la cubeta, se la arrojé y la sopa salió volando por el aire. La cubeta le pegó en el rostro y el hombre se desplomó en el piso de un grito.

Superado por la furia, me levanté de un salto y arremetí contra el otro guardia. No podía ayudar a Luna. Quizás ni siquiera podía ayudarme a mí mismo. Tal vez aquí se acababa todo, había llegado el final: yo pudriéndome en ese calabozo y saliendo solamente cuando llegara el momento de luchar contra los moradores, para entretener a Tebaldo y a sus nobles.

Pero yo podía hacer esto. En este momento, podía infligir dolor.

Arremetí contra él, revoleando los puños, huesos contra huesos, piel desgarrada, chorros de sangre caliente. Mía. De él. No importaba. Era una descarga.

Rugiendo, pegué una y otra vez, hasta que dos guardias me apartaron. A continuación, embistieron contra mí y me golpearon mientras me escupían palabrotas que volaban por el aire. Botas. Puños. Lo soporté todo, hecho un ovillo, sobre el mohoso piso de piedra. Recibí todos los golpes que descargaron sobre mí, absorbí el dolor y lo acepté con agrado, porque no era nada comparado con la agonía de perder a Luna, y dejarla con Tebaldo. Lancé un resoplido mientras me sacudía ante el aluvión de puñetazos y patadas hasta que mi mundo se desvaneció gradualmente hasta quedar en la nada.

TREINTA

Luna

Me dejaron sola en mi recámara. Me pareció una eternidad el tiempo que pasé caminando de un lado a otro, mientras pensaba en Fowler atrapado en ese calabozo y en mi inminente boda con Tebaldo.

Como siempre, vino una doncella para ayudarme a prepararme para ir a dormir. Le dije que se fuera y me encargué yo misma de la rutina. No quería compañía. Acostada en el medio de la enorme cama, di rienda suelta a las lágrimas que había contenido delante de Tebaldo. Una vez que salieron, el entumecimiento se deslizó lentamente dentro de mí.

Me sequé las mejillas y me soné la nariz con estrépito en el vasto silencio de mi alcoba. Las lágrimas implicaban debilidad y yo estaba viva. Y gracias a mi trato con Tebaldo, Fowler también viviría.

Tomé aire y me estremecí. Podía hacerlo. Podía vivir esa vida. No era la que había planeado para mí, pero podía ser peor. Las personas morían sin esperanza, sin amigos ni seres queridos, sin siquiera haber conocido el amor. Yo podría haber sido una de ellas y, sin embargo, no lo fui. No debía olvidarlo.

Cada vez que mi vida se tornara intolerable, solo tenía que pensar que Fowler estaba vivo y a salvo en algún lugar allá afuera. Tal vez en Allu. Una sonrisa temblorosa agitó mis labios. Eso sería suficiente para seguir adelante.

Me quedé inmóvil al escuchar el murmullo de voces suaves fuera de mi recámara. Sabía que Tebaldo había colocado dos guardias en mi puerta, pero habían estado en silencio durante las últimas horas, desde que él se había marchado.

El corazón se detuvo dentro de mi pecho cuando la puerta crujió al abrirse y recordé las funestas palabras que Fowler había pronunciado: que Tebaldo podría venir ahora a reclamar lo que le pertenecía, incluso sin las formalidades de la boda.

Contuve un quejido y me llevé las mantas a la garganta. Apoyándome sobre los codos, volví la cabeza hacia la puerta y hacia la persona que se encontraba allí. Sentí su mirada sobre mí a través de la inmensa alcoba.

Agucé los sentidos, tratando de detectar su identidad, su intención. Sabía que no era Fowler. Aun cuando no estuviera en el calabozo, aun cuando no lo hubiera perdido, lo reconocería. Reconocería su presencia.

La puerta se cerró y escuché el sonido de los pasos que se acercaban a mí, cada uno de ellos hizo que se me contrajera más el corazón y se me hiciera un nudo en el estómago. Me senté, los cobertores se amontonaron alrededor de mi cintura. Era decididamente un hombre, y ese hombre venía por mí. La cama se hundió levemente con el peso de una rodilla.

Me deslicé con rapidez hacia atrás, mi pulso era un desaforado latido en el cuello, que amenazaba con estallar fuera de mi piel mientras me apretaba contra el decorado respaldo de la cama. Abrí la boca para gritar. Una mano se cerró con fuerza sobre mi boca, empujando mi cabeza hacia atrás, silenciándome. Agité las manos y las piernas pero fue inútil.

Su peso me inmovilizó llenándome de rabia e impotencia. Liberé un brazo y descargué el puño en su mandíbula.

Una voz familiar soltó una maldición y la mano sobre mi boca se aflojó.

–Chasan, ¿qué estás haciendo aquí?

–Aparentemente, dejando que me rompan la mandíbula.

Lo empujé y salí de debajo de él con dificultad.

–Te lo mereces.

–¿Aun si estoy aquí para ayudarte?

Me quedé quieta, el corazón se me paralizó un instante.

–¿Me ayudarás? ¿Y qué pasará con Fowler?

Suspiró y acomodó el peso del cuerpo.

–Supongo que no puedo ayudarte a ti sin ayudarlo también a él. Lo dejaste muy claro.

–Nos ayudarás –repetí como si necesitara que firmara con sangre ese trato.

–Así es. Vístete e iremos a buscarlo. A menos que quieras quedarte aquí y casarte con mi padre.

–No –exclamé con un grito ahogado mientras brincaba de la cama. Eché a caminar hacia el armario, pero me detuve, giré y me lancé sobre Chasan. Lo abracé con fuerza–. Gracias. Sabía que eras distinto.

–Sí. Mi padre se ha pasado la vida quejándose de eso –masculló, su aliento se perdió en mi cabello.

Me aparté y le toqué el rostro, acariciándole la mejilla con los dedos.

–Eso es bueno, Chasan. Nunca seas como él. Algún día gobernarás este país. Lagonia te necesita.

–Sí. Yo desearía que tú también me necesitaras –el calor de su respiración sopló sobre mi rostro y cubrió mi mano, que estaba apoyada sobre su mejilla–. Pero no me necesitas. Tú, Luna, reina de Relhok, no me necesitas. Ni a mí ni a nadie, si vamos al caso.

–Es verdad, pero *quiero* a Fowler –di vuelta la mano, le apreté ligeramente la suya y sentí que se establecía entre nosotros una extraña camaradería.

–Lo sé –suspiró–. Lo sé –se levantó de la cama y me empujó suavemente hacia el armario–. Así que vayamos a buscarlo.

TREINTA Y UNO

Fowler

El repiqueteo metálico que produjo la puerta de mi celda al abrirse me despertó de mi atribulado sueño. Me dolía todo el cuerpo de la golpiza que me habían dado los guardias, además de las heridas por mi pelea con Chasan. No estaba en las mejores condiciones. Tomé aire y me sequé la sangre de la nariz y del labio con el dorso de la mano mientras intentaba ponerme de pie con dificultad.

Parpadeé por encima de la neblina que oscurecía mi visión y vislumbré una figura leve que se encontraba en el umbral de mi celda.

–¿Fowler? –preguntó una voz suave que no concordaba en absoluto con todo lo que había en el interior de este lugar sórdido y miserable. El afable sonido de mi nombre se destacó descarnadamente sobre la dureza de todo lo que me rodeaba.

–¿Luna? –parpadeé otra vez y me sacudí para aclarar la cabeza–. ¿Acaso te estoy imaginando?

Se adentró más en la celda, emergiendo de las sombras y revelando sus rasgos pálidos y familiares, las líneas y hoyuelos delicados mostraron un intenso alivio. Una sonrisa se dibujó en las comisuras de sus labios y se me oprimió el corazón. Meneé la cabeza, los dos largos mechones de cabello cayeron sobre mi rostro. Los llevé hacia atrás.

–¿Qué haces aquí?

–Vinimos a sacarte del calabozo.

–¿Vinimos?

Luna señaló detrás de ella.

Al levantar la vista, encontré a Chasan, que entró a mi celda, las manos en la cadera.

–No hay tiempo para reuniones. Pueden besarse más tarde. Hay unas jóvenes distrayendo a los guardias, pero eso nos garantizará muy poco tiempo. Tarde o temprano, regresarán a sus puestos. Tenemos que marcharnos ya mismo.

Seguimos al príncipe a través del castillo dormido, por debajo del calabozo y dentro de las entrañas del edificio, hasta que estuve seguro de que no podíamos continuar avanzando sin llegar al mismísimo centro de la tierra; un pensamiento sombrío, ya que yo imaginaba que el centro de la tierra estaba plagado de moradores.

–Pensé que no había otra forma de entrar y salir del castillo –dije después de doblar una esquina y acceder a un estrecho pasillo que nos obligó a caminar en fila india.

–¿Te refieres a otra forma que no sea el túnel no tan secreto de la cocina? A ese lo conocen todos. Mi padre hace que todos se enteren de su existencia. Lo llama su *túnel-señuelo*. Si llegara a haber un éxodo masivo del castillo, ese estaría colmado de gente. Este es realmente secreto. Solo la familia real sabe que existe –el príncipe hizo una mueca–. El castillo no fue nunca invadido por moradores, pero como precaución, al comienzo del eclipse, mi padre hizo que un equipo de ingenieros construyera este túnel para salir del castillo. Luego mató a cada uno de ellos para que no pudieran hablar de él.

Luna lanzó un grito ahogado.

Chasan prosiguió:

–Afirmaba que nunca se podía estar demasiado seguro, nunca saber cuándo podríamos tener que escapar. En ese caso, no quería competir con una estampida de gente tratando de salir.

–Qué espantoso –masculló Luna.

Le apreté la mano, ignorando el dolor y el ardor en mis magullados nudillos.

–Ya casi llegamos –Chasan aceleró levemente el paso–. Dejé dos caballos con provisiones del otro lado. También armas. Y tu arco, Fowler, claro. Conozco tu afición por él. Suponiendo que no hayan hecho mucho ruido y atraído a los moradores, los caballos deberían estar ahí.

Llegamos a una puerta de hierro, que estaba encastrada en la húmeda pared de piedra. El príncipe abrió el candado, empujó la gruesa puerta de metal y las bisagras bien aceitadas no emitieron ningún ruido. Antes de cruzarla, Chasan asomó la cabeza hacia afuera para mirar a través de la oscuridad. A diferencia del túnel anterior, este no era interminable. Seguí a Chasan. Solo caminé un par de metros antes de aparecer Afuera. Me detuve y eché un vistazo a la vibrante oscuridad mientras Luna emergía detrás de mí.

Los caballos eran dos formas mellizas recortadas contra la noche crónica. Relincharon suavemente a modo de saludo. Me adelanté deprisa y ayudé a Luna a montar. Me di vuelta y quedé frente al príncipe, su figura enmarcada en el umbral de la puerta secreta.

Me aclaré la garganta y le extendí la mano.

–Gracias. Estaba equivocado acerca de ti –era difícil admitirlo, pero era la verdad. No habría sido lo peor del mundo para Luna haber terminado con él.

–Cabalguen duro. Desciendan lo más rápido posible montaña abajo. Mi padre saldrá a perseguirlos apenas descubra que se han ido.

–¿Y qué será de ti?

Chasan sonrió francamente; sus dientes, un destello de luz en la oscuridad. Siempre el mismo cabrón arrogante.

–Soy su hijo. ¿Qué puede hacerme?

Pensé que podía hacer mucho. Ese hombre parecía ser capaz de cualquier cosa.

–No lo subestimes –le advertí, porque pensé que debía hacerlo. Después del favor que nos había hecho, no podía arrojarlo sin más a los lobos.

La mirada del príncipe se desvió hacia Luna, que se encontraba arriba del caballo.

–Créeme, no volveré a cometer el mismo error –sabía que estaba recordando que había pensado que él sería quien se casaría con Luna.

–Puedes venir con nosotros –propuso Luna.

Me sorprendí a mí mismo al decirle que aceptara.

–Sí. Ven con nosotros –seguía sin agradarme. No ocultaba su interés por Luna y siempre tendría que vigilarlo.

Me echó una sonrisa de suficiencia, como dudando de la sinceridad de mi ofrecimiento.

–Mi lugar está aquí. Lagonia me necesita, especialmente considerando quién es mi padre. Algún día se habrá ido. Algún día terminará este eclipse, como la vez anterior. Cuando eso ocurra, yo estaré aquí para enfrentar la situación y reconstruir el reino.

Asentí y subí al caballo, sosteniendo las riendas flojas en la mano. Nunca había tenido muchas esperanzas de que concluyera el eclipse. Este mundo era oscuridad. Yo no estaba esperando que regresara la luz para empezar a vivir. Quería tener a Luna a mi lado en esta vida, en las buenas y en las malas.

–Gracias y buena suerte.

–Ahora márchense. No dejen que los capturen ni que mis esfuerzos hayan sido en vano –Chasan giró la mirada hacia Luna y supe que le estaba hablando sobre todo a ella cuando agregó–: Cuídense –esa palabra tenía un enorme significado; ella era muy importante para él. Aun en este momento, mientras nos despedíamos y nos alejábamos de él, sentí una puntada en el cuerpo.

Chasan me echó una mirada dura, le pegó al caballo en las ancas y me tambaleé hacia adelante. Cuando comenzamos a alejarnos, nos gritó:

–Buena suerte.

Mi caballo empezó a trotar y Luna me siguió. Miré hacia atrás y vi que giraba en la montura para devolverle el saludo al príncipe. Le gritó adiós, pero él ya estaba cruzando la puerta e ingresando al castillo, como si no pudiera soportar ver que nos marchábamos juntos.

La pesada puerta de metal se cerró con un golpe seco, dejándolo a él adentro y a nosotros afuera.

Una vez más, Luna y yo estábamos juntos en el Afuera.

TREINTA Y DOS

Luna

Nos tomó un día bajar de la montaña. Cabalgamos sin cesar, Fowler condujo a los caballos por pendientes peligrosas que hacían que nos sacudiéramos bruscamente sobre la montura.

No me quejé, reprimí cualquier miedo o preocupación que pudiera tener, sabiendo que teníamos que cubrir todo el terreno posible, tan rápido como fuera posible. Murciélagos gigantescos volaban por encima de nuestras cabezas, sus alas grandes y duras azotaban el aire mientras cazaban a sus presas en las fauces de la noche.

Nos detuvimos solo brevemente, cuando fue necesario, para descansar y darles agua a los caballos. El segundo día, continuamos andando sobre terreno rocoso. Por fortuna, no nos habíamos topado con ningún morador. Parecía lógico que nuestra suerte no podía durar la eternidad. No en un mundo como este.

Aun así, ante el primero e inevitable sonido de un morador, me paralicé. Su chillido metálico rebotó por las rocas del cañón que atravesábamos. El sonido escalofriante reverberó por el aire y se trasladó lejos, transportado por vientos sacudidos por murciélagos. A pesar de que una parte de mí había extrañado el Afuera, no era esto lo que había extrañado.

–El suelo se está volviendo más blando –murmuró Fowler.

Asentí a modo de reconocimiento y tragué saliva, tratando de exprimir y estirar todos mis sentidos lo más lejos que pudieran llegar. Presté atención. Sabía por experiencia que un morador podía convertirse en dos y en veinte en un abrir y cerrar de ojos.

–¿Luna? –inquirió Fowler y supe que estaba preguntando si había detectado algo más con mi oído más sensible.

Después de unos segundos, dije que no con la cabeza. El morador debió haber seguido su camino, pues no lo volvimos a oír.

Proseguimos la marcha.

No hablamos mucho en esos primeros dos días, muy decididos a huir de Ainswind, muy encerrados en nuestros propios pensamientos.

–Tienes que comer, Luna –dijo Fowler mientras apoyaba un trozo de carne seca en mi mano.

Asintiendo, lo llevé a los dientes y arranqué un pedazo. Sabía a cuero, pero me obligué a masticar.

–¿Crees que Chasan estará bien?

–Creo que siempre logra caer de pie –sonó irritado.

–¿Estás enojado?

–Pienso que nosotros estamos aquí afuera y el príncipe Chasan está muy cómodo dentro de su castillo. Él está bien.

Nos quedamos nuevamente en silencio. Me sentí reprendida.

–¿Crees que él vendrá?

–¿Tebaldo? –sentí el movimiento cuando se encogió de hombros–. Es riesgoso y a él no le agradan los riesgos.

–Vendrá –declaré secamente, pese a haber sido yo quien formulara la pregunta. Quería que Fowler me convenciera de lo contrario, pero yo sabía que era así. Había pensado en pocas cosas más allá de la voz de Tebaldo en mi oído, su decisión de tenerme, cuya motivación era más profunda que el simple deseo de unir nuestros países–. Con un ejército, si es necesario –agregué.

–Podemos movernos más rápido que cualquier ejército. Somos solo dos. Cometerá el error de traer muchos hombres con él y muchos hombres atraerán a los moradores. Los van a rodear y tendrán que pelear.

Asentí otra vez, animada por sus palabras.

Fowler se levantó de donde se encontraba sentado y se ubicó a mi lado, su brazo al lado del mío.

–Te preocupas demasiado. No te hace bien –me dio un golpecito. Habíamos estado solos los dos últimos días, pero apenas nos habíamos tocado.

–Decirlo es muy fácil, ¿no crees?

Alzó el brazo y lo puso sobre mis hombros, un peso reconfortante.

–Nada es fácil –murmuró y suspiré cuando sus dedos me apartaron el cabello de la frente–. Excepto esto. Nosotros. Esto es fácil.

Sonreí débilmente.

–Excepto cuando no lo era. Recuerdo cuando nos conocimos y casi no me hablabas.

–Era porque me agradabas y no quería que así fuera.

–Eras tan… duro. Tan insensible.

–Pensaba que tenía que serlo. Pensaba que ser inconmovible era la manera de protegerme de este mundo. De tener que sufrir otra pérdida y sentirme herido. De hecho, me dije a mí mismo que podíamos ser simplemente compañeros de viaje. Que podía pasar meses contigo y no amarte.

Giré hacia él y dejé caer la frente contra su rostro.

–Lo lamento.

–¿Qué es lo que lamentas? –el desconcierto tiñó su voz.

–Si Sivo no te hubiera obligado a llevarme contigo, hubieras continuado sin mí. A esta altura, ya estarías a mitad de camino hacia Allu. Yo era exactamente lo que tú no querías. Enredarte con alguien, que te quitaran energía…

Con un beso, interrumpió mis palabras. Sus manos me agarraron la cara y me atrajeron hacia él. Trepé a su regazo y me senté a horcajadas sobre él. El beso fue implacable, desesperado. Una liberación del miedo de haber estado a punto de quedarnos uno sin el otro. De días de correr sin poder detenernos a respirar.

–No vuelvas a decir eso –gruñó contra mis labios.

Sus manos ardientes se abrieron paso por todos lados. Vagaron por mi espalda, sus dedos callosos me acariciaron la nuca y se hundieron dentro de mi cabello. Temblé mientras jalaba mi cabeza hacia atrás y sus labios se deslizaban por mi garganta antes de regresar a mi boca.

–Eres lo mejor que me ha pasado en la vida y no querría estar en ningún lado que no sea aquí, contigo.

Mis dedos hurgaron debajo de su jubón y se estiraron sobre sus hombros tensos. Lo aferré a través de la camisa, hambrienta de sentirlo. Hizo una mueca de dolor y recordé sus heridas. Jadeando, retrocedí.

–¡Oh, lo siento!

Me tomó las manos y volvió a colocarlas arriba de él.

–Quiero tu contacto.

Asentí con la cabeza y una bocanada de aire feliz y trémula brotó de mí, porque también era lo que yo quería.

Más que nada en el mundo.

Suavemente, deslicé las manos sobre la curva de sus hombros.

–Tendré más cuidado.

Fowler se inclinó ligeramente hacia atrás, para quitarse el jubón.

–No te preocupes por mí –sus brazos me abrazaron otra vez y continuamos besándonos. Besos violentos, profundos, desgarradores. El cuerpo grande de Fowler se curvó sobre el mío y nos caímos. Trozos de hierba seca crujieron bajo la manta que nos contenía mientras nos besábamos hasta que ya no pude respirar–. Eres todo lo que necesito.

Tomé su rostro entre mis manos y disfruté de la textura de su piel, lo sedoso de su pelo, el delicioso peso de su cuerpo sobre el mío. Recorrí sus rasgos, me impregné de él, lo absorbí todo.

—Te amo, Fowler —susurré, siguiendo sus instrucciones y viviendo el aquí y ahora. Sin preocuparme. Sin pensar. Solo sintiendo.

Escuché el ritmo fuerte y constante del corazón de Fowler debajo de mi oído. Su pecho subía y bajaba en una respiración lenta. Si no estuviera dormido, estaría muy relajado. Sonreí suavemente. Necesitaba descansar.

Escuché algo y levanté la cabeza que estaba apoyada sobre su pecho, que utilizaba como almohada. Sonó un ladrido a la distancia y agucé el oído.

—¿Oíste eso?

—¿Qué? —preguntó Fowler, la voz alerta y completamente despierta.

Me puse de pie.

—Pareció un… ladrido.

—¿Tu lobo?

—No —ojalá fuese Digger, pero ese no era su ladrido. Además, Digger raramente ladraba. Era puro sigilo—. Un perro, supongo —ladeé la cabeza hacia el costado y escuché con más atención.

Fowler se levantó y se ubicó a mi lado, mientras se ponía la camisa por arriba de la cabeza. Volteé el rostro hacia el lugar de donde venía el sonido.

–Ahí. Lo escuché otra vez.

–Eso es el sur. No es la dirección de Ainswind.

Me volví hacia él.

–Eso es bueno, ¿verdad?

–No lo sé –vaciló un segundo mientras escuchaba atentamente. Un perro ladró otra vez–. Lo oí –confirmó. Era un ladrido inconfundible. Grave y ronco. Cada vez más cerca.

Fowler se puso en acción: se calzó el jubón y recogió nuestras cosas mientras un ladrido se convertía en dos y luego en tres. Lo ayudé a guardar nuestras pertenencias, la respiración rápida y agitada por la ansiedad.

Los ladridos se superpusieron. Había más de un perro y estaban sobre la pista de algo. Algo como nosotros.

Fowler se volvió en dirección hacia los ladridos y se quedó congelado.

–¿Qué es? ¿Qué sucede? –inquirí, el terror aumentó mientras localizaba a Fowler, que permanecía inmóvil.

–Mi padre usa perros adiestrados. Cada vez que un grupo sale de Relhok, los sabuesos lo acompañan. Nunca viaja sin ellos. Son rastreadores. Pueden detectar moradores mucho antes que nosotros. También pueden pelear y atacar ante una orden, si es necesario.

–¿Tu padre? –sacudí la cabeza con perplejidad–. ¿Vino él mismo en persona?

–Sí. Mi padre, Cullan –hizo una pausa–. Vino por nosotros, Luna. Vino por ti.

Meneé la cabeza.

–No. No puede ser...

Fowler me sujetó la mano y me lanzó arriba del caballo.

–Es él –declaró mientras montaba el suyo.

Cabalgamos a toda velocidad, uno al lado del otro, sin preocuparnos por la cantidad de ruido que hacíamos. Alertar a los moradores de nuestra presencia era la menor de nuestras preocupaciones. Corrimos como un relámpago, nos alejamos de una amenaza mayor que esos monstruos.

Galopé detrás de Fowler, manteniendo el ritmo. Si existía una mínima posibilidad de que tuviera razón, entonces debíamos movernos con rapidez. Los ladridos se fueron acercando, nos pisaban los talones, pero continuamos la carrera. Una flecha silbó en el aire y mi caballo lanzó un grito, salió disparando de debajo de mí y me despidió por el aire. Aterricé con fuerza, todo el aire escapó de mí en un penoso bufido. Permanecí aturdida en el suelo durante unos segundos.

–¡Luna! –el grito de Fowler se alzó por arriba del rugido de los atronadores cascos de los caballos.

Parpadeé, ahuyentando la conmoción de la caída. Unas manos me sujetaron y me pusieron de pie. Giré velozmente la cabeza, tratando de procesar el vértigo de voces, caballos, hombres y perros presurosos. Era un estrépito arrollador. Hasta el aire olía a almizcle y a sudor. Era el olor penetrante del miedo. Mi miedo.

–¡Luna! ¡Luna! ¿Estás herida? ¡Suéltenla! ¡Suéltenla, miserables!

Sacudí la cabeza tratando de encontrar mi voz, procurando atravesar el caos de sensaciones que me bombardeaba.

–Fowler –una voz ronca y áspera brotó por arriba de todos los demás sonidos–. Te ves bien, aunque algo tosco y desaliñado. No me digas que el rey Tebaldo no te trató de manera hospitalaria.

Mi piel se estremeció debido a un reconocimiento innato y visceral. La voz se me anudó en la garganta, como un denso revoltijo de palabras. Ese era Cullan. El hombre que había asesinado a mis padres. Inefables, incontables vidas habían perecido bajo sus órdenes. Toda mi vida había esperado enfrentarlo. Es cierto que había esperado estar en una situación más ventajosa cuando llegara ese día, pero yo estaba ahí.

Y esta era mi oportunidad.

TREINTA Y TRES

Fowler

Enfrenté a mi padre. No estaba seguro de cuándo lo había visto por última vez. Los días no eran algo que uno contara en esta vida. No había estaciones para señalar el paso del tiempo. Ni cumpleaños que celebrar… pero parecía que había pasado toda una vida desde la última vez que había estado frente a él.

Viajaba con más de una veintena de soldados, todos armados hasta los dientes. Una decena de perros rodeaban al grupo con impaciencia, excitados ante la reciente persecución. Debería haber sabido que, si algo podía incitar a mi padre a abandonar la protección de la ciudad de Relhok, eran las noticias de Luna.

Estaba igual. Los años lo habían tratado bien. Solo había algunas suaves líneas de expresión dispersas en su rostro. Su barba bien recortada estaba ligeramente manchada de gris. Todavía llevaba el pelo largo, sujeto atrás en una sola trenza. Yo había esperado que la edad y las enfermedades se adueñarían de él y salvarían al mundo, pero evidentemente ese no era el caso. Ahondé en mi interior en busca del odio tan familiar, pero solo encontré desapasionamiento... vacío, al observar a ese hombre que me había fallado en todos los sentidos.

—De modo que esta es la princesa —los blancos dientes de Cullan resplandecieron en una gran sonrisa mientras desmontaba y se paraba delante de Luna, que se hallaba atrapada entre dos soldados—. Es la viva imagen de su madre, pero estoy seguro de que Tebaldo ya te lo dijo. Él estaba bastante obsesionado con esa mujer. Qué hombre patético. Débil, perdía la cabeza por cualquier mujer —se dio una palmada en la frente—. Esa es la diferencia entre nosotros. Yo uso la cabeza. Ese viejo tonto piensa con otras partes —Cullan rio y sus hombres lo imitaron.

Luché contra las manos que me retenían. A lo lejos, un morador emitió un chillido —algo que no resultaba sorprendente, considerando el ruido que estábamos haciendo—, pero el sonido no me alarmó. En este instante, yo enfrentaba una amenaza mucho mayor.

—No la toques —le advertí a mi padre fulminándolo con la mirada, observando esos ojos verdes tan similares a los míos y, sin embargo, tan distintos. Esos ojos estaban muertos por dentro. Eran imposibles de atravesar: no sentían nada por nadie.

Cullan rio.

—Hablando de hombres débiles, tú, hijo mío, siempre elegiste atarte a las peores muchachas —sacudió la cabeza y chasqueó la lengua en señal de desaprobación.

Sus palabras me hicieron pensar en Bethan y en lo que le había hecho. Y eso no había sido una cuestión personal para él. Había tenido que ver conmigo. Luna sí era una cuestión personal: era una amenaza para todo lo que él consideraba importante.

Mi padre prosiguió.

—Culpé a tu madre y a esa niñera que tuviste. Ellas te hicieron blando —su voz se volvió dura y acusadora—. Una gran decepción. Yo debería haberme encargado de ti desde el principio y habrías salido todo un hombre.

El morador que había gritado un rato antes volvió a chillar. Estaba cerca. Eché un vistazo hacia el horizonte y lo distinguí, ya era visible. Su cuerpo pálido se arrastraba hacia nuestro grupo. Era uno solo. Nadie se preocupó por él. Los hombres de mi padre lo despacharían con rapidez.

Cullan siguió mi mirada hasta el morador solitario. Una sonrisa lenta suavizó sus rasgos.

—Ah. ¿Qué tenemos aquí? ¿Un amigo viene a unirse a nosotros?

Un gélido dedo de terror arañó mi espalda cuando mi padre se dio vuelta para enfrentar a la criatura. Cullan la estudió mientras se deslizaba hacia nosotros y luego volvió la mirada otra vez hacia mí. Dirigió la vista hacia Luna y arqueó una ceja como si reflexionara.

Ella se encontraba en medio de dos soldados fornidos, temblando, el rostro pálido. Me pregunté qué pasaría por su mente. Había oído hablar de este hombre toda su vida. Cullan le había quitado todo: sus padres, su hogar. Su verdadera identidad era algo que había tenido que ocultar por temor a él.

Un soldado echó a andar hacia el morador, la espada desenvainada.

—Espera —exclamó mi padre, alzando la mano para detenerlo—. ¿Por qué no le damos lo que quiere?

La declaración, la expresión relajada en el rostro de mi padre, me recordó tanto la vez en que se había llevado a Bethan que me inundó una ola negra de furia. Giré y golpeé al guardia que se encontraba a mi izquierda. Lo tomé por sorpresa y se desplomó en el suelo.

Me volví hacia el otro y lo ataqué agresivamente propinándole un codazo en la nariz y un puñetazo en la garganta. Cayó con un gemido. Me lancé hacia Luna, pero no logré avanzar ni medio metro porque tenía a dos soldados encima de mí, inmovilizándome contra el suelo.

La voz de mi padre cayó con la fuerza de una orden, veloz como una flecha.

—La muchacha —dijo con brusquedad—. Llévenla. Entréguensela al morador.

Observé cómo arrastraban a Luna hacia la criatura que se acercaba. Ella luchó, clavó los pies en la tierra, lanzó algunos golpes, pero todo fue inútil. Ellos la redujeron.

Grité, escupí tierra y saliva. Grité hasta quedar ronco, la garganta destrozada.

Grité aun cuando me golpearan repetidamente en la cabeza y en los hombros, y los maldije para que se detuvieran. Los movimientos del morador se tornaron nerviosos, rápidos y erráticos como si oliera la cercanía de los humanos.

La voz de mi padre sonó en mis oídos, abriéndose paso entre mis gritos.

—¿Qué crees que sucederá? Siempre es interesante adivinar, ¿no es cierto? ¿Se detendrá y se la comerá aquí mismo, ahora mismo? ¿O se la llevará abajo y la guardará para más tarde?

Incliné la cabeza, lágrimas saladas quemaron mi garganta y cayeron por mi cara. Un sollozo me ahogó y sacudí los hombros mientras levantaba la vista hacia el hombre que me había dado la vida.

—Padre —logré balbucir, dirigiéndome a él como lo había hecho cuando era niño—, por favor… no lo hagas.

—Oh —Cullan se agachó delante de mí—. ¿Realmente la quieres?

Ya había sobrevivido antes a esto mismo, pero esta vez no lo haría. No podía. Prefería que me arrojara a mí también a ese morador para que me devorara.

—Cuánta debilidad. ¿Cómo puedes tener mi sangre? —mi padre me agarró del pelo y jaló con fuerza de los mechones, forzándome a levantar la cabeza—. Observa. No puedes perdértelo.

Los soldados se detuvieron a un metro de la criatura y le arrojaron a Luna a los pies. En cuestión de segundos, estuvo sobre ella, envolviéndola entre sus garras.

El aullido de Luna destrozó el aire y me destrozó a mí.

Quebrado, sollocé, grité su nombre mientras el morador giraba y se encaminaba en la dirección opuesta, arrastrándola con él. Los observé desaparecer juntos en la oscuridad. Observé hasta que ya no pude ver nada más.

TREINTA Y CUATRO

Luna

Estaba otra vez bajo tierra, temblando en el frío húmedo. Pero esta vez no estaba aquí para rescatar a nadie: yo era la víctima y nadie iba a rescatarme.

El miedo me inundó la boca con un baño de cobre y la desolación se adueñó de mí. El cabello embarrado colgaba delante de mis ojos y me aparté los fastidiosos mechones con la mano libre. La otra mano estaba inmovilizada.

Solo estaba Fowler allá arriba y él no podía hacer nada por mí. Sus gritos y aullidos resonaban dentro de mi cabeza y la desolación se transformó en un vacío dentro de mi pecho. Nunca lo había escuchado así, sufriendo… sufriendo por mí.

Tenía que regresar a él. Nadie vendría a buscarme, de modo que tenía que lograr salir de allí por mis propios medios.

Sollozando, tironeé de las garras que me sujetaban con fuerza. Mis botas se deslizaban y resbalaban mientras el morador me arrastraba, sus garras se hundían a través de la tela de la manga y me arañaban el brazo. No había más que tierra que chorreaba, terreno fangoso y paredes derruidas. El hedor metálico de sangre y de muerte inundó mi nariz. El morador me empujaba por túneles de tierra, su respiración húmeda resollaba a mi lado. Los receptores en medio de su rostro se retorcían en el aire con los sonidos sibilantes de las serpientes. Al tomar aire, sentí la dulzura metálica de la toxina.

Dejé de luchar por temor a que me cayera veneno sobre la piel.

De repente, el aire se abrió y supe que nos hallábamos en un espacio más amplio. Decenas de moradores deambulaban por el área y me encogí dentro de mí misma. La criatura me condujo por un laberinto con la forma de un panal de abejas, lleno de agujeros. Podía oír a otros humanos gimiendo, atrapados como yo allí abajo. Sus gritos vibraron a través de mi cuerpo, se incrustaron con profundidad en mis huesos.

Un chillido rasgó el aire. Pegué un salto, el corazón se me contrajo dolorosamente dentro del pecho antes de salir disparado con violencia hacia adelante.

Ya había escuchado antes ese grito. Lo escuché cuando estuve bajo tierra con Fowler. Provenía de algo inmenso, que se hallaba del otro lado del panal. El aullido se apagó y luego se oyó un resuello húmedo, similar al de los moradores, pero más estruendoso, más profundo. Rugió en el aire como un trueno prolongado.

Como respuesta, los moradores se paralizaron. Las personas de allí abajo no eran tan fáciles de acallar y comenzaron a aullar con todas sus fuerzas, sollozando y gritando como si existiera una esperanza de que las rescataran.

De golpe, se escuchó otro aullido estridente, que me rompió los tímpanos. Mi captor comenzó a moverse otra vez y me arrastró hacia adelante.

En la distancia, en otros túneles, escuché a más moradores dirigirse hacia el nido donde yo me hallaba, respondiendo al llamado.

Llevé la mano hacia el muslo, donde había atado la navaja con una correa. Se me secó la boca al considerar el momento de utilizarla. Los moradores continuaban apiñándose a mi alrededor e inundando el nido, como el agua de un inagotable grifo.

Mi captor me empujó hacia la enorme criatura, que se encontraba al otro lado del nido, pasando por delante de agujeros como el que había atrapado a Fowler. Yo no era la única enviada ante ese monstruo. Un hombre lloraba y luchaba contra otro morador, que lo empujaba hacia adelante. Llegó ante el monstruo antes que yo.

—¡No, no! ¡Ayúdenme, no, por favor! —aulló. Su voz se cortó abruptamente con un grito húmedo y burbujeante.

Se escuchó el chasquido de huesos y la sangre fluyó en el aire como cobre caliente. Me estremecí, la bilis subió por mi garganta. Forcejeé para soltar mi cuchillo. Su empuñadura llenó mi mano, sólida y tranquilizadora. La aferré con fuerza mientras me lanzaban por el aire.

Caí a los pies de la bestia, el dolor sacudió mis rodillas. El suelo estaba pegajoso por la sangre caliente y los trozos de carne, que no me animé a tocar.

Las enormes mandíbulas del monstruo trabajaban, masticando y moliendo los restos del hombre sacrificado frente a mí.

Me levanté con dificultad y me afirmé delante de la gigantesca criatura mientras terminaba de comerse a su víctima. Solo por el tamaño de la bestia deduje que no se trataba de un morador común, pero también por la forma en que los demás respetaban sus órdenes. Los gobernaba. Era una criatura tan grande que tuve mis dudas de que poseyera mucha movilidad. Eran sus servidores… y ella su reina.

Sentí que sus brazos se agitaban en el aire cuando se estiró hacia mí y me lancé hacia la derecha. Estirando la mano, pasé la palma por su cuerpo denso y macilento, y lo rodeé. Tenía que arriesgarme a tocarlo, a acercarme. Era la única manera.

Moviéndome lo más rápidamente posible, salté sobre su espalda, trepé por su gran circunferencia y le fui clavando la daga en la densa carne de su cuerpo, usando el cuchillo para hacer palanca.

Una vez que me acerqué a su cabeza y a su cuello rechoncho, estiré el brazo alrededor de ella y comencé a serruchar su pastosa piel. Jadeando, continué la tarea, hundiendo profundamente el cuchillo e ignorando sus movimientos sinuosos y el chorro resbaladizo y caliente de sangre sobre mis dedos. Su chillido agónico taladró mis oídos. Resoplé de alivio cuando el chillido se redujo a un gorgoteo húmedo. Finalmente, dejó de moverse.

Resollando, me deslicé por su largo cuerpo y aterricé de pie, temblando. El aire continuaba brotando en jadeos a través de mí y la saliva anegaba mi boca.

Me limpié las manos llenas de sangre en los pantalones y escuché la débil respiración de los demás moradores. Estaban todos inmóviles, helados, la atención concentrada en mí... esperando mi próximo movimiento.

TREINTA Y CINCO

Fowler

Luna se había marchado realmente.

Ya nada importaba. El dolor se mezclaba con el entumecimiento. Dolor por haber perdido a Luna, pero entumecimiento ante mi destino. El futuro no importaba. Que existiera un mañana era algo insignificante.

Ni siquiera me preocupé cuando más cascos de caballos atronaron el aire. Llegaron Tebaldo y sus hombres, y me quedé allí, observando la turbulenta oscuridad mientras los dos ejércitos descargaban sus espadas uno sobre otro. Podían pelear su estúpida batalla, la razón de su pelea ya no importaba.

Le harían un favor al mundo si se aniquilaban entre sí. Acepté el hecho con tristeza. No haría nada. Me quedaría entre todos ellos, mirando sin ver, sin preocuparme, porque Luna estaba muriendo en algún lugar sin mí. Vagamente, registré a mi padre y al rey Tebaldo arrojándose retos e insultos mutuamente. Miré hacia adelante y me ardieron los ojos cuando los posé en el lugar donde había visto a Luna por última vez.

Gradualmente, otro sonido fue penetrando el intercambio de amenazas e insultos. Fruncí el ceño mientras miraba a través de la oscuridad el sitio donde había atisbado a Luna por última vez.

Una multiplicidad de gritos disonantes surcó el aire con el inesperado batir de alas en el cielo. Gritos de moradores. Toda una multitud, incluso más de los que había contemplado fuera de la ciudad de Ortley, adonde Luna y yo habíamos ido por las algas.

Lancé un resoplido, disfrutando de la ironía que significaba que mi padre muriera a manos de moradores cuando él mismo había enviado tanta gente a enfrentar su hambre insaciable.

Los soldados entraron en pánico: comenzaron a gritar y rompieron filas mientras los moradores brotaban de la oscuridad. La respiración áspera de las criaturas formó una bruma vibrante en el aire. Por alguna razón, se mantuvieron en una línea perfecta y uniforme, observando el ejército de hombres dispersos, esperando, aparentemente, *algo*.

Los perros gimieron y echaron a correr, con la inteligencia suficiente como para saber que sus posibilidades de sobrevivir eran pocas. Los oficiales de Tebaldo y de mi padre gritaron, tratando de organizar a sus hombres con rapidez y energía. Los soldados intentaron formar sus propias filas, y se prepararon con los escudos y espadas en alto. Varios comenzaron a disparar flechas sobre la marea de moradores como si eso significara algo en un ejército de semejante cantidad de criaturas.

La risa trepaba a borbotones desde mi pecho, los observé, ignorando cualquier amenaza personal. Paseé la mirada entre los dos reyes que habían causado tanto daño. Mi padre debió sentir mi mirada o escuchar mi risa, pues sus ojos salvajes se encontraron con los míos.

–El día no habrá sido una tragedia completa –le grité– si los dos mueren –casi podía imaginarme a Luna sonriendo ante el comentario. Mi satisfacción disminuyó cuando el dolor oprimió mi corazón. *Luna*.

Tebaldo y mi padre intercambiaron expresiones aterradoras al ir asimilando la realidad de la situación. Después me observaron con la mirada llena de odio, como si yo fuera de alguna manera responsable de lo que ocurría. Deseé haberlo sido.

Dirigí nuevamente la vista hacia las filas de moradores, dejé de correr y me preparé para aceptar mi destino.

Los moradores rompieron las filas y se separaron por el medio, dejaron a la vista un enorme hueco en la oscuridad. Algo se movió y brotó del abismo negro como una onda en el agua. Una figura se aproximó, un paso lento tras otro.

Luna avanzó hacia adelante. Estaba cubierta de sangre, pero se la veía ilesa. Se detuvo al llegar a la altura de la fila de moradores. Ninguno se movió hacia ella. Era casi como si fuera uno de ellos, aceptada, adoptada.

De repente, alzó los brazos arriba de la cabeza.

Parpadeé, tratando de entender lo que estaba viendo. Con ese simple movimiento, los moradores que la rodeaban se liberaron y arremetieron hacia adelante a más velocidad de la que nunca les había visto. La tierra tembló debajo del peso de la estampida.

Pasmado, observé con asombro. Más que aceptarla, la obedecían. Ella los controlaba: era su reina.

Luna se movió con ellos, caminando casi con elegancia a través de su ataque desordenado. Se abrió camino hacia mí y me encontró cuando el caos se desató a nuestro alrededor.

La estreché entre mis brazos y la sujeté con fuerza en medio de los gritos, el silbido de las flechas y el estruendo de las espadas.

–¿Tú estás haciendo esto? –susurré contra su mejilla.

Asintió mientras hundía la cabeza en mi cuello y sus labios formaban un mudo susurro. *Sí.*

Le acaricié la parte de atrás de la cabeza y emití un sonido susurrante y tranquilizador por encima del bombardeo de ruidos que nos rodeaba.

–Tú nos salvaste. Nos salvaste a todos –de hecho, era posible que hubiera salvado al mundo.

Mientras los hombres caían a nuestro alrededor, divisé a mi padre en medio del enjambre de moradores. Vislumbré su expresión afligida, el destello de sus dientes en un aullido agónico el instante previo a caer debajo de una multitud de hambrientos moradores.

Abracé a Luna con más fuerza. Nos aferramos uno al otro a lo largo de toda la batalla, hasta que cayó el último cuerpo y sonó el último grito.

Luego todo quedó en calma.

Luna apartó la frente de mi cuello y echó una mirada hacia afuera, evaluando la matanza en el súbito círculo de silencio. Los moradores permanecieron juntos mirándola, esperando pacientemente, los receptores con toxina de sus rostros susurraron en el aire estancado.

–Váyanse –les susurró, y luego más fuerte, ganando coraje–: Déjennos solos.

Obedecieron, perdiéndose en medio de la noche como fantasmas evanescentes.

El silencio cayó sobre nosotros. Le acaricié el rostro, la observé en la oscuridad y me sentí conmovido, abrumado e impresionado ante esta muchacha... esta reina que tenía entre mis brazos. La reina que yo amaba.

–Ya terminó –dijo.

–No, Luna –temblando, apoyé mis labios contra los suyos en un beso prolongado. Esto no era el final–. Es solo el principio. Por fin. Ahora realmente podemos comenzar.

EPÍLOGO

Luna

Salí al balcón de mi recámara y escuché los sonidos de la noche implacable. Los moradores estaban callados. Ahora estaban callados la mayor parte del tiempo, aun cuando la oscuridad envolviera al mundo. Estaban callados porque *yo* lo quería.

Desde que destruí a la reina de los moradores, había sentido una conexión con las criaturas. Una conexión que, descubrí, era recíproca. Ellos esperaban mi llamado y seguían mis órdenes. *Yo* era su reina. Su alfa. No me lastimarían a mí ni a nadie que yo deseara que no lastimaran. Mientras estuvieran cerca, yo tenía influencia sobre ellos.

Después de que los moradores destruyeron a Cullan y a Tebaldo, Fowler y yo regresamos a Lagonia durante un breve tiempo, para notificar a Chasan acerca de todo lo que había acontecido. Para cuando nos marchamos, él ya estaba dedicado por completo a su rol como nuevo rey de Lagonia. Mientras viajábamos, había sentido la presencia de los moradores más intensamente que nunca. Fuera de vista, pero siempre ahí. A mis espaldas, delante de nosotros, debajo, en la tierra, como la sangre que corría bajo mi piel.

—Ven. Ya es hora. Todos te esperan.

Me di vuelta y le sonreí a Perla. Me aproximé a ella, pero antes de colocarme la capa con bordes de armiño que me extendía, la abracé y respiré su aroma familiar. La había extrañado tanto… algo que no capté por completo hasta que Sivo y ella regresaron conmigo.

—Ah, dulce niña —me dio una palmada atrás de la cabeza, donde ella había recogido mi cabello en un elaborado peinado de trencitas diminutas—. Hace mucho que se venía acercando este momento.

Fowler y yo fuimos a buscar a Perla y a Sivo, después de abandonar Lagonia. Los cuatro juntos hicimos la travesía hasta Relhok. En los últimos meses, yo había aprendido cómo era gobernar un reino. *Todavía* seguía aprendiendo. Con Fowler a mi lado, Relhok nos había recibido con los brazos abiertos. Cullan ya no estaba y se había llevado con él su reinado del miedo.

Les puse fin a los sacrificios y trabajé para fortificar y extender el perímetro de nuestros muros. Aun cuando yo controlara a los moradores, teníamos que ser cautelosos y protegernos ante cualquier amenaza. El mundo continuaba siendo un lugar peligroso.

Enviamos partidas de caza para desarrollar una reserva natural y de recursos. Con la supervisión de Sivo, nos dedicamos a implementar tierras de cultivo. La población creció al traer más gente de Afuera: sobrevivientes como nosotros.

Perla retrocedió con un leve sollozo, después de acomodar la pesada capa de mi padre para que me cubriera bien los hombros.

–Ya está. Pareces una reina.

–Casi –sonreí.

–Bueno, ya es hora de hacerlo oficial, ¿no es cierto? –me tomó del codo–. Una corona te espera.

Salimos de la recámara. Fowler se alejó de la pared donde me esperaba.

–Tu acompañante se ve muy guapo –dijo Perla con tono de aprobación.

Fowler tomó mis heladas manos entre las suyas y les dio un beso. Cuando levantó el rostro, le acaricié la mejilla con la mano.

–Sí, sí. Tienes razón –no necesitaba ver para saber que era verdad.

Colocó mi mano en el pliegue de su codo. Perla vino detrás de nosotros cuando comenzamos a caminar.

–¿Lista para tu gran día? –preguntó por encima del rumor de mis faldas.

Chasqueé la lengua con indiferencia.

–¿Mi coronación? –meneé la cabeza–. Es una formalidad. Este es mi reino. Siempre lo supe. Siempre lo sentí dentro de mí –apoyé la mano sobre el corazón y sentí sus latidos fuertes y constantes.

Deslizó el pulgar por mi mejilla.

–Por supuesto. Ellos te han estado esperando. Igual que yo. Y, al igual que yo, te aman.

–Otro día se acerca, que espero con más ansiedad –le confié con una sonrisa, apoyándome levemente contra su costado.

Fowler se volvió hacia mí.

–¡No me digas!

Con un gruñido de exasperación, Perla pasó a nuestro lado.

–No se demoren. Hay una ciudad entera que los espera.

A lo lejos, podía escuchar el rugido sordo de una muchedumbre en el exterior del castillo, esperando a su reina. Esperándome a mí.

Fowler bajó la cabeza y me besó, lenta y prolongadamente.

–¿Acaso se refiere por casualidad al día de nuestra boda, Su Majestad?

–Exactamente –sonreí contra sus labios, disfrutando de tener su boca sobre la mía, su mirada cálida y tierna sobre mi rostro.

Así debía ser la sensación que producía la luz del sol.

Todavía la luz no había retornado al mundo, pero algún día lo haría. Hasta ese momento, esto era lo más cercano que podía tener, y me bastaba.

En lo que a mí respecta, la oscuridad había pasado y vivía en la luz.

Sophie Jordan

creció en Texas, Estados Unidos, donde imaginaba
historias de dragones, guerreros y princesas. Fue profesora
de secundaria y sus libros son best sellers
de *The New York Times*.
Actualmente, vive en Houston con su familia.
Le encanta tomar café, ver programas sobre crímenes
y hablar con sus hijos sobre sus ideas
para nuevas historias.

Firelight

SOPHIE JORDAN

Firelight

Chica de fuego

SOPHIE JORDAN

FANT

¿Crees que conoces todo sobre los cuentos de hadas?

LA GRIETA BLANCA -
Jaclyn Moriarty

EL HECHIZO DE LOS
DESEOS - *Chris Colfer*

Protagonistas que
se atreven a enfrentar
lo desconocido

HIJA DE LAS TINIEBLAS -
Kiersten White

EL FUEGO SECRETO -
*C. J. Daugherty
Carina Rozenfeld*

Dos jóvenes destinados a
descubrir el secreto ancestral
mejor guardado

...ASY...

LA REINA IMPOSTORA -
Sarah Fine

EL CIELO ARDIENTE -
Sherry Thomas

En un mundo devastado,
una princesa debe
salvar un reino

Una joven
predestinada a ser
la más poderosa

REINO DE SOMBRAS -
Sophie Jordan

CINDER - *Marissa Meyer*

La princesa de este cuento
dista mucho de ser
una damisela en apuros

¡QUEREMOS SABER QUÉ TE PARECIÓ LA NOVELA!

Nos puedes escribir a vrya@vreditoras.com con el título de esta novela en el asunto.

Encuéntranos en

f facebook.com/VRYA México

twitter.com/vreditorasya

instagram.com/vreditorasya

COMPARTE
tu experiencia con
este libro con el hashtag
#reinadefuego